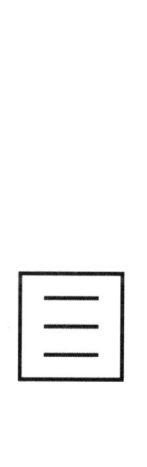

Ilse Helbich

Diesseits
Gesammelte Erzählungen

Mit einem Nachwort von Franz Schuh

Literaturverlag Droschl

Gebrauchsanweisung:
Manche Geschichten sind wie Steine,
die man aus dem Fluss fischt.
Rund und glatt und schwer in der Hand.

Im Spiegel

Biographische Notiz: Sie war Schriftstellerin. Sie schrieb viel und regelmäßig. Jeden Vormittag arbeitete sie einige Stunden mit voller Konzentration. Wenn sie erschöpft war von der ihr alle Kräfte abverlangenden Arbeit, erholte sie sich beim Schreiben von Aufsätzen und Buchbesprechungen.

Die Genauigkeit des Ausdrucks war ihr Ziel. Jeden Tag schreiben, Tagebuch schreiben, hieß: die Feder üben, sie noch beweglicher machen. Man kann alles sagen, was man genau sagen kann.

Beim Schreiben hatte sie Geduld: siebenmal schrieb sie ihren ersten Roman um, bevor sie ihn dem Verleger zeigte. Später musste sie sich zügeln, wenn die Lust des Abenteurers, in neue Gebiete einzudringen, ihren Genauigkeitsdrang überwältigen wollte.

Das Schreiben regiert ihre Lebensumstände. Aus dem Umgang mit Freunden, von Festen und Einladungen, vom Theaterbesuch zieht sie sich immer wieder in das dem Schreiben gemäßere Alleinsein zurück.

Sie hat einen Mann, der über sie wacht, der ihr am Vormittag die Milch ans Schreibpult bringt, dessen Person die Ordnung ihres Lebens garantiert. Als sie einmal allein nach Paris reisen möchte, entdeckt sie im letzten Augenblick, dass ihr dieses Unternehmen ohne ihn sinnlos ist.

Die beiden haben keine Kinder. Dies bleibt, scheint es, ein unterirdisch nagender Schmerz, der sich von Zeit zu Zeit ins Bewusste durchbeißt. Aber es gibt keine Masern und keine Keuchhustenwochen, keine Vorladung zum Lehrer, keine auf Kinder abgestimmten Tagesläufe. Sie ist ganz der Aufgabe des Schreibens ausgeliefert.

Ihre Liebesgeschichten, verwehend. Männer, ihre Beziehungen zu anderen Frauen. Es ist dann, als sei sie bezaubert, eingefangen im Netz einer Neigung. Aber das Muschelhaus ihrer Virginität bleibt unverletzt.

Einige Reisen. Ihre Eindrücke bleiben in der Sphäre des Welligen, Oberflächenbewegten. Die Stoffe ihrer Bücher kommen aus tieferen Schichten als der Topographie der mediterranen Küsten, und von dem Bild der Akropolis wird ihre schreibende Existenz nur geritzt. Sie versucht die Ablichtung von Erscheinungen, die nicht ortsbezogen, die allgegenwärtig sind. Am einzelnen Fall beschreibt sie eine Psychologie des Daseins, die in eins fällt mit seiner Physik.

Jeden Nachmittag macht sie lange Spaziergänge; allein zieht sie querfeldein. Ihre Schritte passen sich dem Motor der Gedanken an, sie werden schneller, wenn der Faden ihrer Geschichte sich behänder in ihrem Gehirn abspult. Dann Blackout. Erschöpfung. Heimzu, sich ausruhen im Anhaften an die wieder sichtbar gewordene Umgebung. Die Grünnuancen der Wiesen, die Verschleierungen des Himmels, die fast unmerkbaren. Das alles muss sie sehen, sich merken. Alles, was ihr geschieht, wird sie in irgendeinem Text verwenden.

Sehr oft fällt sie in Erschöpfungszustände. Kopfschmerzen, Schwindelgefühle, Herzrasen. Wenn sie ein Buch beendet hat, ist sie wochenlang nicht fähig, das Bett zu verlassen; sie ist zu schwach, um zu gehen.

Die Kopfwehtage, die Wochen im Bett werden als Rohstoff für das zu Beschreibende eingebracht. Die Tage, in denen sie nicht bei sich ist, bewirken, dass ihre Beschreibung der baumstarken Madame de Sévigné die Kraft aus ihrer eigenen Erfahrung schöpft, dass ganz bei sich zu Hause zu sein ein freudegebärendes Wunder ist. Die Feste, die sie beschreibt, borgen ihren Glanz von der tödlichen Mattigkeit der eigenen Gefangenentage. Die Perioden ihres offen auftretenden Wahnsinns sind im Nachhinein neu dazueroberte Erfahrungsgebiete, die sie in der Beschreibung wiederbetritt – unter Lebensgefahr.

Selbstreflexion. Das Führen eines Tagebuchs. Sich selbst ausbeuten als das einzig unmittelbar zu erfahrende Objekt. Darum größte Konzentration auf die eigenen Eindrücke, auf die Erfahrung mit sich selbst, bei gleichzeitigem Equilibrium in der tiefen Bewusstseinsschicht; ein Equilibrium, das, peinlich in der Waage gehalten, die Selbstbeobachtung erst ermöglicht. Leben, um zu schreiben.

Kopfwehtage, Herzschmerzen. Keine Tränen. Kein Händeringen. Wenn es Schmerz gibt, wird er in den Höhlungen der Keller gehalten, tritt nicht auf in den bewohnten Räumen. Streitszenen, gelegentliche Zornausbrüche gehören einer so reflexhaften Schicht an wie das Niesen.

Wenn sie krank ist, hat die Angst ihren Platz nur als Symptom ihrer Krankheit. Sie ergibt sich den Ohnmachten und den Kopfschmerzen, die sie auslöschen, sie ergibt sich den Stimmen aus dem Off. Wenn sie noch einmal die Kraft dazu hat, wird sie herauskriechen aus den immer erneuerten Angriffen ihrer Krankheit, um weiterzuschreiben.

Vor der Kritik an ihren Büchern hat sie panische Angst. Wenn ihre Romane verdammt, oder, böser noch, verlacht würden, verlöre ihr Leben allen Sinn. Die Anerkennung ihrer Bücher ist die Anerkennung ihrer eigenen gelungenen Existenz. Im gegenteiligen Falle ist der Name Virginia Woolf nichts als eine leere Chiffre für Krankheit, Versagen, für Lächerlichkeit.

Es gibt viele angenehme Stunden und Tage. Die Sicherheit im Zusammenleben mit ihrem Mann, mit ihrer Schwester. Behagliche Teestunden, Lachen mit Freunden und lange Gespräche; Verkleidungen, Maskenfeste. Stete Beziehungen und Nähe unter dem oberflächlichen Wechsel von Ärger und kleinlichem Streit und neuer Zuwendung. Und trotz Kopfschmerzen und Schwindelanfällen kann sie die handnahen Aufgaben in der Druckerei erfüllen, kann Bücher verpacken oder am Setzkasten die Lettern ordnen. Dazwischen hält ihr Tagebuch in wechselnden Abständen fest, dass sie wieder die Finne des großen Fisches hat durchs glatte Wasser gleiten sehen. Immer die geheime Anwesenheit des riesigen, des niemals erblickten Fisches unter der glatten Oberfläche. Kopfschmerzen.

Als sie fünfzig ist, beginnen ihr die Freunde wegzusterben. Bei einem dieser Begräbnisse legt sie einem Übriggebliebenen die

Hand auf die Schulter, sie tut es zum ersten Mal, schreibt sie in ihrem Tagebuch; sie bittet ihn, »stirb du mir noch nicht.«

Der Wachtraum, am Rande der Krankheit: aufgeschlagen ist der Deckel des hölzernen Fisch-Kalters. Ich beuge mich über die Truhe, nahe, ich schaue hinein.

Ich sehe: die schleimige Schachtel ist angefüllt bis zum Rande mit feuchten schwarzen Schlangenleibern. Die Windungen schieben sich hin und her, eine ganz langsame Bewegung.

Ich muss jetzt ganz starr stehen. Tief niedergebeugt, warte ich mit angehaltenem Atem. Ich warte, bis zwischen den armdicken Strängen irgendwo das Auge des Reptils ans Licht kommt und mich ansieht.

Wenn das geschieht, muss ich sterben.

Die Geschichte vom reichen Mann und der armen Frau

In einer Landgegend, von der die Besucher sagen, es sei dort alles geblieben wie vor hundert Jahren, und damit meinen sie, dass über den Feldern und zwischen den Menschen viel Friede sei – in einer solchen Gegend lebte ein reicher Mann. Die Einwohner des unbedeutenden Dorfes nannten ihn reich, denn gleich, als er vor wenigen Jahren zu ihnen gekommen war, hatte er sich ein schönes und behagliches Haus bauen lassen, und dort wohnte er nun. An den hellen Abenden sah man ihn in seinem ausgebreiteten Garten umhergehen, dort, wo er zwischen den alten Bäumen, wie sie hier überall herumstanden, Beete mit so seltenen Blumen hatte anlegen lassen, dass sie die anderen Dorfbewohner nicht einmal von den Bildern in den dicken Bestellkatalogen her kannten, die ihnen der Briefträger jedes Jahr ins Haus brachte. Dieser Briefträger hatte auch erzählt, dass der zugereiste Mann an jedem Vormittag vor einem Schreibtisch sitze, mit zornigem Gesicht oft, und manchmal mit einem traurigen. Der Briefträger hatte auch jeden Tag viele Briefe ins neue Haus zu tragen, manche kamen von weit her, wie man an den bunten Marken sah; und so einigten sich die Dörfler in ihrer sonntäglichen Wirtshausrunde bald darauf, dass ihr neuer Mitbewohner erstens ein reicher

Mann sei und von Beruf, zweitens, etwas Rares, was ohne viel Schweiß Geld und Anerkennung einzubringen schien. Und als der Lehrer einmal die Vermutung äußerte, der Fremde könne so eine Art Schreiber sein, der für Zeitungen verschiedene wichtige Dinge festhielte, vielleicht gar auch fürs Radio – da erschien das den Männern um den Wirtshaustisch als ganz gewiss. Und von da an gingen dem Mann alle Eingesessenen leise aus dem Wege und die Kinder, die auf der Schwelle spielten, huschten ins Haus zurück, denn keiner hatte Lust, sich am nächsten Tag in der Zeitung wiederzubegegnen oder gar im Radio.

Übrigens fiel dem Mann diese anhaltende Scheu der Bewohner gar nicht auf. Er machte es seinen Heimatgefährten nämlich gar nicht schwer, eine solche Entfernung einzuhalten. Er ließ sich nicht in der Kirche sehen und schon gar nicht in den beiden Gasthäusern des Ortes.

Er hatte zwar, als das Haus stand, beim Arzt und beim Pfarrer und beim Lehrer – in dieser Reihenfolge – Besuch gemacht, er war an drei Sonntagnachmittagen in je einer Stube gesessen, aber er hatte mehr gefragt, als dass er sich hätte ausfragen lassen. Selbst die Lehrersgattin, die die Frauen des Ortes als bestallte Leiterin der Frauenschar anführte bei allen kirchlichen Feiern, und die die zu einem solchen Amt nötigen Tugenden der Beharrlichkeit und des Durchdringungsvermögens in hohen Graden an sich ausgebildet hatte, auch sie versuchte nicht, mit listig verkleideten Wohers und Wozus den Zaun des Nichteinmalgehörthabens beim Besucher zu durchschlüpfen – und wenn sogar die Lehrersfrau nichts ausrichtete in der Erlangung diskreter Lebensdaten, gaben die schwerfälligeren Dörfler von vornherein jeden Versuch dazu auf.

So lebte der Mann ruhig in seinem Haus. Es kamen vom Dorf Leute, die ihm die Handarbeiten besorgten: die alte Rosa, die lange Pfarrersköchin in der kleinen Stadt am Fluss gewesen war, besorgte die Speisen, und ihre Großnichte, die Mitzi, hielt die Räume sauber; und wenn der zweite Sohn des Karrerbauern nicht gar zu dringend auf den väterlichen Feldern gebraucht wurde, sah man ihn im Garten des Zugezogenen werkeln, und der Mann stand daneben und gab kurze Anweisungen, wie mit den fremdländischen Pflanzen verfahren werden sollte; am späten Nachmittag zogen diese drei Leute ins Dorf zurück, und der Mann ging daheim in seinem Garten auf und ab.

Dieser Anton vom Karrer holte so alle vierzehn Tage das Auto des Mannes aus der gemauerten Garage und führte den Fremden in die Hauptstadt. Er ließ ihn dort vor einem großen Haus aussteigen, einem herrschaftlichen, das der Anton aber nicht gut instand gehalten befand, fuhr wieder ins Dorf heim, und nach zwei Tagen oder nach dreien machte Anton die Fahrt ein zweites Mal und kehrte mit dem Herrn zurück. Und mit der Zeit empfanden die Dörfler, wenn sie am Abend vor ihren Häusern in der letzten Sonne saßen und im schönen Garten eine Gestalt sahen, eine friedliche Genugtuung, dass nun ihr Fremder wieder zurückgekehrt war.

So gingen ein, zwei Jahre hin. Der Mann blieb im Ort, er ging nicht Schifahren im Winter und hielt auch die Sommermonate in seinem Wohnsitz aus, wo freilich unter den mächtigen Kugeln der beiden Linden immer ein von einem Lufthauch durchwehter Schatten lag.

Im dritten Sommer nahm der Herr eine neue Bedienstete ins Haus. Es war die Maria vom Unterkarrer. Von ihr war nicht viel zu sagen: Als Jüngste hatte sie still bei den Eltern, und nach deren Tod beim ältesten Bruder gelebt, Hand angelegt, wo es sein musste, auf dem Hof, und auf die beiden Kinder des Bruders gesehen. Wenn man genau zurückdachte, hatte es einmal einen Burschen gegeben, der an den Abenden vor der Bank gestanden war, auf der die Maria saß, und vor langen Jahren war auch der Nachbarssohn auf seinem Moped oft am Unterkarrer-Hof vorbeigefahren, öfter, als es hätte sein müssen. Aber das war auch schon wieder eine Zeit her, und im Dorf hatten sich alle daran gewöhnt, dass die Maria eine Stille war und es auf ihre Weise haben wollte.

Diese Maria nahm der Mann also auf. Man wusste nicht, wo er die Frau bemerkt hatte auf seinen wenigen Gängen. Sie war nun im Haus und im Garten, und weil die Arbeiten, die täglich anfielen, schon alle ihre Hand trugen, blieb für Maria nichts, was jeden Tag auf sie gewartet hätte. Sie nähte einmal Vorhänge, sie staubte ein anderes Mal die vielen Bücher ab, wobei sie ein jedes in die Hand nahm und am offenen Fenster sorgfältig gegen die andere Handfläche schlug, und nachher hörte man den Herrn laut schelten, dass einige Bände dabei auf den falschen Platz gerutscht seien. Maria stand auch dabei, wenn Anton zu den Gärtnerarbeiten angeleitet wurde; und wie der Herr früher mit seinem Stock auf eine Pflanze gedeutet hatte, und Anton hatte sich gebückt, hatte das bisschen Grün zwischen zwei braune Finger genommen und in das vorbereitete Loch gesteckt, so bückte sich nun Maria, wenn der Herr deutete, und reichte Anton das Pflänzchen hin.

Maria trug auch das Essen auf; eines Tages saß sie am unteren Tischende, weit weg vom Hausherrn, und richtete ihm den gebratenen Fisch zurecht, wie er es ihr ansagte, und langsam, langsam kam es, dass sie dem Mann den Kaffee einschenkte, das Essen auf die Teller vorlegte, und dann, dass sie mit ihm aß und ein wenig später auch seine Kammer teilte. Das ging so allmählich und leise dahin, dass die Leute im Dorf es übersahen und gar nichts darüber zu reden wussten, so sehr sie auch in der Eintönigkeit ihres Lebens auf jedes neue Ereignis lauerten.

Nun war aber der Mann mit seiner Mitbewohnerin gar nicht zufrieden. Bei den Mahlzeiten musste er, kaum war sie geräuschlos auf ihren Platz dem seinen gegenüber geglitten, vom ersten Löffel an sehr vieles aussetzen. Sie streckte zum Beispiel die Ellbogen weit weg und sie beugte, so oft er ihrs auch gesagt hatte, den Kopf bis fast in den Teller hinein. Wenn Leute kamen, Handwerker etwa oder der Briefträger, so war es wie verhext: einmal schmetterte sie ihnen ihren Gruß entgegen, als hätte sie keinen Anstand im Leibe, und das nächste Mal wisperte dieselbe Maria so leise, als wäre sie noch das kleine Volksschulmädel, das gleich vor Verlegenheit den Daumen

16

oder gar das Zopfende in den Mund steckt. Und die Nächte! Es gab geradezu Kämpfe um die eine große Decke, die der Herr zum Andenken an seine Auslandsjahre in seinem breiten Bett zu verwenden pflegte, und wie oft erwachte er nicht davon, dass seine Bettgefährtin vor sich hin schnarchte – wenn ihr nicht noch menschlichere Laute entkamen –, dann musste sie der Mann natürlich wachrütteln, und während sie ihn noch um Verzeihung bat, drehte sie sich auf die andere Seite und war schon wieder eingeschlafen, während der Herr, hellwach jetzt, vor sich hinsah ins erste Dämmern und seine Decke vor dem nächsten Angriff bewachen musste.

Es war natürlich, dass dieser Ärger auch auf die Vormittagsarbeit abfärbte. Als es noch keine Maria gegeben hatte, war es dem Mann, als seien die Sätze doch viel leichter und runder aus seiner Feder gerollt. Und Besserungen konnte man beim besten Willen an dieser Frau nicht feststellen. Es schien zwar, als ob die Hausgenossin sich zusammennehme, um das Rechte richtig zu tun, aber je krampfhafter sie sich zu zwingen versuchte, umso mehr ging ihr daneben und umso eher Anlass zum Schimpfen fand der Mann.

Und dann war Maria weg. Sie war verschwunden. Als der Mann sich an einem sonnigen Junimorgen – war wirklich ein volles Jahr vergangen seit dem Einzug des Mädchens? – zum Frühstück setzte, blieb der Platz ihm gegenüber leer. Sie konnte nicht weit sein, eben hatte er sie ja noch im Badezimmer laut plätschern und leise singen hören, er hatte an die Tür geklopft und sie ermahnt, leiser zu sein, da seine Vormittagsarbeit in eineinhalb Stunden beginne und er seine schon zusammengefassten Gedanken sich nicht mehr zerstreuen lassen könne.

Nun – Maria war fort. Es fehlte nichts von ihren Dingen, und als der Herr am Nachmittag ganz gelassen zum Hause ihres Bruders hinüberging, sah ihn der zwar sonderbar an, schüttelte aber nur den Kopf und sagte, die Schwester sei nicht hier. Und das war alles.

Das Leben im Hause des Mannes ging weiter. Die alte Rosa buk und kochte aus Leibeskräften und mit aller Freude ihres alten Herzens, der Anton goss die Blumen, und das junge Ding putzte die Fenster und bediente den Staubsauger. Und der Herr saß vor seinem Schreibtisch und hielt die Feder in der Hand. Nach zwei Tagen warf er die Feder weg, stand rasch von seinem Schreibtisch auf, der Sessel fuhr nur so zurück, und ging geradenwegs zur Lehrerin. Aber die zuckte die Achseln und hatte nicht gehört, wo Maria geblieben war. Und nachher ging der Herr zum Krämer, der gerade einen neuen Selbstbedienungsladen gebaut hatte. Auf diese Idee war der Herr sehr stolz gewesen. Jetzt kaufte er zwei Kerzen, wenn vielleicht die Elektrizität zusammenbräche, wenn jetzt die schweren Gewitter kämen, und dann sah er sich um und kaufte geistesabwesend fünf Schnüre Kaugummikugeln, die bei der Kassa baumelten, und während er das Kleingeld in der Börse zusammensuchte, fragte er nach den auswärtigen Arbeitern, es führen doch so viele in die Fabrik hinüber, und er wollte gerade fragen, ob sie dort auch Frauen beschäftigten,

aber da hob er die Augen und sah in die lachenden des alten Krämers, da ging er. Aber als er schon die Tür aufstieß,
rief ihm der Alte nach, seine Enkelin habe neulich die Maria
in der neuen Seepension gesehen, am See sei ja jetzt schon
Saison, da brauchten die jemand zum Geschirrwaschen, die
Maschinen kämen da gar nicht nach. Der Mann ärgerte sich,
denn die Sätze hatten mitleidig geklungen.

Aber am nächsten Tag ließ er Anton doch mit dem Auto vorfahren, und er machte eine Spazierfahrt zum blitzenden See,
auf dem die Ruderboote durch die Sonne glitten. Er hieß
Anton sich ein Bier kaufen und setzte sich selber unter die
funkelnagelneuen Sonnenschirme auf der Seeterrasse, er trank
seinen Kaffee aus und ging nach hinten, und als er an der Küche vorüberkam, stieß er die Tür auf, da hob sich hinten ein
Kopf, der über der Abwasch hing, und grinsend sah ihn eine
alte Frau an, als sei er der heilige Nikolaus.

Der Mann setzte sich ins Auto, aber dann stieg er noch einmal
aus und ging zurück ins Haus, er traf auch gleich den Wirt
und fragte rasch nach Maria. Der Wirt war sehr unwirsch und
sagte, in der Hauptsaison wegzurennen, das sei keine Art, die
Damen müssten halt früher nachdenken, ob sie sich für ge-
wisse Arbeiten nicht zu gut seien, und er glaube gern, dass
man drüben beim Fleischhauer jeden Tag Schnitzel am Teller
habe – das sei ja etwas, und sonst gäbe es drüben noch allerhand als Draufgabe, haha. Aber da war der Mann schon
bei der Tür draußen, ging über die Straße und läutete bei
der schmiedeeisenberankten Tür, die Eintritt zur Fleischhau-

erwohnung gab. Es kam auch ein nasebohrender Bub, und während der die Mutter holen ging, stieg in dem Mann ein heftiger Zorn auf gegen seine frühere Hausgenossin. Sie war schuld, dass er hier zwischen schmiedeeisernen Wandleuchten und einer grünblauen Muttergottes stand und wartete. Die Fleischhauerin war mager und bissig: Man habe die Frau natürlich nicht behalten können. Sie sei abends um acht Uhr aus der Küche gegangen und habe nur gesagt, morgen werde sie den Boden aufreiben. Der Mann stand und sah vor sich nieder, so war es erträglich, und hörte, dass da noch etwas gewesen sei, worüber man nicht sprechen wolle, aber das würde er ja auch wissen, wenn keine Ruhe sei zwischen einem Dienstmädchen und dem Mann, dann habe immer das Mädchen die Schuld. Die Männer seien anlassig, dass sich die Männer aufgeilen lassen, weiß ja ein jedes. Der Mann stieg ins Auto und ließ sich heimfahren.

Es verging ein Tag nach dem anderen. Der Mann setzte sich gar nicht zum Schreibtisch. Er ging in seinem Garten herum und immer öfter auch durch die Felder, bis hin zum Forst, und wenn einer ihn grüßte, dankte er höflich und immer im gleichen Tonfall, ob der Grüßende nun ein Mann war oder ein kleines Kind.

Es war schon später September, als der Mann wieder wegfuhr. Er holte das Auto selber aus der Garage, und die Dörfler sahen ihn langsam die Straße hinunterfahren. Er hielt sich viel mehr gegen die Straßenmitte als sein Fahrer, der Anton. Der Mann fuhr in die Industriestadt. Vor der Textilfabrik, ein Stück weit vom eisernen Tor, parkte er das Auto. Dann stellte er sich unter einen staubigen Kastanienbaum, in den tiefsten Schatten, obwohl die Sonne jetzt schon recht schwach schien. Von dort beobachtete er fortwährend das Fabriktor. Erst geschah nicht viel, einige Lastautos fuhren hinein, zwei Autos kamen flink heraus, dann nichts, und dann ergossen sich Ströme von Menschen auf die Straße. Zuerst kamen einige eilige Frauen, dann Grüppchen von ganz jungen Mädchen. Sie schlenkerten mit den Beinen und riefen übermütig hin und her. Der Mann sah ihnen nach, und für einige Augenblicke hatte er vergessen, warum er hier stand. Es kamen weniger Menschen, einige ernste Männer, vielleicht die Buchhalter, und dann war Maria da.

Sie kam auf ihn zu, der unter dem Baum stand; sie war vielleicht ein bisschen blasser, als sie daheim gewesen war, und sie hatte zu ihrem grauen Rock eine braune Jacke an, die er unbeschreiblich hässlich fand. Sie sah nicht traurig aus und nicht froh, auch nicht müde. Dann erblickte sie ihn. Sie blieb stehen und wartete. Der Mann machte die zwei Schritte, die nötig waren, er sagte: »Komm mit. Das Auto steht an der Ecke.« Maria stand und sah ihn an. Ihm war das fremd: sie hatte noch nie so geradewegs in seine Augen geschaut. Dann senkte sie den Blick und ging mit ihm. Wie es sich gegeben hatte, wenn sie miteinander gingen, blieb Maria auch jetzt einen winzigen Schritt zurück. Es war aber etwas anders. Er hätte das andere nicht zu benennen gewusst; wenn er aber darauf geachtet hätte, hätte er vielleicht bemerkt, dass Maria nicht wie sonst mit ihren raschen kleinen Schritten hinter ihm her eilte: sie war in seinen Schritt gefallen.

Er holte den Autoschlüssel aus der Tasche und sperrte auf, warf sich auf den Fahrersitz und stieß die Tür auf Marias Seite auf. Die Frau glitt hinein. Der Mann drehte den Startschlüssel, der Motor sprang an, und während er vom ersten Gang in den zweiten schaltete und sich ärgerte, weil es dabei krachte, während es bei Anton immer geräuschlos ging, dachte er dort hinten, wo man keine Sätze braucht, dass nun also alles so weitergehen werde: die schlürfende Frau mit der Kaffeeschale ihm gegenüber, Nacht für Nacht der Kampf um die Decke. Die Zeit der Liebe, seiner Traumgefährtin, war für immer vorbei.

Voll Ärger sagte er: »Du hättest mich auch erinnern können, dass wir dein Zeug jetzt gleich mitnehmen – so muss der Bursche morgen deswegen nochmals fahren.« Sie sagte: »Ja, Rudolf.« Er sah sie groß an. Denn es war das erste Mal gewesen, dass die Frau ihn bei seinem Namen genannt hatte.

Ich komm, weiß nicht, woher

»Ich komm, weiß nicht, woher,
Ich leb, weiß nicht, wie lang,
Ich geh, weiß nicht, wohin –
Mich wundert, dass ich so fröhlich bin.«

Diesen Spruch las das junge Kindermädchen des Dr. Praxmarer, Arzt in Kirchbach, während sie den Kinderwagen auf- und abwippen ließ, damit das Baby nicht vorzeitig aufwachte. Fast täglich war sie bei ihren Vormittagsausfahrten an dem kleinen Haus am Waldrand vorbeigekommen, heute aber hatte sie zum ersten Mal die Schrift unter seinem Giebel bemerkt. Sie las den Spruch noch einmal und dann langsamer noch einmal seinen letzten Satz. Es schien ihr, dass sie die Sätze nicht verstand. Sie schob den Kinderwagen weiter, in dem das Baby, mit erhobenen Fäusten schlafend, lag, bis zu der Kurve, wo sich der Waldschatten über die Straße legte, und dort kehrte sie um, wie an jedem Tag.

Das Kindermädchen Ella stammte nicht aus Tirol; sie war erst neulich hierhergekommen. Ihre Kindheit hatte sie in Wien verlebt, auf eine gewöhnliche Weise. Ihre Erinnerung war angefüllt mit viel Dämmrigem: die dunkle Ecke des Schlafzimmers, wo ihr Schemel stand, und auf dem braunen Linoleumboden lagen ihre abgefingerten Spielsachen, schattendunkle Hernalser Straßen, durch die dunklere rasche Schatten glitten, der Vater, die Mutter, wie sie stumm am Küchentisch einander gegenüber saßen, jedes müde von seiner Arbeit, und wenn sie weitergegangen war durch die Gassen, immer weiter in den Tunnel, auf einmal aufgerissen die Leere eines Runds, gellend klingelten die brandroten Straßenbahnen, wenn sie vorbeisausten, von oben manchmal eine dröhnende Stimme vor dem Meer unverständlicher Laute. Die Menschenströme stürzten vorüber, und es hätte sie fast von der Hand der Mutter gerissen.

Aber dann gab es einmal eine lustige Buntheit, das war im Prater. Musik kam von überallher, erst schoss der Vater der Mutter eine Rose und lachte, dann drückte er das Gewehr an ihre Wange, sie hatte Angst, aber da hatte schon etwas in ihr abgedrückt, und dann reichte ihr schon der Bursch mit den Gewehren augenzwinkernd den Preis: ein Zelluloidpüppchen, das sie sehr lange immer bei sich trug. Dann beim Ringelspielfahren saß sie nicht auf dem Pferd, sie saß geborgen in der hellgrünen Kutsche, goldene Zügel in der Hand, vor ihr lief ein weißer Eisbär im Kreis und die Musik spielte im Takt zu seinem Trab. Es macht nichts, dass die Musik jetzt aufhört und sie aussteigen muss, denn der Vater nimmt sie fest an der Hand, und drüben hat sich die Mutter eingehängt, damit sie nicht einer dem andern verloren gehen unter den anderen Lustigen, und sie gehen zu den fliegenden Töpfen, sie fährt allein und hat keine Angst, wirklich nicht, sie fliegt und fliegt höher, und ihre Schuhspitzen stoßen Löcher in den blauen Himmel, und unten stehn die beiden, der Vater, die Mutter, sie schauen zu ihr herauf, sie lacht und schreit und möchte winken, aber sie muss sich anhalten, und wie sie wieder landet, ziehen sie weiter, und sie sind alle müde, da essen sie Bratäpfel und Zuckeräpfel. Bei der Luftballonfrau wird sie wieder ganz munter: Wird ihr der Vater den großen kaufen? Er kauft nicht den großen, aber doch einen roten, der hängt in der nächsten Frühe noch über ihrem Bett, aber als sie am Abend vom Hort heimkommt, liegt er schrumplig am Boden. Im nächsten Frühling sollen sie wieder in den Prater gehen, aber sie war beim Mittagessen ungeduldig und ausgelassen gewesen, sie hatte das Bierglas des Vaters umgestoßen, und als sie es noch erwischen wollte, stieß sie so heftig an die Suppenschüssel an, dass die Grießnockerl nur so über den Tisch sprangen. Da hatte der Vater gezischt, dass es nichts mit dem Prater sei, und hatte sich zu seinem Mittagsschlaf aufs Sofa zurückgezogen wie an jedem Sonntag; und sie hatte der Mutter die Teller abgetrocknet wie an jedem Sonntagmittag.

Später war sie gern in die Schule gegangen. Dort gab es viel Abwechslung. Am liebsten hatte sie die Religionsstunden. Eine Klosterschwester kam und erzählte ihnen. Am schönsten waren die Geschichten vom Himmel. In der Kirche schloss sie die Augen und spürte, wie das Jesuskind in ihr Herz kam. Oft saß sie daheim, ohne sich zu regen, und sah auf die Bildchen, die ihr die Schwester fürs Bravsein geschenkt hatte; besonders liebte sie das mit der blonden Heiligen, die blaue Augen schlug sie zum Himmel auf und breitete ihre schönen Gewänder, und vom Himmel fielen Rosen auf sie herab. Dann versank das alles; und sie konnte geläufig die sieben Gaben des Heiligen Geistes aufzählen oder die Kirchengebote.

In ihre Klasse ging zwei, drei Jahre lang ein ausländisches Mädchen, vielleicht war es eine Italienerin. Die sprach recht gut Deutsch, aber trotzdem war sie anders, denn sie war viel behänder als die anderen Kinder, und Weinen und Lachen kamen ihr leichter. Einmal hatte sie diese Kameradin gesehen, als sie durch den Park musste, um die Milch zu holen. Da war die Fremde unter den kleinen Mädchen, die sich die Striche fürs Tempelhüpfen weiß auf den Asphalt gezeichnet hatten, und die Fremde sprang geschickt und mit flinken Drehungen alle Figuren durch, die sie selbst vom Zuschauen schon lange kannte, und lachte ihr völliges Lachen, und ihre kleinen Brüste unter dem Leiberl sprangen noch öfter als sie. »Du, lass mich auch einmal probieren«, sagte sie da und stellte die Milchkanne hin. Sie sprang und sie drehte sich. Sie machte es ganz richtig, sie war auf keinen Kreidestrich getreten, aber nach einigen Sprüngen blieb sie schon stehen, irgendetwas stimmte nicht, sie sollte doch jetzt hochfliegen wie ein Ball. Sie versuchte noch, laut zu lachen, so wie die andere, mit offenem Mund und den Kopf zurückgeworfen, aber gleich verstummte sie, als hätte sie einen Schlag bekommen. Sie nahm ihre Milchkanne wieder auf und ging mit gesenktem Kopf leise davon. Hinter ihr waren keine Rufe und kein Gelächter, das wunderte sie.

Dann ging eben alles weiter. Sie kam aus der Schule und sie wurde Verkaufslehrling in einem Schuhgeschäft. Sie tat ihre Arbeit. An Montagen und Dienstagen kamen wenig Kunden, dann standen die Verkäuferinnen herum, und sie hörte zu, was sie vom Kino erzählten oder vom Schwimmengehn, und sie kämmte sich vor dem Klosettspiegel dreimal am Nachmittag die Haare anders. Gegen das Wochenende war dann viel zu tun. An den Samstagnachmittagen ging sie selber ins Kino und an den Sonntagnachmittagen auch, obwohl die Eltern dann schimpften, oder sie ging mit einer Freundin spazieren, die Hernalser Hauptstraße auf und ab in der neuen grünen Hose, und dann noch auf ein Eis. Um sieben Uhr abends musste sie wieder zu Hause sein, die Mutter sagte, wenn sie erst achtzehn sei, werde man weitersehen. Dann würde sie in die Diskothek gehen dürfen, aber es würde dann auch nicht viel anders sein mit den Wochentagen und mit ihren Wochen-enden, das wusste sie genau. Jetzt schon durfte sie an manchen Nachmittagen mit einer Gruppe von Burschen und Mädchen in den Prater gehen. Sie fuhr dann in der Hochschaubahn und mit den Go-Karts, solang das Taschengeld eben reichte, das ihr die Eltern ließen; sie kreischte mit den andern um die Wette, wenn die Wägelchen sich ins Tal stürzten, und sie schrie, wenn sie im Topf des alten Karussels höher und höher flog; aber was wurde davon anders? Diese Freude, die sie da-mals als Kind geschmeckt hatte, war es nicht mehr. Es ging ja doch alles weiter in seinem Geleise.

Der Durchbruch zu dieser Freude, deren äußere Bezirke sie

als Kind manchmal betreten hatte, auf die sie immer wartete, ohne es zu wissen, gelang erst später. Aber nein, so war es ja nicht: nicht sie hatte tun müssen, es war die Freude selbst, die zu ihr durchstieß.

Es hatte ganz alltäglich angefangen, ununterschieden von den anderen Gelegenheiten, war diese Einladung zu einer Geburtstagsfeier gekommen, die dieses Mal die eben achtzehnjährige Anneliese gab. Sie war hingegangen, und die Eltern hatten sie ohne viele Worte ziehen lassen, in der gewohnten Mischung von Ängstlichkeit und halbhoffender heimlicher Erwartung, die beide auf den gleichen Punkt gerichtet waren, vor dem auch sie in ihren Träumen und Gedanken eine unübersteigbare Mauer aufgerichtet hatte.

Bei der Feier war alles ein klein wenig anders gelaufen als sonst: Die Eltern der Anneliese hatten den Jungen das kleine Siedlungshaus nicht nur für die Dauer eines Kinobesuchs überlassen, sie hatten rasch nach Graz zu einer sterbenden Tante reisen müssen. Und unter den Burschen gab es einige fremde Gesichter, solche, auf denen Erfahrungen geschrieben standen, die hier noch keine kannte. Es waren neue Tänze getanzt worden, und die fremden drei Burschen hatten Whisky mitgebracht und Gin, den sie den Mädchen in die Orangeade gossen, und die Mädchen wurden dazu ermuntert, das fremde Getränk in den Wasserbechern auf einen Schluck hinunterzugießen.

Die Spiele hatten mit dem Polsterltanz begonnen, da war sie noch, ängstlich kichernd, in einem Winkel gesessen und hatte sich auch immer wieder in ihre Ecke zurückgezogen, wenn sie wirklich einmal von einem der alten Schulkollegen zum Tanzen und Küssen geholt worden war. Im Halbdunkel hatte man eine Weile engumschlungen getanzt, so, wie es die Neuen taten. Dann hatte ein wildes Versteckenspielen begonnen, einer hatte die Zuschauende am Handgelenk gepackt, da halfen die Finger nicht, die sich an die Sessellehne klammerten, heraus aus der Stube, durch die Küche ins kleine Bad, und der Schlüssel wurde umgedreht, dann war das Licht auf einmal ausgegangen, überall kreischte es im Dunklen, und leise leise wieder hinaus aus dem Bad, die Hand zog, und über die Stiegen hinauf, die zu den beiden Schlafzimmern im engen Dachgeschoß führten. Das war lustig, das Lachen löste sich von irgendwo, wo es eingesperrt gewartet hatte. Der fremde Bursch kam ganz nah und legte ihr die heiße Hand auf den offenen Mund. »Uns zwei kriegen sie nicht«, zischte es ihr ins Ohr. Sie lachte und schwankte, sie musste betrunken sein, sie lachte und duldete es, dass er sie um die Hüfte nahm. Die Hand zog sie weiter. Danach geschah alles in rasender Schnelligkeit. In der Finsternis polterten zwei von unten die Stiege herauf. Oben horchten sie, eng aneinandergedrückt in einer Nische, auf das Trampeln und Stolpern, das näher kam. Der Körper neben dem ihren wand sich nach allen Seiten, auf einmal gab eine Tür nach, die abgestandene Luft eines engen Raumes schlug ihnen entgegen. Sie wurde mehr hineingehoben als gestoßen, ganz leise drehte sich ein Schlüssel, die heiße Hand war wieder auf ihrem Gesicht, ein Mund an ihrem Ohr, ein heißes Lispeln, das sie nicht verstand. Er zog sie hinunter, sie knieten nebeneinander vorm Schlüsselloch, und Wange an Wange versuchten sie hinauszuspähen, mit angehaltenem Atem, wo doch nichts war als Finsternis und die tappenden Schritte. Draußen kratzte es an den Wänden, eine Klinke wurde irgendwo niedergedrückt, zwei beklommene Stimmen ganz nah, und dann polterte es wieder die Stiegen hinunter. Jetzt hörte man nichts als von weit weg den Beat. Vielleicht hätte sie jetzt die Angst gepackt, als sie da auf dem Boden lag, in irgendetwas Fetzigem, es roch muffig, und seine Hände waren überall, aber dann war das alles versunken, und sie ritten dahin, im Takt des Liedes, dessen Versprechen sie hundertmal gehört hatte an den Spätnachmittagen daheim in der trüben Küche, und schon nicht mehr geglaubt hatte sie ihm, aber jetzt ritten sie beide dahin zu dieser Musik und lachten dabei, bis ihr das Lachen verging und gleich drauf auch ihm, und nichts war da als ein furchtbarer Schmerz, aber dann war es doch die glühendste Freude. Sie war dort, wo sie immer hatte sein wollen. Sie lag neben ihm, der noch immer manchmal lachte, in leisen Stößen, und sie dachte: Ich habe ja gewusst, dass es das gibt. Er hatte sich von ihr weggedreht, ein wenig nur, aber er wendete sich jetzt schon wieder zu ihr und gab ihr, leise lachend, viele Küsse, die sie ebenso lachend erwiderte. Dann lagen sie nebeneinander, eins im Arm des andern, und das war wohl das Schönste, so ruhig zu liegen, während die Freude, diese glühende Sonne, allmählich auseinanderfloss und alles mit lichter Wärme erfüllte. Es war gut so.

Sie gingen später getrennt in die wieder erleuchtete Stube hinunter, wo das wilde Fest müde geworden war, die anderen saßen mit trüben Gesichtern und starrten vor sich nieder, während sich noch immer die gleiche Platte auf dem Plattenteller drehte, und nur manchmal trank einer von den Burschen mit Anstrengung noch einen Schluck. Vielleicht hatten die nichts bemerkt?

Sie ging dann nach Hause, auf der Straße sang sie leise ihr Lied, sie schlich in die Wohnung, schliefen die Eltern fest?, sie wusch sich ganz leise, und dann lag sie lange wach und sah vor sich hin, in einen hellen Himmel, obwohl ihre Kammer dunkel war und sich nur manchmal auf Sekunden erhellte, wenn noch ein Auto durch die kleine Gasse fuhr.

Am nächsten Morgen schimpften die beiden Alten, dass es so spät geworden war gestern, sie sagte nichts und rührte im Kaffee und gab sich gar keine Mühe, zu sein wie an jedem trübseligen Morgen, es war ja jetzt alles anders. Wenn die Eltern sich besser miteinander verstanden hätten, hätten die beiden jetzt miteinander einen Blick getauscht.

Sie aber wartete. Sie sagte sich gar nicht vor, worauf sie wartete. Die Tür stand ja jetzt offen. Sie ging ins Geschäft, wo sie seit zweieinhalb Jahren Schuhe verkaufte. Der Tag war langsam, es kamen nur wenige Kunden; so konnte sie weiter warten. Sie war so eingehüllt in die eine Stunde, in der alles beschlossen war, was jetzt kommen konnte, dass sie gar nicht bedachte, was ihr geschehen war. Sie war ja verwandelt, endlich zurückverwandelt, und das genügte. Als sie am Abend aus dem Geschäft trat, sah sie sich um, aber es stand keiner da. Jetzt begann sie mühsam zu denken. Wie hätte er auch da stehen können, der doch nur ihren Taufnahmen wusste – es sei denn, er hätte noch nach ihren Umständen bei den andern gefragt. Sie war aber jetzt zu müde, um über solche Möglichkeiten zu grübeln. Sie ging nach Hause. Auch da war nichts. Der Vater würde in einer Stunde kommen und gleich darauf die Mutter. In der gewohnten Umgebung fiel das Warten von ihr ab. Die Mutter fand keinen Grund mehr, sich zu verwundern an diesem Abend.

Auch in den nächsten Tagen geschah nichts und auch nichts in den folgenden Wochen. Am zweiten Sonntag danach war sie mit Anneliese im Kino gewesen, als sie nachher heimgingen, hatte sie die Freundin beiläufig nach den drei fremden Burschen gefragt, die auf der Party so wild getan hätten. Anneliese hatte sie von der Seite angeschaut und gesagt, die drei gehörten zu einem Kabellegertrupp, die seien heute da und morgen dort, und natürlich wüsste sie gar nichts weiter von ihnen.

Aber viel später erst war der Hoffnungsfunke erloschen. Auch damals dachte sie nicht, weder vor noch zurück, es war aber eben so, dass jeder Tag und jede Stunde eine neue Decke auf die kleine Sonne tief in ihr legte. Es war wieder so, wie es jetzt immer sein würde, dreißig Jahre oder vierzig oder fünfzig. Sie sah den Vater an und die Mutter und wusste es. Sie stand jeden Morgen auf, sie aß die Semmel und trank den Kaffee, den ihr die Mutter hinstellte, und ging ins Geschäft. Sie kam abends heim, sie saß vorm Fernseher oder ging mit ihren Bekannten ins Kino. Die Mutter sah sie immer öfter von der Seite an, später auch der Vater. Es war ihr gleichgültig. Der Vater ging jetzt regelmäßiger in seinen Verein und nahm sie immer mit. Die Mutter, die sonst nörgelte bei solchen Anlässen, weil sie zu müde war für alle Unterhaltungen, zog sich jetzt schweigend um und ging mit. Wenn im Verein getanzt wurde und einer sie holte, tanzte die Tochter, wie sie auch früher getanzt hatte, sie ließ sich zum Tisch zurückführen und ging gehorsam mit, wenn ein anderer Tänzer kam. Einladungen von fremden Burschen zum Kegeln oder ins Kino beachtete sie nicht.

Die Tage gingen. Die Eltern sahen, dass sie abmagerte. In den Nächten konnten sie hören, dass sich die Tochter schlaflos im Bett herumwarf. Sie schickten sie zum Arzt. Am Tag darauf ging die Mutter zu ihm und hörte sich seine Ratschläge an. Dann hatten die Eltern begonnen, von einem langen Urlaub zu sprechen, sie hatte sich alles angehört und keine Wünsche nach dem Wie und dem Wohin zu äußern gewusst, als die Eltern sie drängten. Es hatte sich aber dann eine bessere Gelegenheit gefunden: Es hatte der Mutter eine Arbeitskollegin von dem Tiroler Arzt erzählt, der ein verlässliches Kindermädchen suchte. Die Mutter erinnerte sie, wie sie früher ihre Freundinnen um die kleinen Geschwister beneidet hatte. Aber ja, sie wollte es also versuchen. In der Auslage eines Reisebüros ließ sie sich ein buntes Plakat zeigen: Berggipfel hinten und tanzende Trachtenpaare vorne und dazwischen einige lachende Sommerfrischler.

Das Bild säte Erwartungen, nebelleichte, die sich zu einer kleinen Neugier verdichteten, als sie endlich im Zug saß, und der Zug glitt vorbei an raschen Flüssen und winkenden Kirchtürmen, und einmal grüßten auch Kinder aus einem Auto herüber. Als sie dann in Kirchbach ankam, hatte sie bald das Gefühl, dass die Eltern etwas verwechselt haben mussten.

Niemand trug bunte Trachten, nicht einmal an den Sonntagen. Im Herbst jetzt lag der Ort von den Sommerfrischlern verlassen als Mumie zwischen den leeren Feldern, vor den struppigen Waldhügeln. Übrigens stand das Haus des Doktors ein bisschen abseits, in einer Industriesiedlung, sein neues Haus im mauerumschlossenen Garten zwischen den anderen zaunumschränkten Siedlungshäusern, deren Bewohner sie manchmal in den Beeten graben sah. Sie grüßte und wurde gegrüßt und kannte keinen.

Ihre Arbeit tat sie gewissenhaft, die Doktorin war mit ihr zufrieden. Das neue Kindermädchen hielt die Dreijährige sauber und ließ das lebhafte Kind bei seinen Spielen nicht aus den Augen. Vielleicht wäre es besser für die Kleine gewesen, wenn die Neue mit ihr ein wenig herumgetobt hätte, aber man konnte nicht alles haben, dafür lernte das Kind von der Neuen keine verrückten Schlager. Nach zwei Wochen konnte die Doktorsfrau auch das Baby unbesorgt in die Obhut von Ella geben. Und bei den Mahlzeiten konnte die Herrschaft sich ruhig über Patienten und Sonntagspläne unterhalten, man konnte sicher sein, dass das Mädchen nicht vorlaut dazwischenredete wie seine Vorgängerin, es saß stumm und schob der Kleinen Löffel um Löffel in den Mund, und aß dazwischen vom eigenen Teller.

An den freien Nachmittagen ging Ella auch hier ins Kino; sie ging meist allein, und manchmal auch mit dem alten Dienstmädchen. Bevor der Film anfing, stand sie vorm Kinoeingang und sah hinüber zu den Gruppen der schwatzenden Jugend, deren Dialekt sie nicht verstand, und der eine oder andere sah neugierig zu ihr herüber. Manchmal versuchte auch die Doktorsfrau das Mädchen in ein Gespräch zu ziehen, über den letzten Film oder über sein Zuhause; da sie aber immer einsilbige Antworten auf diese Bemühung zurückbekam, ließ sie's bald sein. – Das Mädchen zog jeden Tag die beiden Kinder an, es fütterte sie und badete sie und fuhr mit dem Kinderwagen auf der Straße dem Wald zu und wieder zurück; es ging manchmal ins Kino und saß jeden Abend vor dem Fernsehapparat, bevor es in sein Zimmer ging. Die Fernsehspiele und die Kinofilme sah sie sich an, damit die Stunden vergingen; es waren Nachrichten aus einer bunten und bewegten Welt, die nicht ihre war.

Am kommenden Wochenende war Kirtag im Marktflecken. Die Doktorsfrau sagte dem Mädchen, dass es mitfahren könne; es würde dort Standel geben mit billigen Pullovern und mit Schuhen, und allerlei Krimskrams, und natürlich auch solche mit Lebzeltherzen und Türkischem Honig, und eine Schießbude. In den beiden Wirtshäusern würden die »Inntaler Buben« und die Feuerwehrkapelle aufspielen, und sie könne ja bei ihnen am Tisch sitzen, Tänzer würden sich dann schon finden. Das Mädchen nahm an, gleichgültig dankend, wie sie auch dankte, wenn ihr die Frau einen Teller mit Birnen in ihr Zimmer stellte; aber beim Mittagessen, der Doktor war noch bei einer Entbindung, fragte sie die Frau dann doch, wie es die Mädchen hier bei solchen Anlässen mit dem Anziehen hielten, und ob sie das Augen-Make-up nehmen solle, das sie von Wien fürs Ausgehen gewohnt war. Die Doktorin freute sich, dass sie die Ella ein Stück aus ihrer Höhle herausgelockt hatte; sogar die Wangen des Mädchens hatten heute ein bisschen Farbe.

Als sie am anderen Tag zu dritt ins Auto stiegen, sah Ella sehr hübsch aus, fand das Doktorpaar, die Aufregung stand ihrem ein wenig ausdruckslosen Gesicht gut. Die Feuerwehrkapelle spielte einen Tusch, als der Doktor mit seiner Frau den vollgestopften Saal des Wirtshauses betrat, man zog sie alle drei an den Honoratiorentisch, man goss ihnen Wein ein und schob ihnen riesige Backhendlportionen hin und grellrote Punschtorten und eine weißüberzogene Nusstorte, während die Musikkapelle daneben ihnen eine Polka ins Ohr schmetterte. Wenn man dem Nachbarn antworten wollte, musste man sich zu ihm beugen und schreien. Kaum hatte Ella den letzten Tortenbissen in den Mund geschoben, holte sie schon ein Tänzer; der Doktor hatte heimlich den Fleischhauersohn herangewunken. Sie tanzten in der Enge der hin- und herschiebenden Paare, es machte ihr nichts, dass viele ihr zusahen. Sie ließ sich an den Tisch zurückführen, aber da stand schon der nächste Tänzer vor ihr, und von dem holte sie ein anderer weg und dann wieder ein anderer zum Walzer. Sie tanzte in einem fort. Sie tanzte Walzer und noch einen Walzer und dann einen Beat und dann eine Polka. Sie tanzte und lachte, wie die anderen Mädchen lachten, wenn ihr Tänzer einen wilden Jodler ausstieß. Sie drehte sich, sie ließ sich hin- und herschwenken. So leicht ging das. Ihren Füßen fielen alle Figuren wieder ein. Es war ihr, als wäre das kleine Mädchen, das sie einmal war, plötzlich herangewachsen. Wenn sie wollte, konnte sie jetzt fliegen. Die Burschen rissen sich um die Fremde, sie tanzte leichter als die Dorfmädchen und doch mit bestimmten Bewegungen. Wenn ihr Partner beim Beat einige Drehfiguren mit ihr versuchte, verstand sie ihn gleich, und sie bewegte Kopf und Arme in schönen freien Linien. Selbst der junge Lehrer holte sie zum Tango, und die anderen sahen zu, wie er die Fremde weit hintenüber bog, und sie ließ sich wiegen. Erst als die Musik aufhörte, ging sie zum Doktortisch zurück, es war, als ob sie noch immer tanze. Sie trank den Wein aus, den man ihr schon wieder hingestellt hatte, und lachte mit roten Wangen, obwohl sie der alte Pfarrer nur gefragt hatte, wo sie in Wien denn daheim sei. Sie gab ausführlich Antwort und erzählte ihm aus freien Stücken, wie gern sie Porzellanmalerin geworden wäre, sie habe sich's als Kind so schön vorgestellt, den ganzen Tag in einem ruhigen Saal zu sitzen und schöne Blumen zu malen, wie es ihre Tante tat.

Die gestärkten Musiker begannen wieder zu spielen, es war ein Marsch, und sie sah erwartungsvoll zu den anderen Tischen hinüber, wo die Burschen anfingen ihre Tänzerinnen auf den Tanzboden zu ziehen. Aber es kam keiner zu ihr, auch nicht beim nächsten Fox, und auch dann bei den Walzern nicht. Sie saß und sah mit blinden Augen in das Schieben und Drehen und hörte im Gelärme nicht mehr auf den Pfarrer, der sie gern weiterunterhalten hätte. Der Doktor sagte nachher, es hätten eben die Konservativen über die dörfliche Fortschrittspartei gesiegt; Unsinn, sagte seine Frau, es sei die überständige Tochter des Altbürgermeisters gewesen, die hätte in der Pause die Parole ausgegeben, das fremde Mädchen nicht zu beachten. Aber das ging Ella nichts mehr an. Sie saß schon wieder hinter sieben Bergen; und als der alte Schmied, der, der alle Traktoren reparieren konnte, sie aus Mitleid mit der plötzlich Isolierten zu einem langsamen Landler holte, war es, als hätte die Fremde das Tanzen auf einmal verlernt. Es ließ sich von dem schweren Mann herumschleppen und trat ihm einige Male empfindlich auf die Füße, und beide waren froh, als die Musik mit einem anderen Tanz begann und sie zum Tisch zurückkehren konnten. Dort saß dann das Mädchen, es saß zehn Minuten und dann eine ewige halbe Stunde.

Die Doktorfrau hatte zwischen Gesprächen mit dem Strumpffabrikanten und dem Schuldirektor dem allen zugesehen. Das Mädchen tat ihr leid, wie es so dasaß mit leerem Blick, seine Wangen hatten ihre Farbe verloren, und so schickte sie es nach Hause, damit es nun wieder die Aufsicht über die beiden schlafenden Kinder übernehmen solle. Das Mädchen wurde also vom Fabrikanten mitgenommen, es saß hinten in seinem großen Auto, während sich vorn der Mann und seine Frau, bald spottend, bald scheltend, lachend über den Abend unterhielten.

Sie sagte Gute Nacht und Danke und trat ins Doktorhaus; es war Licht in der Küche, da fand sie die alte Liesl überm Küchentisch eingenickt. Als die das Kindermädchen erkannte, zog sie sich schwerfällig auf und hinkte brummend in ihre Kammer. Das Mädchen sah nach den beiden Kindern, die Kleine schlief fest, aber das Baby lag mit offenen Augen und begann zu wimmern, als sie die Nachttischlampe aufdrehte. Sie wickelte es und gab ihm ein wenig warmen Kamillentee, beim zweiten Schluck war es schon wieder eingeschlafen. Im Wohnzimmer unten hörte sie die Standuhr ticken. Sie ging in ihr Zimmer hinüber.

Das Doktorpaar kam erst viel später heim. In den frühen Morgenstunden war das Wetter plötzlich umgeschlagen; der Sturm fegte über die leeren Felder, und noch ehe die beiden zu Hause ankamen, prasselte schon der Regen aufs Autodach. Als die Doktorin aus dem Auto stieg, sah sie im Zimmer der Kinder den sonst lose angelehnten Fensterflügel unter den Windstößen hin- und herschlagen. Ärgerlich lief sie die Stiegen hinauf und schloss das Fenster, unter dem eine große Wasserlache stand. Und dabei musste diese Ella noch auf sein: unter ihrer Tür lag ja ein Lichtstreifen! Sie klopfte und stand schon im Zimmer: die Deckenlampe brannte hell und das Mädchen lag angekleidet auf seinem Bett. Später sagte die Doktorsfrau, das Unwetter damals wäre eine Fügung des Himmels gewesen, es habe dem jungen Ding, der Ella, das Leben gerettet. Es war übrigens schwer genug, ihr's zu erhalten, sie hatte eine gehörige Portion von dem Schlafmittel geschluckt. Der Doktor sagte, sie müsse drei, vier Gläser Wasser gebraucht haben, um die großen Tabletten eine nach der anderen hinunterzuspülen. Als es dem Mädchen besser ging und es aufstehen konnte, kamen die Eltern, sie kamen alle beide und holten ihre Tochter ab, die blass war und ihren Mund nur zum Ja- und Neinsagen aufmachte; und wie es der Herr Doktor gesagt hatte, lieferten sie ihr Kind in der städtischen Nervenklinik ab. Wahrscheinlich war es gut so; man weiß ja auch nicht, wo man schließlich die Freude findet.

Wie es in Ellas Fall damit war, weiß ich freilich nicht. Ihr weiteres Leben verlief nämlich unauffällig: Sie heiratete bald, einen jungen Arbeitskollegen des Vaters, den der als häuslich und sparsam angepriesen hatte. Der Mann hat übrigens nie Genaues von ihrer Krankheit erfahren, nur, dass sie in jungen Jahren hat einige Monate in einer Art Heilstätte verbringen müssen; als er's hörte, sah er seine zarte Frau an und dachte an eine Art Lungeninfektion, und es hat ihn keiner berichtigt. Das Paar hatte zwei Kinder. Nach Ellas Tod, sie wurde nicht sehr alt, wussten Kinder, Mann und Enkel nicht viel von ihr zu erzählen; ja, genau besehen, wussten sie gar nichts von ihr zu berichten.

Der Kabelleger, der, der Ellas Partner damals beim Versteckenspielen gewesen war, ist viel älter geworden. An das wilde Geburtstagsfest hat er nicht mehr gedacht. Aber einmal, das war schon viele Jahre nach seinem Arbeitsunfall, er war jetzt Gaskassier, ein behäbiger Mann, und sein schlecht verheiltes Bein tat ihm weh, wenn er zwei, drei Stunden in seinem Rayon unterwegs war, einmal begegnete er auf einem seiner Dienstgänge einer fröhlich blickenden Familie. Die kräftig ausschreitende Frau hatte sich in ihren Mann eingehängt und rechts und links gingen zwei gutgeratene Buben. Da fiel ihm, aus dem blauen Himmel herab, plötzlich die Dachkammer damals ein und das Mädchen dazu, denn er hatte in den lächelnden Augen der fremden Frau die Augen des fremden Mädchens von damals wiederzuerkennen geglaubt. Er dachte in den nächsten Wochen manchmal an das sonderbare Ding, wie sie sich so voll Vertrauen in seine Arme hatte fallen lassen, er dachte an sie, wenn er durch die nebligen Straßen heimhinkte, und manchmal noch, wenn er neben seiner schweigenden Frau vorm Fernsehapparat saß, er lächelte dann vor sich hin und es schien ihm sehr gut, dass er damals zur Geburtstagsparty mitgegangen war, bis die Erinnerung an das Mädchen ihm für immer versank.

Eine Geschichte von der dicken Mia
und vom schönen Alois

Bei dieser Hitze liegen die beiden am Seeufer von Podersdorf, Podersdorf am Neusiedlersee, unter den Hunderten und Hunderten von Leuten, aus Wien, aus Wiener Neustadt, aus den kleinen Ortschaften irgendwo hinten im Marchfeld oder im Burgenland. Weil es so heiß ist, haben sie die Autodecke als Sonnenschutz zwischen zwei mageren Bäumen aufgehängt, und in den schmalen Schatten haben sie die neuen Campingbetten gestellt. Das Babykörberl steht zwischen ihnen, gleich neben der Kühltasche, die ist orange und violett und grün geblumt. Im Radio ist gerade »Autofahrer unterwegs«. Auf dem See sind nur wenige Segelboote, es geht ja kein Wind. Man kann dem Radio zuhören und dösen. Es gibt auch immer wieder eine Abwechslung, weil immer neue Gruppen am eigenen Lager vorbei zum Strand marschieren. Die werden sich wundern, wie warm das Wasser ist, gar keine Abkühlung. Zum Lesen ist es auch zu heiß. Die Mia hat ihre Illustrierte gleich weggelegt, der Alois war mit seiner Sonntagszeitung auch rasch fertig, nur die Sportseite hat er sich kurz angeschaut und natürlich die Bilder von einem Mädchen, das irgendwo badet, wo es genau so heiß ist wie da. Über die Zugentgleisung stehen auch keine neuen Einzelheiten drinnen, was die

Angehörigen dazu sagen, hat man ja gestern schon gelesen. Alois macht die Augen zu, aber er ist unruhig, es muss die Hitze sein. Er isst eine Birne und zwei Pfirsiche und schmiert sich ausgiebig mit der neuen bräunenden Spezialcreme ein. Morgen werden sie ihn zwar in der Werkstatt wieder frozzeln, weil er so auf sich schaut, aber neidig werden sie auch sein auf seine Bräune, die sich gut zu seinen blauen Augen macht. Die können nicht glauben, dass er der Mia treu ist. Seine Mutter daheim im Dorf bei St. Pölten würde das schon glauben. Die hat schon früher immer gesagt, der Alois ist so brav, weil er nur seine Ruhe haben will. Zum Glück gehen immer wieder Leute vorbei. Jetzt gerade die zwei Männer in langen Hosen und weißen Sporthemden. Unter den anderen Nackten schauen sie direkt angezogen aus. Dafür tragen sie nichts, keine Esskörbe, keine Handtücher, keine Luftmatratzen. Jetzt bleiben sie stehen und schauen sich um. Man hört nicht, was sie reden. Schade.

Wenn der Alois seine Zeitung genauer gelesen hätte, hätte ihm auf Seite zwanzig das Bild des einen Mannes entgegengeblickt. Der ist ein Chemiker, Nobelpreisträger. Weil seine Stimme etwas gilt, hat ihn der andere, der Biologe, dessen Domäne der Neusiedlersee ist, eingeladen. Die Meinung des Nobelpreisträgers sollte schwer wiegen beim Hin und Her um das Schicksal der Uferzone.

Der berühmte Chemiker hat sich so gedreht, dass er dem mit Menschentrauben gescheckten Strand den Rücken zeigt. Er schaut auf den See hinaus, gegen die Sonne, die alles auflöst in eine schwere Glut. So könnte man glauben, irgendwo in der asiatischen Steppe zu sein. Aber da kommt die beschwörende Stimme der Ansagerin aus dem Radio von Alois und Mia; sie ist voll Wienerherz. Der weltberühmte Chemiker seufzt unwillkürlich. Eigentlich wollte er heute auf seiner Hütte im Hessischen sein und das neue Gemüsebeet fertig machen. Zu dieser Hütte führt nicht einmal ein Fahrweg, fällt ihm wieder einmal ein. Der Biologe hat natürlich recht. Wenn man auf die Straße den See entlang verzichtet, könnten einmal an diesem Ufer zehnmal so viele Menschen wie die hier ihre Bäuche in die Sonne halten, ohne die Vogelkolonien zu behelligen. Er war bereit, die Resolution zu unterschreiben. Man könnte nach Wien zurückfahren, und morgen abend wäre er in seiner Hütte. Ohne Strom, ohne Radio und allein.

Zum Glück hat Alois die alte Mickymaus-Nummer eingesteckt. Wenn er eine Mickymaus anschaut, ist alles in Ordnung. Jedes Bild zieht eine freundliche Erinnerung aus seiner Bubenzeit hervor. Manchmal treten auch die Figuren von Werkstattkunden an die Stelle der Zeichnungen. Nur das Baby in seinem Korb passt da nicht ganz hinein. Der Bub muss es einmal gut haben, darauf wird er schauen. Aber jetzt schreit er, der Kleine.

Die Mia seufzt. Wahrscheinlich ist es für das Kind doch zu heiß. Ich geb' jetzt dem Kleinen sein Flascherl, und dann fahren wir.

Sie fahren durch Weiden. Rechts und links die verschlossenen Fenster und Türen der Häuserzeile in der prallen Sonne. Alois sagt: Da wohnt jetzt der Dichter, der gestern im Fernsehen gegen den Atomversuch gesprochen hat. Er lässt auch den geflüchteten Kollegen bei sich wohnen. Mia gähnt die Sonne an: Bei der Hitze ist das kein Vergnügen.

Unter der Decke von Hitze und Benommenheit denkt sie: Morgen geh' ich mit dem Kurti aber zur Mütterberatung. Irgendetwas werden die schon wissen, damit er nicht so viel schreit. Vielleicht hat er einen Bruch oder was mit dem Darm, wie die Kleine von nebenan. Während sie sich schon um zwei Uhr früh in der schwülen Küche stehen und eine komplizierte Medizin aufwärmen sieht, denkt sie zwischen Schaudern und einer ganz leisen Befriedigung: Dann werd' ich noch mehr Arbeit haben.

Vor Bruck stockt der Verkehr. Alois dreht das Autoradio laut. Er ist jetzt sehr gut gelaunt. Er freut sich auf morgen. Auf die kühle Werkstatt, das Radio den ganzen Tag, seinen schön eingeräumten Kasten mit den Schraubenschlüsseln. Und am Abend dann das neue Comic-Heft. Der Montagabend war immer der schönste. Auch Mia hatte dann nichts zu schimpfen, denn wenn er das neue Lassie-Heft hatte, drehte er nie die Nachrichten auf.

Als die beiden durch Weiden fuhren, saß der Dichter wirklich im dämmrigen Haus. Er saß vor seiner Schreibmaschine und kam mit seinem Artikel nur langsam weiter. Aber die Arbeit musste morgen früh zur Post. Der Dichter kannte seinen Beruf; schon seit zwanzig Jahren veröffentlichten die Verlage gern, was er ihnen schickte. Außerdem war ihm zu seiner eigenen Überraschung zugute gekommen, dass ihn Temperament und Gewissen einige Male zu politischen Erklärungen getrieben hatten. Die Leute hatten immer wieder von ihm reden müssen. Er hätte gern gewusst, wie weit seine Botschaften wirklich trugen.

Der Dichter stand seufzend auf, um sich in der Küche noch ein Glas kalten Tee zu holen. Durch die offene Tür sah er in seine Kammer. Dort schlief der junge Mann, der Flüchtling, von dem alle Zeitungen geschrieben hatten. Blass und erschöpft sah er ihn auf seinem Bett liegen.

Maria wiederzusehen

Und doch hatte sie nie an Maria gedacht in all den Berufsjahren, deren Hierhin und Dorthin und Hin und Her im Zurückschauen zusammengeflossen waren zu einem still daliegenden Wasserspiegel, sodass sie jetzt alle Räder ihres Gehirns anwerfen musste, um zu dem Ergebnis zu kommen: Ich habe Maria seit dreiundzwanzig Jahren nicht gesehen.

Aber jetzt werde ich sie wiedersehen, sagte sie sich vor und zündete schon wieder eine Zigarette an. Der Zug fuhr noch immer langsam an dieser Stelle; sie sah zu, wie sich das grüne Tal, buschumsäumter Bach zwischen Wiesen, vor ihr auf- und langsam wieder zuschloss.

Sie hätte Maria das Foto mitbringen sollen. Auf dem Foto in ihrer New Yorker Zeitung hatte sie Maria sofort wiedererkannt. Die Fotografie war aufgenommen worden wegen des berühmten Malers, und deswegen stand der auch in der Mitte. Ein breiter, schwarzer Sack, stand er zwischen den ihn überragenden anderen, die winkten und alle die Münder offen hatten, als hätten sie gerade etwas gerufen. Natürlich hatte jeder etwas anderes gerufen, aber alle diese Hände deuteten das eine: Schau du mich an. Draußen am Bildrand war eine Frau gesessen; man fragte sich, wieso sie überhaupt aufs Bild gekommen war. Maria saß da. Sie hatte die Beine breit aufgestellt und sah von unten her dem Betrachter voll ins Gesicht. Aber sie sieht mich ja trotzdem nicht. An diesem Blick hatte sie Maria wiedererkannt.

Wirklich schade, dass das Zeitungsblatt daheim auf ihrem Nachttisch lag. Sie hätte es Maria zeigen können, und so hätte ihre Begegnung einen Anfang gehabt.

Ankunft, Taxi, Hotel, Hotelzimmer, erste Besprechung, Fragen notieren, rasche Verbindung mit ihrer Firma drüben in New York. (Natürlich können Sie die Lieferung versprechen, aber versuchen Sie, den Liefertermin um vierzehn Tage hinauszuschieben.) Es ist heute besser gegangen, als ich dachte. Kaffee und Zigarette, und das Adressbuch verlangen; da: Marias Name und ihre alte Adresse. Waschen, rasch, lieber den blauen Lidschatten, jetzt die Sandaletten, nicht nachdenken wie ich aussehe, nach dreiundzwanzig Jahren; sie wird mich zuerst an meiner Stimme erkennen. Und dann wird Maria auch mein Gesicht wiederfinden.

In den Straßen ist vieles fremd. Diese vielen Hochhäuser. Wenigstens die Kirchtürme stimmen noch. Einfach den Füßen nachgehen, die kennen sich aus. Jetzt rechts. Straßen um Straßen. War es hier immer so heiß gewesen im Juni?

Irgendwo schleicht sich dann das Alte herein. Bevor sie noch um die Ecke ist, weiß sie schon, dass dort die Tabaktrafik ihr schwarzes Guckloch hinter Zeitungsständern verbirgt. Und daneben das Obstgeschäft, noch immer bunt und adrett. Ob sie sich zwei Pfirsiche kauft?

Durchs Durchhaus, auf dem kürzeren Weg, nur noch wenige

Schritte, und da das Haustor. Kühles Eisengeländer, die Stiege dreht sich höher und höher, gleich ist sie ganz oben, aber das Stiegenhaus haben sie jetzt gelb gemalt.

Als sie den Namen Marias liest, Blockbuchstaben, tintenblaue Balken, jetzt glaube ichs erst. Schon ist der Zeigefinger zur Klingel gefahren. Sie erschrickt über den bekannten Ton. Ach geh. Warum sollte gerade die Türglocke neu sein?

Sie steht da. Durchs Stiegenhaus kommen mit allen Kochgerüchen viele Töne herauf, aus allen Stockwerken die gleiche Radiomusik, aber irgendwo ist hinter einer der Türen eine obstinate Ziehharmonika. Unten wird eine Tür aufgemacht und gleich darauf zugeworfen, Stöckel klappern die Stufen hinunter. Und ich stehe da. Wie hat das Lied geheißen, das diese Ziehharmonika spielt? Fest und lange legt sie die Handfläche auf die Klingel, jetzt hört man die Ziehharmonika kaum mehr, aber einmal muss sie wieder loslassen.

Drinnen bei Maria ist es jetzt dämmrig. Wenn es heiß ist, lässt Maria immer die Jalousien herunter. Maria steht mitten im Zimmer, in ihrem weißen Leinennachthemd, in dem sie manchmal den ganzen Tag herumgeht, steht sie da auf blassen Füßen; sie wartet. Wie weiß Maria, dass ich gekommen bin? Maria steht in der Mitte des Zimmers, lauschend, und rührt sich nicht. Ich läute noch einmal.

Maria wird noch in der Arbeit sein. Irgendeinen Job wird auch sie haben müssen? Vielleicht ist sie Verkäuferin geworden. Eine gleichgültige Verkäuferin. Ich muss also später wiederkommen. Später. Dann wird es auch kühler sein.

49

Ein Land, in dem der Regen von den Bäumen in den Boden wächst. Wer hatte das damals gesagt? Terry natürlich, und Maria hatte den Mund aufgerissen und gelacht, sie hatte, ohne Terry aus den Augen zu lassen, ihr Weinglas genommen und den Wein in großen Schlucken hinuntergetrunken.

Die heiße Straße ist fast leer, Mittagszeit. Nur drüben hängen zwei Mädchen Arme und Köpfe über den Zaun. Als sie die Fremde bemerken, klettern sie herüber, dabei stoßen ihre Ellenbogen tiefe Löcher in die Hitzedecke. Die Mädchen beginnen mit Tempelhüpfen, dort, wo mit Kreidestrichen ein Gitter auf den Asphalt gezeichnet ist. Sie tun, als hätten sie die Fremde gar nicht bemerkt.

In meiner Zeit hätten Kinder gekichert, wenn sie ein Fremder angesprochen hätte. Diese beiden starren mich an, gefrorene Gesichter. Das Mädchen mit den kurzgestutzten Haaren wendet sich ab und beginnt wieder mit seinen staksigen Sprüngen. Die andere steht da, sie kneift die Augen gegen die Sonne zusammen, als ob sie mich schon vergessen hätte. Dann dreht sie sich der Springenden zu, sie leiert vor sich hin: »Nie von so einer gehört. Nie den Namen gehört, nie gehört.« »Ist schon recht«, sagt die Übriggebliebene und wendet sich ab.

Drüben die Drogerie! Als sie in die Auslage blickt, ist es, als seien drinnen die Dosen und Tuben, die Bürsten und Farbpulver seit dreiundzwanzig Jahren unangerührt liegen geblieben. Sie öffnet die Tür. Unter den Füßen spürt sie denselben schwammigen Bodenbelag. Sie steht lange, ehe von hinten ein Mädchen kommt. Es ist, als sei auch dieses graue Mädchen dreiundzwanzig Jahre zwischen den Dosen und Flaschen und Säckchen hiergewesen, und ausgesperrt draußen der Fluss der Straße und drüben das Stadtmeer, aber hin und wieder legen hier die Seefahrer an, und vielleicht ist auch Maria erst gestern durch diese Tür getreten, sie hat sich ungeduldig umgeblickt im dämmrigen Licht, vielleicht hat sie nach purpurfarbigem Nagellack gefragt oder Kalmustinktur verlangt, und weil es Maria ist, hat die kleine Graue auch ganz hinten im Gewölbe zwischen den staubigen Schachteln die richtige Flasche gefunden. Aber nein, sagt die Graue, diese Dame kenne ich nicht, ich habe diesen Namen jedenfalls noch nie gehört, und es kommen doch alle hierher, es vergisst doch jeder einmal etwas beim Einkauf im Supermarkt, oder suchen Sie vielleicht eine große, starke Dame, sie hat einen aprikosenfarbigen Zwergpudel, sehr auffallend, er hat ein Strasshalsband – nein, und danke, sagt sie da, und ich danke Ihnen sehr.

Auf der Straße, sie sieht hinauf, Marias Fenster. Maria hat sich versteckt. Maria steht hinter dem dichtgezogenen Vorhang, sie sieht ihr immer zu. Maria hat ihr zugesehen, als sie mit den Kindern sprach und als sie in die Drogerie trat. Maria hat hinter dem Fenster gewartet, bis sie wieder aus dem Geschäft kam, und auch jetzt schaut ihr Maria zu. Sie schaut zu ihr herunter, ohne Neugier, ohne Schadenfreude.

Sie steht noch immer vor der Drogerie, die grauen Schachteln und die braunen Dosen im Rücken; jetzt gibt sie sich einen Ruck und geht langsam weiter. Maria hat sich versteckt, aber ich werde sie finden.

Maria hat sich immer gern versteckt. Damals, als wir vier diesen Ausflug planten, das war doch zu Beginn der Semesterferien?; sie erinnert sich jetzt, wie kalt es war und wie windig, als sie unter dem Flugdach stand und auf Maria wartete. Schließlich waren sie zu dritt zum Zug gestürzt, der in Sekunden abfahren würde, sie immer hinter den zwei Paar Nagelschuhen her, Hall und Widerhall in der Unterführung. Es war dann noch lustig geworden, damals. Vorm Steilstück hatten Klaus und Hans zum Spaß gerauft, wer ihren Rucksack tragen dürfe, und am Gipfel hatten sie dann in alle besonnten Himmelsrichtungen gesungen und geschrien, und dann die Firnabfahrt. Drei gute Tage, und Maria war nicht gekommen. Sie war nachher zu den Eltern gefahren, Ferien eben, angenehme Tage, aber als sie zu Semesterbeginn zurückgekommen war, hatte sie Koffer und Tasche in ihr Zimmer geschoben und war zu Maria gelaufen. Maria, die vor ihr durchs Zimmer geht, und ihr ausgewaschenes Kleidchen schwingt um ihre nackten Beine; Maria, die sich in den Sessel fallen lässt, einen Fuß zieht sie hinauf, sie beginnt, ihre Zehennägel zu feilen, sie ist halb abgewendet, und da springt sie auf von der Matratze, auf der sie in ihrem Mantel gekauert ist, sie springt vor Marias Augen und schreit ihr ins Gesicht: »Warum bist du nicht gekommen? Warum bist du damals nicht gekommen? Wir hatten es doch ausgemacht, und du hast es mir fest versprochen!«

Maria hatte an ihren Zehen weitergefeilt. Nach einer Weile war sie aufgestanden. Im Kasten hatte sie nach Strümpfen gesucht, endlich hatte sie welche gefunden, sie hatte die

Strümpfe angezogen und dann die Schuhe, die sie hinter dem eisernen Ofen hervorgezogen hatte, sie hatte ihre Jacke vom Haken genommen und war hineingeschlüpft, sie hatte sich mit beiden Händen die Haare zurückgestrichen. Bei allem hatte sie selbst, die noch immer in der Mitte des Zimmers neben dem Stuhl stand, Maria zugesehen. Dann war Maria um sie herumgegangen, vom Tisch, auf dem wie immer in einem hohen Stoß ihre Noten lagen, hatte sie zwei Hefte herausgezogen, und während Maria jetzt auf die Tür zuging, hatte sie zur Tür gesagt: »Der Stöger hat mir sagen lassen, dass ich am Mittwoch zum Vorsingen kommen soll«, und ihre Schritte so langsam die Stufen hinunter.

Die kleinen Mädchen waren noch immer vorm Haus. Jetzt schossen sie mit Kaugummikugeln auf die vorbeifahrenden Autos. Zwischen den heißen Mauern ging sie die Straße hinunter. Die Tagesgespenster der Häuser schwebten über der irisierenden Asphaltfläche. Ein Mann kam ihr entgegen, er trug ein kleines Kind auf dem Arm. Das Kind hatte ein rundes Gesicht und darüber einen weißblonden Haarflaum, sie hätte nicht sagen können, ob es ein Junge war oder ein Mädchen. Das Kind hatte runde hellblaue Augen. Sie versuchte, seinen herumschweifenden Blick aufzuhalten. Aber die Augen des Kindes liefen hierhin und dorthin, ziellos, es gelang ihr nicht, seinen Blick aufzufangen; nie würde sie am Grunde dieser bewusstlosen Augen aufgehoben sein.

Über ihrer Bauchgrube war jetzt ein kleiner harter Knoten. In der Bewegung ihres Gehens spürte sie, wie der Knoten

hart und heiß in ihrem Körper lag, gegen Haut und Einge-
weide drückte. Dann explodierte der Knoten, und die Wellen
eines warmen Schmerzes strömten aus ihrem Bauch hoch, sie
schnürten ihr den Hals zusammen. Jetzt watete sie bis zu den
Augen im Schmerz.

Sie brachte den Nachmittag hin, indem sie durch die Straßen
der Stadt zog. Als sie einmal Hunger hatte, ging sie in ein Geschäft und kaufte sich eine Semmel. Nachher ging sie wieder.
Vielleicht war es jetzt nicht mehr so heiß; sie spürte jedenfalls
die Hitze nicht mehr als Mauer, die sie umzurennen hatte, sie
war mit der Hitze eins. Im Vorbeigehen, sie ging jetzt langsamer, sah sie hinein in einen grünen Garten, grünes Laub, in
dem hoch oben rote Kirschen schaukelten. Vielleicht würde
sie Maria heute Abend finden.

Als Kaffeegeruch herandrang, fiel ihr auf, dass sie sehr müde
war. Sie trat in ein Espresso, hier kam ihr die rauchschwere
Luft kalt vor. Sie trank den Kaffee, aß dazu einen staubigen
Kuchen. Sie saß und hatte die müden Beine unter der Bank
angezogen; durchs Fenster sah sie den Vorübergehenden entgegen. Als ihr auffiel, dass sie nach Maria Ausschau hielt, als
sie sich der Gefangenschaft ihrer Gedanken bewusst wurde,
zahlte sie und ging.

Im Umhergehen kam sie auf Plätze, die ihr von früher her bekannt waren. Andere Gegenden waren ihr fremd. Auf einmal
stand sie wieder vor Marias Haus.

Diesmal wurde ihr auf ihr Läuten geöffnet. Vor ihr stand eine
Frau, die sie noch nie gesehen hatte. Sie war groß und mas-

sig, und sie war viel jünger, als Maria jetzt sein musste. Die Frau sagte: »Ach, das alte Namensschild! Ich werde es nachher gleich herunternehmen.« Sie sah sie an; nach einer Weile sagte sie, »Kommen Sie doch herein.« Sie folgte und stand im Zimmer. Es war nicht mehr Marias Zimmer. Um einen Esstisch standen hochlehnige Stühle, auf dem Fauteuil vorm Fernseher lag Strickzeug. Die Frau sagte: »Wissen Sie, ich habe meine Wohnung über ein Realitätenbüro bekommen. Meine Vormieterin habe ich nie zu Gesicht bekommen.« Die Fremde lachte und sagte: »Aber als ich damals diese Wohnung besichtigte, standen hier überall in Kanistern und Eimern verdorrte Forsythienzweige. Ganz hohe Äste waren das. Und in der Ecke hinter dem Ofen habe ich eine einzelne Sandale gefunden, so eine persische oder indische. Schade, habe ich mir gedacht. Was wird sie mit einer einzelnen Sandale anfangen, die Vorgängerin. Es war eine sehr kleine Sandale.«

Sie trat durchs knarrende Haustor auf die Straße. Diesmal waren die Kinder nicht da. Die Straße lag jetzt in einem sanften Abendlicht, die Häuser standen nah und lebendig.

Sie wird sich vom Portier eine Karte fürs Landestheater besorgen lassen, sie wird hingehen, ohne auf den Programmzettel zu schauen, sie wird sich eine Überraschung bereiten. Und nach dem Theater wird sie in ein Tanzlokal gehen oder in eine Bar. Sie wird sich hinsetzen, etwas Ordentliches trinken, wird den Tänzern zusehen. Zum Teufel mit Maria. Die werden doch so etwas wie eine Bar haben in diesem Kaff!

Das Kino hatte jetzt die braungestrichene Tür offen. Sie trat ein. Der Vorraum war fast leer, das Kassahäuschen noch unbesetzt, nur hinterm Buffet war schon ein hellblondes Mädchen und an der Theke lehnte ein Mann, der ihr, die an der Tür stehen blieb, entgegensah. Sie stand unter den Kinoplakaten, auf deren weißrote Gesichter die Kinder, wie damals auch, Schnurrbärte und den Frauenkleidern auch die Haarwildnis der Schöße aufgemalt hatten. Sie stand gerade dort, wo sie so oft auf Maria gewartet hatte. Von drüben musterte sie dieser Mann, ohne eine Miene zu verziehen. Sie ging, als hätte es ihr einer befohlen, auf die spöttischen Augen zu. Vor dem Mann blieb sie stehen. Sie hörte sich fragen: »Wissen Sie, wo Maria ist?« Der junge Mann blickte sie noch immer an. Jetzt lächelte er. Er nahm die Zigarette aus dem Mund, sah auf die Zigarette hinunter, die er zwischen Daumen und Zeigefinger hielt, dann führte er sie in einer raschen und geschmeidigen Bewegung wieder an die Lippen, sie musste sich zwingen, den Blick von seinen beweglichen Hüften zu nehmen, seine seiden glänzende Hose zeichnete jeden Muskel nach, er blies den Rauch an ihrem Gesicht vorbei, schloss die Lippen, öffnete sie wieder, zu einem Lächeln jetzt, und sagte, noch immer lächelnd, »Sie suchen also Maria.« Er machte einen neuen Zug und sagte, weiterlächelnd, »Aber Maria ist doch nicht mehr hier.« Über ihren Kopf hinweg rief er jemandem, der hinter ihrem Rücken stand, einen Gruß hinüber, Gruß und Lachen wurden über ihren Kopf hinweg zurückgegeben.

Das Echo des Satzes, den der Mann zu ihr gesagt hatte, begann erst jetzt in ihrem Kopf nachzuhallen: Maria ist doch nicht mehr hier. Sie fand sich in der Hauptstraße wieder. Sie merkte, dass sie die Richtung auf ihr Hotel eingeschlagen hatte.

Das Hotel. Ich fahre jetzt. Ich möchte die Rechnung. Wenn Sie sich beeilen, können Sie den Abendzug erreichen. Packen, rasch, nur rasch. Draußen ist jetzt ein Gewitter; sie muss die Fenster schließen vor dem prasselnden Regen. Das Taxi. Ich hasse sie. Wie ich Maria hasse. Mein Zug, gerade noch erreicht! Wie glatt das alles gegangen ist. Als hätte man mich nicht hierhaben wollen.

Während der Zug anfährt, steht sie noch einmal auf, holt die Zeitschrift aus der Tasche im Gepäcksnetz. Der Mann ihr gegenüber sagt: »Sitzen Sie lieber in Fahrtrichtung? Mir macht es nichts aus, den Platz zu tauschen.« Sie schüttelt den Kopf, ohne ihn anzusehen, »Nein, danke.«

Sie hat die Reiseseite aufgeschlagen, sieht auf die Bilder eines tropischen Strandes, strahlend blau und weiß, so weißer Sand, seidenschimmernder Sand, in dem die blassen Füße wohlig versinken würden. Dann schaut sie zum Fenster hinaus; nach dem Gewitter liegt noch Nebeldunst über den Feldern, Wassertropfen hängen auf den Telegraphendrähten; sie sieht die Bilder auf ihrem Schoß an, blauer Himmel, blaues blaues Meer, weißer Sand, draußen jetzt das Tal, das Tal öffnet langsam sein Grün vor ihr, um sich langsam wieder zuzuschließen; an der Böschung, die sich näherschiebt, klebt in langen Strähnen das triefende Gras.

Es ist gar nichts geschehen, sagt sie zu sich, während sie auf die tropischen Bilder hinunterschaut, es ist überhaupt nichts geschehen. Im Zugtakt sagt es von tiefer drunten zu ihr: Ich habe es gewusst. Ich habe es von Anfang an gewusst.

Der Mann gegenüber sieht ihr ins Gesicht. Sie sagt, jetzt schon mit ihrer eigenen Stimme, »Wenn Sie wollen, können wir unsere Zeitungen tauschen.«

Jonas und der Walfisch

Ich habe mit Frau Helmer viele Geschäftsreisen absolviert. Das ging gut, weil wir keine Konkurrenten waren. Sie war, obwohl sie eine Frau war, kaufmännisch sehr versiert, sie kannte sich aus mit allen Importbestimmungen und sprach auch leidlich drei Fremdsprachen. Außerdem machte Frau Helmer nie Anstalten, mir im Modesektor dreinzureden; vielmehr fragte sie mich sogar um Rat, wenn sie ein Stück aus einer neuen Kollektion für sich kaufen wollte. Bei solchen Gelegenheiten pflegte sie lachend zu sagen, dass ich alle Vorzüge einer besten Freundin hätte, jedoch ohne deren Nachteil, zugleich die schärfste Konkurrentin zu sein.

Unsere letzte gemeinsame Reise ging nach Florenz, zur Frühjahrsmesse. Als alles vorbei war, waren wir beide, wie immer nach solchen hektischen Tagen, total erschöpft. In zwei Stunden ging unser Flugzeug. Frau Helmer und ich saßen an diesem trüben Vormittag in der dämmrigen Hotelhalle. Wir tranken schweigend unseren letzten Cappuccino, rauchten, und wahrscheinlich war auch sie froh, dass es hier so still war. Draußen, vorm Fenster, hingen die nassen Zweige der Mimosen ruhig im Regen, und die Bäume drüben im Garten waren hinter dem Wasservorhang nur als farblose Schatten zu ahnen. Der Boy war leise herangetreten, er holte Frau Helmer zum

Telefon. Als sie zurückkam, hatte Lene glänzende Augen. »Das war Paul«, sagte sie, »er ist verrückt! Stell dir vor, er schlägt mir ein Wochenende in Prag vor! Wieso er auf Prag kommt? Er sagt, Prag ist eine Stadt für den Frühling. Vielleicht hat er recht. Und ich wollte schon immer die böhmische Gotik sehen. Wir werden hinausfahren und in den Moldauauen spazieren gehen, sagt er; wir werden Veilchen pflücken. Und ich werde Powidltascherl essen und die verrücktesten Sorten von Knödeln. Ich kann ohne weiteres zwei Portionen Powidltascherl essen, Paul wird sich wundern! Aber bei ihm kann man sich gehen lassen – das ist vielleicht die einzige Ähnlichkeit zwischen euch beiden. Paul wird nur lachen und ganz ernst fragen, ob ich nicht noch eine Portion Schokoladepalatschinken möchte. Aber wer weiß, vielleicht fahre ich gar nicht nach Prag.« Sie nahm sich noch eine Zigarette, und ich sah, dass sie die Zigarette sehr fest zwischen den Fingern hielt. Ich war froh, dass wir einen Gesprächsstoff hatten und dass sie an etwas Zukünftiges dachte, denn unsere Stunden vorm Flug waren sonst schrecklich tot; ihre Angst vorm Fliegen löschte alles aus, ich saß dann neben ihr und musste zusehen, wie sie mehr und mehr erstarrte. Meine Fragen, mein Zureden, mein Schelten rannen an ihr ab, sie wurde taubstumm in diesen Augenblicken.

Ich sagte also schnell: »Ach, Paul heißt er. Mir hat nur noch der Name des Herrn gefehlt zu allen Indizien.« Jetzt lachte sie doch und sagte, »Also errätst du so viel von mir?« Und ich konnte antworten: »Im Winter 1977 bist du jedes zweite

Wochenende nach Salzburg zum Skilaufen gefahren. Und im Sommer darauf hast du Klettern gelernt. Unter der Woche hast du dich sehr bemüht, der gewöhnlichen Frau Helmer zu gleichen; aber wenn du an den Montagen ins Büro gekommen bist, hast du manchmal rote Backen gehabt und wie deine eigene kleine Tochter ausgesehen. An anderen Montagen kamst du gebückt und blass zu uns, als hättest du übers Wochenende drei Jahrzehnte Erfahrung auf Vorschuss gemacht. Aber diesmal heißt er ja Paul.« Sie lachte wieder und sagte, »Und diesmal ist es ja Prag und nicht Salzburg, also könnte alles anders kommen. Und vielleicht fahre ich gar nicht nach Prag. Wer weiß, vielleicht, wenn ich zu Hause ankomme, liegen meine Befunde schon im Briefkasten, oder die Frau Huber hat mir einen Stoß Post auf meinen Schreibtisch gelegt, und da ist auch der Brief von der Klinik dabei. Schau nicht so entsetzt. Was ist denn dabei? Schließlich hat Brustkrebs im Frühstadium recht gute Chancen, sagt der Oberarzt.«

»Also ja, ich war bei einer Routineuntersuchung, bevor wir hierher auf die Messe gefahren sind; ich bitte dich, schließlich muss ich dir ja nicht alles mitteilen, auch wenn wir jetzt schon fünf Jahre miteinander arbeiten. Jaja, ich weiß schon, du bist mein bester Freund, und wer hat mir damals Tee gekocht nach der Scheidung, und wer ist eine ganze Nacht bei mir gesessen, und wer ist mit der Kleinen spazieren gegangen und hat uns beide in die Disney-Filme ausgeführt?«

»Sei doch nicht so ungeduldig, das passt nicht zu dir. Was der Oberarzt gesagt hat? Was der Oberarzt also gesagt hat,

›es besteht leider die Möglichkeit, dass Sie sich sehr bald einer radikalen Operation werden unterziehen müssen, gnädige Frau. Aber jetzt warten wir einmal ganz ruhig ab, die Excision braucht ja den Tastbefund und die Mammographie nicht zu bestätigen‹ … oder hat er gesagt: ›Sehr oft widerlegt die Excision den Tastbefund‹? Vielleicht werde ich also gar nicht nach Prag fahren, sondern brav im Spital liegen. Du siehst, alles ist möglich. Und zum Glück haben wir ja diese Zusatzversicherung von der Firma. Die Kleine muss ich eben einstweilen ganz zur Mutter geben, oder doch lieber ins Internat? – Da wäre sie wenigstens unter ihren Freundinnen und ein bisschen abgelenkt. Vielleicht hätte ich mir gestern doch noch das andere Nachthemd kaufen sollen, das lindgrüne, weißt du – aber es würde nicht gut aussehen an mir; ich werde ja käseweiß sein nach dieser Operation. Und vielleicht fahre ich doch nach Prag, bevor ich mich in die Klinik einweisen lasse.« Ich sagte: »Du und die Kleine, ihr könntet doch mit mir an den Neusiedlersee zum Segeln fahren, wenn es so warm bleibt, und vielleicht ist dein Befund auch in Ordnung.« Sie sagte, »Ich möchte so gern noch einmal Veilchen suchen. Seit ich ein Kind war, freue ich mich darauf von einem Frühling auf den anderen.« Da kam der Portier und sagte, dass unser Taxi schon fünf Minuten warte, und unser Gepäck sei schon verstaut.

Im Taxi redete sie weiter. Sie sprach sehr schnell. »Vielleicht hätte ich doch die Bluse mit den Punkten für die Kleine kaufen sollen statt der naturfarbenen. Aber meine Mutter freut

sich ganz bestimmt über die Petit-Point-Tasche, und die gla-
cierten Maroni für die Frau Huber sind auch richtig.« Ich war
froh, dass sie wieder in ihre Geschenkekrämerei zurückfiel,
das lenkte sie ab. Heute früh hatte mich Lena noch in vier
Geschäfte geschleppt, bevor wir endlich die naturfarbene Bluse für die Kleine gefunden hatten. Aber sie sprach schon weiter, sie erzählte mir jetzt, wie sie als Kinder Veilchen gesucht
hatten in Hausberg; sie beschrieb mir genau den Obstgarten,
an dessen Holzzaun sie jeden Frühling die ersten gefunden
hatte. Sie fragte auch, ob ich am Neusiedlersee solche Plätze
wisse, aber bevor ich noch antworten konnte, begann sie zu-
sammenhanglos von ihrer Freundin zu sprechen. »Weißt du,
die Käthe, das war meine Freundin, noch von der Volksschule
her, die ist voriges Jahr gestorben … ich hab dir das nie erzählt? Das kann schon sein.« Sie sagte: »Käthe ist ja auch an
Krebs gestorben. Die hätte mir jetzt erklären können, wie das
ist. Aber je schlechter es ihr gegangen ist, umso weniger haben wir miteinander gesprochen. Ich habe nur an ihren Augen
gemerkt, wie sie anders geworden ist; das ging so allmählich.
Eine Weile hatte sie einen so fragenden Blick. Ich dachte mir,
vielleicht will sie von mir wissen, wie es steht mit ihr, ich meine, ob sie sterben muss. Zum Schluss, da hatte sie schon überall Metastasen, sie war schon ganz abgemagert, und sie hatte
meistens die Augen zu. Damals habe ich mir oft gedacht, die
Käthe, sie ist nicht nur erschöpft, sondern sie will nichts mehr
von mir wissen, von mir auch nicht, obwohl ich doch immer
ihre beste Freundin war. Aber sie hat immer meine Hand hal-

ten wollen, das hat sie gern gehabt, und manchmal hat sie ganz leise meine Hand gedrückt, wenn man nicht achtgegeben hat, hat man es gar nicht bemerkt, dieses Zeichen, und du und ich, wir sind ja damals auch nach Florenz gefahren, zur Herbstmesse, und als wir wieder zurückgekommen sind, war am übernächsten Tag Käthes Begräbnis. – Mein Gott, wie ich das Fliegen hasse! Es ist die unnatürlichste Sache auf dieser Welt! Warum habe ich nicht den Zug genommen, warum habe ich mich von dir schon wieder zum Fliegen überreden lassen!« »Allmählich kenne ich diese Arie, Frau Helmer«, sagte ich darauf, »jetzt fehlt aber noch die Prophezeiung, dass wir dieses Mal ganz gewiss abstürzen werden, und welches Verbrechen es ist, dass du fliegst, obwohl du ganz genau weißt, dass es dir bestimmt ist, bei einem Flugzeugabsturz ums Leben zu kommen, und immer so weiter. Außerdem darf ich dich erinnern, dass wir heut Nachmittag schon diese Besprechung mit den Deutschen haben und die Zugfahrt also gar nicht in Frage kam.« Sie lachte ein bisschen, war aber schon ganz kalt anzuschauen und sagte, »Nach Prag werde ich aber auf alle Fälle mit dem Zug fahren.«

Unser Taxi huschte unter der Regendecke die Zeile niederer Häuser entlang, ein Haus ums andere zog an uns vorbei und zerfloss wieder hinter uns. Jetzt fuhren wir schon durch die offene Ebene, die auch unter einer Regenmaske lag. Plötzlich begann sie wieder zu sprechen, sie sprach leise und schnell; ich musste mich anstrengen, um sie zu verstehen. »Wie wird das sein? Wie wird es im Endstadium sein? Wahrscheinlich wie bei Käthe. Sie hat sich eingezogen. Ah, das verstehst du nicht, weil du kein Gärtner bist. Das war bei ihr wie bei den Blumenzwiebeln im Herbst. Eine trockene, verschrumpelte Knolle. Wenn ein Mann sie angegriffen hätte, wäre Käthe zerbröselt; in ihrem Bett wäre nur ein kleiner Haufen von hellem Staub gelegen, haha. Nein, es war doch anders. Ihre Augen waren ja noch da; auch dann, als sie schon nicht mehr nach den Dingen greifen konnte, die sie haben wollte. Einmal hat sie immerzu das Glas Wasser auf ihrem Nachttisch angesehen. Ich bin drüben im Lehnstuhl gesessen und habe ihr zugeschaut. Sie hat die Augen zugemacht und dann wieder auf und mit aller Kraft auf dieses Glas geschaut. Aber das Glas Wasser ist noch immer dort gestanden. Später – ich glaube, da hat sie manchmal auch nicht mehr die Kraft zum Sehen gehabt. Aber einmal, das war beim vorletzten Mal, glaube ich, ist sie dagelegen mit fest geschlossenen Augen, wie damals schon oft, und sie hat meine Hand gehalten, aber vielleicht hat sie auch vergessen, dass ich da sitze, und auf einmal hat sie leise in die Luft gesagt: »Jetzt riecht es ja nach Mandarinen. Ich habe nichts gerochen, und dabei weiß ich doch genau, wie Mandarinen riechen, schon seit damals weiß ich's, als wir Kinder die ersten Mandarinen eines jeden Winters in unseren Nikolosackerln fanden, und wir haben die Mandarinen in der Morgenfrühe ganz leise aus den Fenstern genommen, haben sie im Finsteren abgeschält und sie im Bett gegessen.«

»Es ist so nebelig heute«, sagte sie. »Vielleicht bekommen wir gar keine Starterlaubnis. Nein, du hast schon recht, ich werde mir nichts vormachen, ich werde brav mitfliegen. Und in zwei Stunden habe ich alles hinter mir, so oder so.«

Sie sprach in einem fort. Vielleicht habe ich einiges überhört oder es inzwischen vergessen. Irgendwann sagte sie auch: »Glaubst du, werde ich beim Sterben auch allein sein wie damals Käthe in der Klinik? Die Kleine werde ich natürlich nicht hineinlassen. Und für meine Mutter ist so etwas zu viel, die hat genug hinter sich. Aber vielleicht kommt mein Geschiedener. Eigentlich hätte ich es gern, dass er dann bei mir ist und meine Hand hält. Komisch, nicht? Aber vielleicht gehe ich gar nicht hin zur Operation. Vielleicht gehe ich den übernächsten Samstag mit dir segeln und bleibe das Wochenende bei dir. Und vielleicht fange ich doch den Kurs für Kaufmännisches Portugiesisch an. Oder ich fahre wieder einmal nach Salzburg. Es gibt ja so viele Möglichkeiten. Oder am besten fahre ich wirklich nach Prag. Dieser Paul gefällt mir nämlich sehr. Der nimmt einen, wie man ist. Aber dazu muss ich erst diesen verdammten Flug hinter mir haben.«

Dann sprach sie nichts mehr. Klein saß sie in ihre Ecke gedrückt und starrte durchs Autofenster; draußen war grauer Regen.

Ich hatte es auch nicht leicht auf meinen Flügen mit Lena. Für mich selbst war alles einfach: Das Fliegen gehörte zum Beruf, und wenn ich alleine unterwegs war, war ich froh über die Garantie auf drei oder vier ruhige Stunden zwischen den hektischen Vorführungen und harten Verhandlungen dort und der Rechenschaft über zu klein ausgefallene Abschlüsse hier. Aber wenn ich mit Lena unterwegs war, war alles anders und zum Fürchten. Ihre Angst war ansteckend. Ich spürte, wie diese Angst auf mich zukroch während unserer Fahrt zum Flughafen, wie sie mich stärker und stärker ergriff, während ich mich, neben mir immer die stumme Begleiterin, durch die Passkontrolle treiben ließ und dann durch den Zoll; mir wurde erst leichter, wenn die letzte Wartezeit vorm Fluggate vorbei war und wir im Bus saßen, der uns zur wartenden Maschine trug, denn von jetzt an war alles Kommende unausweichlich; und dann ging ich auch schon hinter Lena die Treppe hinauf und sah, wie sie noch einmal zögerte, bevor sie sich mit all ihrer Willenskraft durch das enge Loch schob, hinein in den engen Bauch des Flugzeugs, der erhellt war von freundlichen Lämpchen und tapeziert mit den freundlichen Bildern von weiten Meeresstränden und Palmen.

Als wir uns endlich auf unsere schäbigen Plätze setzten, hatte ich auch diesmal die heiße Angst, sie könnte aufspringen und davonstürzen und hinaus zu der engen Schlupftür und über das Rollfeld laufen, und dann weiter und immer weiter, und der warme Regen würde vom Himmel gleiten und Lena einhüllen und sie mir wegzaubern, aber da schloss die Stewardess die Stahltür und befestigte sie mit drei Riegeln; und wie immer, wenn ich neben dieser Frau sitzen musste, fühlte ich, was sie jetzt fühlte: dass wir alle miteinander gefangen sind und ausgesetzt einem bösen Schicksal, und nur unser andressierter Stolz hält uns davon ab, einander in die Arme zu fallen und zusammen unsere schreckliche Angst hinauszuschreien.

Ich musste viel unternehmen, um diese Angst in mir zu fesseln; zum Glück gibt es ja die Routinen. Aber oft, wenn ich rauchend bequem zurückgelehnt saß mit meinem Aperitif und in den Zeitungen blätterte, habe ich gespürt, wie mir von der Anstrengung des Entspannens die Stirn feucht wurde.

Ich hatte die letzte »Vogue« in Lenas Schoß gelegt, in der diesmal auch unsere Firma mit zwei Seiten vertreten war. Aber sie rührte sich schon nicht mehr und saß zusammengekrampft in der Anstrengung des Stillhaltens; ihre ineinander verschlungenen Finger waren weiß, und wenn ich ihre Hände jetzt berührt hätte, wären sie eiskalt unter meinen Fingern gelegen. Ich ließ sie, wo sie waren; zum Glück begannen die Stewardessen schon den Lunch zu servieren.

Früher, bei unseren ersten Flügen miteinander, hatte ich dann noch versucht, zu ihr zu gelangen; ich hatte diese weißen kalten Hände in die meinen genommen, ich hatte ihr vernünftig zugeredet, wie kindisch sie doch sei mit ihrer maßlosen Angst, und sie solle doch an ihre Tochter daheim denken, ich hatte ihr einen Cognac an die blassen Lippen gehalten, aber sie schien das alles gar nicht zu bemerken, und eiskalt und tot lagen ihre sonst so flinken und warmen Hände in den meinen. Und einmal, das war wohl bei unserem sechsten oder siebenten Flug, habe ich ihr, während unsere Maschine über die Startbahn raste, sogar einen Heiratsantrag gemacht. Sie sagte damals so leise, dass ich es gerade hören konnte in dem Geheul der Motoren, »Ich weiß, du meinst es gut mit mir«, und ich wunderte mich nachher, dass sie mich überhaupt bemerkt hatte in ihrer Erstarrung, in die sie auch gleich wieder einfror.

Damals, nach der Landung, als sie erschöpft neben mir im Bus saß, und erst ihr Gesicht, dann auch ihre Augen langsam erwachten und sie begann den vorüberwehenden Häusern nachzublicken, als hätte sie noch nie ein Wüstenrot-Siedlungshaus gesehen und noch nie eine rotweiße Tankstelle, da sagte sie aus diesem Schweigen plötzlich: »Ich weiß, du meinst es gut mit mir. Aber selbst, wenn du mich liebtest und ich dich, könntest du mir nicht helfen, wenn ich im Flugzeug sitze und mich fürchte. Allein ist allein.« Ich hatte verlegen gesagt, »Du weißt doch, Lena, dass du immer mit mir rechnen kannst«. Und dann haben wir davon nie mehr gesprochen.

Aber das alles war schon lange her. Heute ließ ich mir einen Aperitif geben und las alle Zeitungen, meine mitgebrachten und die von der Stewardess, dann kam endlich das Menü, das ich mit Heißhunger aufaß, denn beim Fliegen bin ich immer hungrig. Dann zündete ich mir eine Zigarette an und nahm wieder die Zeitung auf, und erst jetzt sah ich hinüber zu der Frau neben mir; ich hatte nicht einmal vorher hinübergesehen, als ich dem servierenden Mädchen bedeutet hatte, dass die Dame nichts zu essen wünsche, und, nein, sie benötige gar nichts, nur Ruhe brauche sie; aber jetzt sah ich an dem vorgehaltenen Zeitungsblatt vorbei zwischen den Rauchkringeln meiner Zigarette zu ihr hinüber und bemerkte, dass heute etwas anders war als sonst. Heute verbarg Lena ihre Todesangst nicht einmal hinter den geschlossenen Lidern, mit weit offenen dunklen Augen, die blicklos waren, starrte sie auf das schwarze Loch, auf diese Tür, wo es zur ersten Klasse hinüberging, und ich wusste, dass sie den schmutzigroten Vorhang nicht sah, der in komisch-obszönen Falten auf einer Seite niederhing, dass sie nur in die aufgerissene Finsternis dieses Loches blickte, wartend, was von dort auf sie zuspringen würde und ihr aufheulend an die Kehle; und wer weiß für welche Botin sie im ersten Augenblick die hellblau gekleidete Stewardess nahm, die jetzt mit ihrem Wägelchen voll Schnäpsen und Parfums durch diesen Vorhang zu uns kam.

In diesem Augenblick hasste ich Lena.

Zum Glück konnte ich jetzt bei der Stewardess ein Eau de Toilette für meine Mutter kaufen und eine Flasche Bourbon für mich, das brachte mich zurück in eine normale Gemütslage.

Ich tat alles, um mich nicht wieder in den Bannkreis von Lenas Angst hineinsaugen zu lassen. Das beste Rezept war, Lenas Gegenwart, sozusagen absichtlich, zu vergessen. Das gelang mir heute sogar recht leicht. Vielleicht habe ich auch auf diesem Flug mehr als sonst getrunken; jedenfalls saß ich recht behaglich in meinen Sitz zurückgelehnt, während das Flugzeug seine kraftvolle Bahn zog, und während ich schon wieder an einer Zigarette sog und mit halber Aufmerksamkeit irgendeinen Kulturbericht über irgendeine Ausstellung in einer Berner Galerie überflog, stiegen die hellen Fra Angelico-Fresken vor mir auf, die ich in Florenz mit Lena gesehen hatte, und dann zergingen sie wieder, und eine alte Erinnerung kam zu mir zurück und stand über mich gebeugt, wie sie manchmal kommt, wenn ich nicht zu sehr in Anspruch genommen bin von den Plänen für unsere neueste Kollektion. Es ist eine Erinnerung, die ich sehr liebe. Ich stehe dann in dieser winzigen kretischen Kapelle, in ihrer honigduftenden Dunkelheit, und während meine Augen sich allmählich gewöhnen, tauchen aus der Dämmerung, ganz nahe über mir, die großäugigen Gesichter von alten Heiligen auf, eines nach dem anderen, und ich stehe ruhig da unter ihren freundlichen Blicken, in Güte eingehüllt.

Wahrscheinlich bin ich dann eingeschlafen, und ich weiß nicht, was ich geträumt habe, aber als ich ins Wachsein zurückkam, war da der Zipfel einer alten Erinnerung an meine Mutter, einer Erinnerung aus einer frühen Zeit, die ich sonst aus meinem Gedächtnis verloren hatte. Es ist noch nicht die Frau, die mich kleinen Gymnasiasten in die Oper mitnimmt, zu Tristan oder Salome oder ins Rheingold, und nachher mich mitnimmt zu den späten Soupers, wo ihr Männer den Hof machen; und danach im Taxi erzählt mir meine Mutter, wie dumm sie alle sind, die begierigen Männer und ihre ängstlichen Frauen, und wir beide lachen alle aus. Aber in diesem Traum sitze ich unter unserem großen Baum, an die Mutter geschmiegt. Ich bin müde, denn wir sind weit gegangen, über die Äcker. Ganz klein lehne ich mich an meine große Mutter, die still ist, vielleicht ist sie auch müde. Wir hören auf die Bienen, die über uns in der großen Linde summen, und ich weiß in meinem Traum nicht, wache ich oder schlafe ich schon.

Ich schrecke auf, weil eine Durchsage kommt: Wir setzen zur

71

Landung an. Ich habe ganz auf Lena vergessen und wende mich zu ihr. Auch sie scheint geschlafen zu haben – das ist beinahe ein Wunder. Ich freue mich sehr. Langsam öffnet sie jetzt die Augen, ich bin so froh: sie hat ganz rosige Wangen und lächelt mich an. Ich beuge mich nahe zu ihr und frage: »Wie geht es dir, Kleine? Brav warst du heute! Du hast geschlafen wie in Abrahams Schoß!« »Ja«, sagt sie, »ich habe herrlich geschlafen. Ich habe so behütet geschlafen wie ein Ungeborenes im Bauch seiner Mutter. Und mir ist, als hätte ich etwas sehr Schönes geträumt. Hoffentlich bekomme ich bald etwas zu essen. Es war dumm von mir, dass ich das Menü habe vorbeigehen lassen.«

Die Maschine setzte zur Landung an. Ich nahm Lenas Hand, sie ließ es geschehen. Warm lag ihre Hand in der meinen, und nur als der Kapitän eine jähe Kurve abwärts drehte, spürte ich ihren ängstlichen Druck. Aber da setzte das Flugzeug auch schon auf.

»Die Erde hat Sie wieder, liebe Frau Helmer«, sagte ich. Das pflegte ich jedes Mal nach der Landung zu sagen. »Und jetzt stehen dir alle Möglichkeiten offen.« Ich erschrak, als ich das ausgesprochen hatte. Vielleicht lag schon der Brief aus der Klinik in ihrem Postkasten. Die Einberufung zur Operation. Und da sagte sie auch: »Es gibt nur eine Möglichkeit, Carlo.« Ich bemühte mich, mein Gesicht zu einem Lächeln zu verziehen. »Jetzt meinst du Prag und deinen Paul als Draufgabe, was?«, und ich lachte, um sie abzulenken von meinen Gedanken. Sie lächelte aber nur zurück und hatte gestillte Augen, wie ich sie nicht oft gesehen hatte an dieser Frau, und ich weiß nicht, warum mein Herz damals so weit wurde vor Hoffen: Dann sagt sie: »Carlo, ich habe dir vorher nicht alles erzählt. Ich muss auf jeden Fall operiert werden.«

Wir standen auf und begannen unsere Siebensachen zusammenzusuchen; als ich nach der Mappe mit den Modellskizzen griff, spürte ich in diesem Augenblick ebenfalls den kleinen Stich in der Brust – was würde geschehen, wenn ich jetzt die kostbare Mappe liegen ließe?, und ich schämte mich. Die Passagiere begannen schon gegen die Tür zu drängen. Wir gingen durch die Zollkontrolle und standen im Freien. Draußen lag helle Sonne, sie blendete unsere Augen. Blinzelnd standen wir, da sagte es neben uns: »Wir müssen uns beeilen, sie haben die Sitzung um eine Stunde vorverlegt. Hatten Sie einen guten Flug?« Sie hatten uns sogar den Chefwagen geschickt.

Eine Woche darauf ging Frau Helmer in die Klinik, zur Operation. Nachher bekam sie Röntgenbestrahlungen. Sie war dann wochenlang auf Erholung, dann kehrte sie wieder in die Firma zurück. Wir haben aber keine Reise mehr miteinander gemacht, Frau Helmer wurde nun im Büro beschäftigt; sie machte Übersetzungen. Dann musste sie wieder in die Klinik, weil sich Metastasen gebildet hatten.

Als ich im Herbst aus Paris zurückkam, ging ich sie sofort besuchen. Damals waren die Wochen ihrer verzweifelten Zornausbrüche schon weit weg, versunken auch für uns Angehörige, und Vergangenheit auch die Zeit, als sie sich und uns mit der Sorge gequält hatte, was später mit ihrer Tochter geschehen sollte. Die Mutter sagte mir jetzt am Telefon, dass Lena kaum noch nach der Kleinen frage.

Ich saß neben ihrem Bett und erzählte ihr, was es Neues gegeben hatte in Paris; ich erzählte ihr auch einiges aus der Firma. Sie hörte mir wahrscheinlich zu, denn einmal fragte sie um Einzelheiten. Sie lag mit abgewandtem Kopf. Während ich redete, schloss sie manchmal für eine Weile die Augen.

Ich sagte: »Du bist mir sehr abgegangen, weißt du. Diesmal war niemand dabei, der mich durch die Boutiquen geschliffen hätte, auf der Suche nach dem aprikosenfarbenen Hut.« Sie wandte mir ihr klein gewordenes weißes Gesicht zu, unter dessen gespannter Haut sich schon jeder Knochen abzeichnete. Sie sah mich an, mit ihren Augen, die damals noch ganz klar und hell blickten, und sagte lächelnd: »Ja. Schade. Und du weißt doch, jetzt hätte ich gar keine Angst mehr vorm Fliegen.«

Das war das letzte Mal, dass wir miteinander sprachen. Bei meinem nächsten Besuch, drei Tage später, fand ich sie zwischen vielen Apparaten liegen, schon in tiefer Bewusstlosigkeit.

Stadt und Land

Wie halten es die Leute hier aus?

Der Himmel. Wenn ich, von der Bahn kommend, mit dem Filialleiter der Raiffeisenkassa, die Kurven hinauf und hinein in die andrängenden Wälder, der Volkswagen zwängt sich wie eine Ameise zwischen den Stämmen durch, die ihre Zweige über uns ineinander verschränken; dann Biegung, Kuppe: der Sprung ins Leere, hinein in die tiefe Bläue, hinein zwischen den dahintreibenden Wolkenschaum.

Und oben: nichts. Nur der himmelblaue Himmel über den Feldern.

Hier liegt jeder Hof allein. Für sich, wie halten die Leute das aus?

Die Wichtigkeit der Bewegungen unter dem Himmelszelt. Die Wichtigkeit der Stunden so einzig im einzigen Haus. Die Milchkanne, die kindshohe, glänzende, über den Hof tragen. Die nassen Socken hängen über dem Herd, und daneben beide Arbeitshosen. Stiefel und Arbeitsschuhe stehen in der Ecke.

Jetzt oder Nie. Ich. Ich oder Nichts.

Sich tot stellen. Ist das die Lösung.

Hier.

Sich nicht hineinziehen lassen, das ist die Grundbedingung. Das hat man mir in Wien gesagt. Mit Ihren Englischkenntnissen werden Sie schon durchkommen. Wir möchten gerne Sie schicken, Fräulein Kraupa, weil Sie beweglich sind. Anpassungsfähig. Und alle Uganda-Flüchtlinge sprechen Englisch.

Die Leute hier gehen alle sehr langsam.
Wenn ich jetzt Urlaub hätte, würde ich nach Lignano fahren.
Wie hunderte Bälle, rote gelbe blonde grüne braune, schaukeln die Köpfe der Schwimmer auf den kleinen Wellen.
Zwei Frauen mit Kopftüchern, die auf der Straße beieinander stehen. Sie stehen und sprechen, ich schaue ihnen vom Fenster aus zu; sie sprechen, ohne die Köpfe, die Arme, die Hände zu bewegen. Dann gehen sie auseinander. Sie gehen langsam.
Wenn ich jetzt in Lignano wäre, in der Bar in Lignano. Einer sitzt beinahe auf dem anderen, und jeder muss schreien. Und darüber die Musik aus den Lautsprechern, und dann singen schon einige mit und ich schlage mit dem Mokkalöffel den Takt auf die Tischplatte.

Von einer Woche in die andere. In den langen, jetzt von der Sommerabendsonne beschienenen Freizeitstunden kann man nicht immer nur lesen oder fernsehen. Man kann auf dem Bett liegend dösen oder im Waschtischspiegel den grüngoldenen Ausschnitt des Apfelbaumes beobachten.
Man kann unten in der Wirtsstube sitzen, am Ecktisch, der eine gelbe Plastikplatte hat und nicht eine rote wie die ande-

ren Tische; man kann einen Mokka trinken und dann vielleicht einen Wermut und dann noch einen Mokka; einmal möchte ich hier wirklich aufwachen.

Die alten Illustrierten durchlesen. Die Wirtin in ihrer Ecke. Die Augen der Wirtin, zugleich Bäckersfrau, kleben an meinem hinter den vorfallenden Haarsträhnen versteckten Gesicht.

Die Standuhr tickt laut.

Damals. Als ich hier ankam, es war November. Mühsam alle Kurven hinauf, durch den allerersten Schnee, starkes Schneetreiben, und jetzt schon Dämmerung, und gleich Nacht. Kurven und Kurven, und im jähen Licht am Kirchplatz gehen sie langsam hin und her, in Flip-Flops und langen Gewändern, langsam durch den Schnee hin und her vor dem gotischen Schatten der Pfarrkirche. Durch die schwarzen Äste der angestrahlten Linde gleiten die Schneeflocken herunter auf unsere Windschutzscheibe, sie fallen dorthin, wo es ganz finster ist.

Nach der Sonntagsmesse am Friedhof die Frauen, die ihre Gräber der Laubdecke entkleiden, sie begießen, die Steinplatten bürsten, über die Grasdecke streichen, ihre Gräber mit frischen Blumen bekleiden. Aber tot ist tot.

Jetzt fiel mir ein, wie damals, als Vater zu seiner ersten Operation ins Spital musste, Rosa spätabends in ihrem Barchentnachthemd in mein Zimmer gekommen war; die grauen Haarschwänze hingen ihr rechts und links auf die Schultern, und ich sah, dass sie ihre Prothese nicht mehr im Mund hatte, ich erkannte es, weil ihr Gesicht jetzt fremd aussah; auf einmal stand sie in meinem Zimmer und sah mich streng an, dann ging sie wieder hinaus, wobei sie meine immer geschlossene Zimmertür offen ließ. Ich hörte sie in ihrer Kammer gegenüber rascheln. Sie hatte also auch ihre Tür offen lassen. Ich hörte ihr Bett knarren, sie seufzte einige Male; später hörte ich, was ich für das Klicken ihres Rosenkranzes hielt. Dann hörte ich nichts, und dann kam Rosas Schnarchen. Da drehte auch ich mein verweintes Gesicht in den Polster und war gleich darauf eingeschlafen.

Tagesroutine: »Sie müssen Socken anziehen, Mister. You have to put on warm shoes too. You have to take these shoes. Put on warm shoes. It is cold in Austria. Otherwise you will be ill and then you go to hospital.« Jetzt hat er endlich verstanden. Und morgen früh werde ich ihn in seinen Sandalen bloßzehig durch den Märzschneematsch zur Trafik schlurfen sehen.
Die Augen der Uganda-Kinder folgen mir ohne Erwartung von einer Woche in die andere.

Wenn ich beim Zurückkommen auf der Theke nach Briefen suche, Briefe an mich, und die Blicke der Wirtin, zugleich Bäckerin, von der Seite herüber. Von der Bank herüber, wo sie in der neuen Illustrierten blättert, manchmal strickt sie auch an einem hellgrünen Stück. Blicke unter dünngezupften Brauen schräg herüber; sehr langsame Blicke.

Blicke haben hier eine andere Lichtgeschwindigkeit. Und Botschaften kommen langsamer an.

Nach den drei Nachmittagsstunden in der Flüchtlingsschule kann man auch spazierengehen. Der ausgebreitete Sommerabend fließt nach allen Seiten über.
Beim ersten Mal wusste ich nach einer Stunde, dass sie hier Thujen haben und Essigbäume und die Burschen Menjoubärtchen und grasgrüne Pullover die jungen Frauen.
Vor manchen Häusern wächst hier noch der Lebensbaum. Über den Lebensbaum habe ich einmal etwas gelesen. Es war etwas Heidnisches. Die Bäuerin, die ich jetzt danach frage, sagt, dass sie es nicht weiß, aber dass sie die Zweige des Wacholders zum Einsegnen der Toten brauchen.
Und morgen wieder den Feldweg gehen. Ein Traktor fährt vorbei; hoch oben reitet ein breiter Mann auf den Erschütterungen des Traktors. Ich kann nicht unterscheiden, ob er, den Blick vor sich hinunter gerichtet, zwischen den Vibrationen mein Hinaufnicken zurückgibt.
Korn und Rübenblätter, Rübenblätter und Wiesen. Dann Zweitonhorn, ein roter Toyota, im Vorbeipreschen sehe ich drin einen mit Menjoubärtchen sitzen, er drückt aufs Horn; in einer Staubwolke, im Zweiton ist der rote Toyota schon weit weg.

In Wien, nach dem Tanzen ins Espresso, ich sage, ich lebe dort wie ein einsamer Fallensteller unter den Indianern, alle lachen.

Beim Hinausfahren tun mir die Füße weh vom Tanzen und der Mund vom vielen Sprechen, ich fühle mich gut. Und dann im Autobus. Ich glaube, die Leute haben hier kleinere Augen und kleinere Ohren als wir in Wien. Sie haben auch kleinere Münder; wenig hinein und wenig hinaus.

Wer einsteigt, grüßt alle anderen und wird von allen gegrüßt. Jeder setzt sich zu einem aus seinem Ort. Beim Aussteigen sagt zu mir ein Bursch, den ich nicht erkenne, »Sind Sie auch wieder da? Ich habe Sie heut früh nicht in der Kirche gesehen.«

Die Wirtin fragt mich, was ich da stricke. Ich zeige ihr das Foto, auf dem die Jacke drauf ist, und das Stück aus grauer Alpakawolle, ganz glatt gestrickt. Sie sagt, warum machen Sie keine Borte herum mit Dotter oder mit einem schönen Grün, so schaut es so traurig aus.

Vom Segen der Arbeit.
Die Gleichgewichtslage ist die normale.
Essen und Trinken halten Leib und Seele zusammen.

Mittags, im Wirtshaus, reden sie von der Musikprobe, und dass der Trompeter dabei gefehlt hat. Über die Wirtin in Waldkirchen, die verkaufen muss. Zwei sind den Hof schon anschauen gekommen. Hinter mir spricht auch einer vom Trompeter und von den Noten, die sie noch kaufen müssen. Und morgen, wenn ich in der Gaststube sitze und die Wirtin stellt mir die Suppe hin, heute Leberknödelsuppe, der Bier-

fahrer berichtet dem Bäcker, zugleich Wirt, dass der Kreuz-
eder vom Spital heimgekommen ist. Er sagt, dass die Wirtin
in Waldkirchen verkaufen muss. Er sagt, morgen hat unsere
Musikkapelle Probe.

Das schöne gescheckte Bauernhaus oben am Hügel. Es gehört zwei Wienern. Wenn sie vom Feld kommen, bleiben die
Bäuerinnen dort stehen und bereden die Bauernblumen und
Stadt und Land die vielfältigen Gemüse, die im Schatten der
niederen Hecke wachsen.
Einmal steht eine junge Frau im Garten. Sie hat einen Lei-
nenrock an, einen handgewebten. Nach dem Gruß sagt sie,
Kommen Sie doch herein. Wir sind auch aus Wien. Zur Jause
gibt es selbstgebackenes Brot und selbstgerührte Butter und
eigenen Topfen und Honig von den eigenen Stöcken. Alles ist
sehr schön in der Stube, handgenäht, handgewebt, geschnitzt.
Der Mann und die Frau sind Keramiker.
Sie sagen, manchmal kommen die Nachbarn und sehen sich
im Garten um. Sie gehen auf Zehenspitzen zum Mistbeet
und sehen sich, vornübergebeugt, die roten Erdbeeren an, die
schon im April reif waren. Die Frau sagt, aber gestern haben
sie mir in einem schönen Körbchen zwei Windeier gebracht.
Und das ist hier ihre Hexenprobe.

An diesem Abend besuche ich die Tante der Angestellten aus
meiner Wiener Schnellreinigung. Der Hof heißt vulgo Großhaider. Manchmal, wenn ich an diesem Hof vorbeigegangen

war, hatte ich drei oder vier Kinder herumgehen gesehen, oder die Kinder hatten im Garten gearbeitet. Dann hatten sie sich aufgerichtet, das gejätete Unkrautbüschel in der Hand, und hatten mich angeschaut, aber gegrüßt hatten sie mich nicht. Heute sage ich im Vorbeigehen Grüßgott zu ihnen und gehe in den Hof hinein. Ich gehe am Stubenfenster vorbei und sehe, dass alle zur Jause um den Tisch sitzen. Alle Köpfe sind zu mir hergedreht, alle Augen sehen mich an.

Sie halten die Scheibe Brot und das Stück Speck in derselben Hand und schneiden mit dem Feitel in der anderen abwechselnd von beiden einen mundgerechten Bissen ab, indem sie das Handgelenk drehen. Sie trinken alle aus einem Krug. Jeder, der getrunken hat, wischt mit der Handfläche den Rand des Kruges ab, bevor er ihn weiterschiebt. Ich trinke den Most aus einem eigenen Glas und esse den Speck und das Geselchte von meinem Teller, während alle mich ansehen.

Die pensionierte Lehrerin, mit der ich manchmal rede, wenn sie gegen Abend ihre zwei Nachtmahlkipferl vom Bäcker holt, sagt zu mir: »Sie hätten warten müssen nach dem Anklopfen, bis der Bauer Herein sagt. Das macht man hier so. Auch wenn Sie alle schon durchs Fenster kommen gesehen haben.«

Am Heimweg, links ab von der Straße und über die Lichtung, kniehohes fließendes Federgras zwischen den Waldwänden, zwischen die Stämme tiefer und tiefer hinein, dann bergauf durch den lichteren Wald, Haselbüsche, ich muss mich durchwinden, Felsbrocken, die ich umgehe, ich klettere höher. Durch Gestrüpp und Brombeerranken, sich anklammernde, und oben am Hügel: tief unten der schwarze Bauch des Waldes. Ehe es wieder hinuntergeht zu den Wiesen und dann zu den Feldern, dort, wo die Himbeeren sich aufrichten, eine kleine hölzerne Hütte und eine Holzbank davor. Ein Bienenhaus, ein umsummtes.

Das Haus im Wald. Balken an Balken, sauber gekliehen, und die Verzierung des Holzsimses über der Tür. Auch da sind sie schon gewesen. Mit Mostkrug und Speck und ihren Äxten.

Über die Wildnis der Fichtenwipfel, über die hervorstechenden Lanzenspitzen das stete Heulen einer Maschine. Vielleicht dreschen sie schon.

Ein Traktor kommt mir entgegen; ich schaue hinauf zu dem Mann, er sieht vor sich hin auf den Feldweg. Zwischen den Stößen des Traktors, die den Kopf des Fahrers hin und her schaukeln lassen, erkenne ich sein blickloses Nicken über meinen Kopf hin.

Und dem Flieger nachsehen, der am erkaltenden Dämmerungshimmel seine noch rosenfarbene Bahn schreibt. Und plötzlich dort oben in diesem Flugzeug sitzen, und hinunterschauen auf diesen, gerade auf diesen einen Punkt, auf den starkgrünen scharfeckigen Fleck zwischen den schwarzen Klecksen, die Waldballungen sind, aber Straße und Flussläufe ziehen davon; hinuntersehen, heruntersehen, Ellenbogen an Ellenbogen gezwängt zwischen den Nachbarn, sich über den

Nachbarn zum Fenster beugen, der Schweißgeruch der Aufregung, und die enge Kabine, und dann, in einem Lidschlag, wieder hier stehen, hier auf der harten grünen Erde, im Wind, und sich gleichzeitig dort oben zu wissen in dem winzigen Flugzeug in der luftlosen Atmosphäre, da werde ich schwindlig.

Als ich am nächsten Nachmittag in die Wirtsstube kam, saß dort der Bursch von neulich, der vom Autobus, allein an einem Tisch. Ich wusste inzwischen, dass er Karl hieß. Als ich eintrat, sah er mir entgegen. Ich ging hinüber und setzte mich an seinen Tisch. Er rückte unbehaglich zur Seite und sah mich über den Tisch herüber an. Ich dachte wieder, die Leute haben hier kleinere Augen als wir in Wien. Die Wirtin in ihrer Ecke stand auf, ging zur Espressomaschine, sie hantierte langsam an der Theke, nach einer Weile trug sie mir meinen Kaffee herüber. Während sie ihn mir hinstellte, sah sie mir ins Gesicht.

Ich sagte zu dem Burschen: »Hast du eine Zigarette für mich? Ich hab meine oben im Zimmer liegen lassen.« Er sagte: »Ich rauche aber Flirt. Wenn Sie die auch wollen?« Er schob die Packung zu mir herüber, dazu das Feuerzeug. Es war ein Monstrum und glänzte wie Gold. Ich nahm mir eine Zigarette aus der Packung und zündete sie an. Ich inhalierte den scharfen Rauch. Ich blies langsam den Rauch in die Höhe. Wie immer, wenn ich mich unsicher fühle, machte ich es sehr kunstvoll. Der Bursch gegenüber sah mir zu und sprach noch immer nicht. Er war aber nicht mehr verlegen. Ich sagte möglichst flott: »Wie heißt du? Bist du von einem Hof?« Er sagte: »Ich heiße Karl. Ich bin ein Sohn vom Hinterberger und arbeite unten in der Säge. Wollen Sie vielleicht ein Stück Torte? Die haben hier gute Sachen.« Ich sagte: »Warum duzt du mich nicht? In der Stadt sagen sich alle Jungen du.« Er schwieg und sah vor sich hin auf die Tischplatte. Er hatte jetzt sehr rote Wangen. »Oder bin ich so anders als eure Mädchen? Hätten die dich nicht um eine Zigarette gebeten? Erzähl mir nur nicht, dass eure Mädchen hier nicht rauchen!« Er sagte: »Das schon.«

Wir redeten vom Kino. Dann erzählte ich ihm von meiner Diskothek in Mariahilf. Ich redete und redete. Ich gab acht, dass ich jedes Du vermied und jedes Sie. Als ich still war, sagte er: »Ich fahre auch manchmal am Samstag nach Amstetten zum Tanzen.« Er fragte nicht, ob ich einmal mitkommen wolle.

Jetzt fing er an zu sprechen. Er sagte, dass er und sein Freund nächsten Monat anfangen würden Motocross zu fahren. Er nannte Marken, Hubräume, Routen, Geschwindigkeiten. Er redete eifrig und sehr laut. Sehr laut sprach er. Ich sagte schließlich: »Schrei nicht so, ich höre sehr gut.« Da hörte er auf zu sprechen. Er fing nicht an zu streiten. Das hätte alles leichter gemacht, ich streite gern.

Wir saßen schweigend da. Ich nahm mir noch eine Zigarette aus seinem Paket. Wir rauchten beide, wir sahen hinüber zur Standuhr und sprachen nichts. Als er endlich ging, war ich froh.

Wenn wir einander später sahen, grüßten wir über die Straße hinüber und herüber. Aber wir blieben nicht beieinander stehen und redeten.

Und als ich Tage später der alten Lehrerin mit ihren Kipferln begegnete, sagte sie: »Ins Gasthaus laden die Burschen ihre Mädchen ein.«

Die Erinnerung ist: niedergepresst werden, Schultern und Schenkel sind an die heißen Bretter genagelt. Ich habe es ja gewollt. Die Erinnerung ist, ich darf jetzt nicht schreien. Ich darf mich nicht wehren. Was geht es ihn an, dass ich gar nicht mehr will. Ich will nicht. So wollte ich es nicht.

Und nachher. »Bleib noch liegen«, sage ich. Was man eben so sagt. Er sagte, »Ich gehe schon. Nachher kommen die vom Autobus alle da vorbei.« Ich sagte noch einmal, »Bleib noch liegen. Du kannst mir ja etwas erzählen.« Er sagte: »Hab keine Angst, ich werde dich schon nicht verraten. Sie würden mir auch gar nicht glauben, dass ich's mit dir gemacht hab.«

Er suchte im Halbdunkel der Scheune nach den Hosenknöpfen und sagte zu mir herunter: »Wenn du willst, können wir uns am Sonntag im Perg beim Motocross treffen.« Er drehte sich um und zog sich die Socken hinauf. Ich sagte: »Wir machen es anders. Wir machen es langsam und mit Streicheln vorher. Aber vielleicht wirst du es auch noch lernen.«

Später, wenn wir einander begegneten, grüßte er im Vorbeigehen mit abgewandten Augen herüber, und ich grüßte lächelnd zurück.

Herumstreifen nach der Arbeit, und wieder zum Großhaider hinein. Die Bäuerin ist heute in der Stube allein. Sie bügelt. Ich schaue ihr zu, wie sie ein Flanellhemd nach dem anderen aus dem Korb zieht. Meine Mutter bügelt schneller.

Nach einer Weile stellte sie das Bügeleisen hin und setzte sich zu mir. Dann stand sie wieder auf, ging nebenan in die Stube und kam mit einer Zigarette wieder. Sie hielt die Zigarette in der geschlossenen Hand. Sie zündete sich die Zigarette an und sagte zu mir: »Ich hab mir's auf der Kur angewöhnt. Ich tu's aber nur, wenn es der Mann und die großen Kinder nicht sehen.« Ich zündete mir auch eine an.

Bäuerinnen rauchen nicht.

Die beiden Flüchtlingsbuben, zu denen ich Timmy und Tom sage, weil ich mir ihre eigentlichen Namen nicht merken kann. Wenn sie im Vorbeigehen mit abgewandtem Gesicht vor sich hin murmeln: »Chewing gum, chewing gum.« Ich freue mich dann sehr, obwohl ich ihnen natürlich nichts gebe. Und gestern hörte ich die beiden abwechselnd »Chewing gum« flüstern und »Kaugummi«.

Ich bemerke, dass sich meine Arbeit hier geändert hat. Früher bin ich die Dienststunden in meinem zusammengestoppelten Büro im Gemeindeamt abgesessen, ich habe den Flüchtlingen provisorische Ausweise ausgestellt und Essensbons ausgegeben. Ich habe die Kleiderspenden verteilt und Einreiseanträge ausgefüllt.

Jetzt gehe ich in den drei den Flüchtlingen zugewiesenen Gasthöfen von einem Zimmer zum anderen. Ich sage überall dasselbe. Ich sage, schicken Sie Ihr Kind in den Pfarrkindergarten. Ich sage in jedem Zimmer: »Kommen Sie mit Ihrer Familie in unsere Sprachkurse.« Ich messe der jungen schweratmenden Frau Fieber und rede ihrem Mann zu, sie ins Spital gehen zu lassen.

Manchmal bietet mir eine der Uganda-Frauen eine Schale Tee an. Sie serviert ihn auf einer röschenverzierten Plastiktasse, dazu eine Schachtel Bahlsen-Kekse.

Ich trinke. Die Frau sieht mir zu. Ich nehme raschelnd ein Keks aus der Schachtel, ich kaue. Im Ehebett neben meinem Stuhl heben drei Kinder ihre dunklen Köpfe und sehen mich schweigend an.

Ich weiß auch jetzt nichts von diesen Leuten.

Als sie mich ans Telefon rufen ließen, es war das Spital in Sankt Pölten, und dann sagten sie mir, dass mein Freund bei ihnen läge, mit einigen Brüchen, sie zählten die Brüche auf und ich konnte mir gar nicht alle merken, und auch innere Verletzungen, leider sind wir uns da nicht ganz sicher, er hat uns noch Ihre Telefonnummer gesagt, jetzt schläft er, wir haben ihm natürlich gegen die Schmerzen starke Mittel geben müssen; nein, kommen Sie nicht, wir werden ihn operieren, nein, kommen Sie nicht, und rufen Sie gegen Abend an, ich gebe Ihnen meine Durchwahl; Sie können noch immer herüberkommen, wenn es nötig sein sollte.

Hielt es mich an keinem Ort. Ich lief in die Trafik um Zigaretten, ging in meinem Zimmer auf und ab, lief noch einmal um Zigaretten, der Vorrat könnte mir heute ausgehen über die Mittagspause.

Später fand ich mich wieder auf dem Feldweg zur Marienkapelle, ich ging immer weiter, vorbei am sehr schönen gescheckten Hof der Wiener, Geißblattduft herüber, das Pfauenpärchen warnte mit lauten Rufen, weiter, ich dachte an Rosa.

Während ich dahinlief, ich lief jetzt beinahe, dachte ich immer an Rosa. Rosa war bei uns Dienstmädchen gewesen, solange meine Mutter den ganzen Tag im Geschäft gewesen war. Sie war eigentlich eine Art Cousine meines Vaters und war nach der Heirat ihres ältesten Bruders vom Hof daheim weggegangen.

Wenn ich mit Rosa war, hatte ich nie geweint. Ihre harten Hände, wenn sie meine Kinderfüße in den starren Winterstrümpfen unterzubringen suchte. Damals hatte ich immer gehofft, meine Mutter würde gerade in diesem Augenblick aus dem Geschäft heraufkommen. Meine Mutter war manchmal zornig und manchmal lachte sie, dass ihr die Tränen übers Gesicht kollerten. Wenn ich weinte, weinte sie mit, wenn sie nicht vorher ungeduldig wurde und mir eine Ohrfeige gab. Bei Rosa keine Tränen.

Ich ging sehr rasch. Endlich kam ich zum Großhaider-Hof und ging hinein. Sie hatten natürlich schon Mittag gegessen und die eine Partie war schon wieder aufs Feld gefahren.

In der Stube setzte ich mich an den Tisch, dorthin, wo ich hier immer sitze. Die beiden Schulkinder machten am anderen Tischende ihre Aufgaben. Ich saß da und aß das Stück Geselchtes und das halbe Schnitzel, das sie vom Sonntag aufgehoben hatten. Ich hatte jetzt Hunger.

Die Kinder packten die Hefte weg und liefen hinauf, die Bäuerin ging und kam, sie saß mir eine Weile gegenüber und sah mir beim Essen zu. Wir redeten wenig, mit langen Pausen dazwischen. Irgendwann begann ich von Harrys Unfall zu sprechen, und dass sie am Abend anrufen würden, nach der Operation. Die Bäuerin hörte mir zu.

Sie ging wieder in die Küche. Nach einer Weile kam sie mit einer großen Schale Kaffee zurück. Sie stellte das Häferl vor mich hin und sagte, Den haben Sie lieber als unseren Most. Ich trank.

Ein heiterer Tag

Der Septembermorgen war noch kühl, aber die Sonne stand schon hell, sie brachte die Dahlien, die Astern, die späten Rosen hinter den Zäunen zum schönen Leuchten. Und überall breitete sich das Gras in sattem Grün aus, es glänzte sehr.

»Das macht der Herbsttau«, sagte er zu sich, und er stand für einen Augenblick in der Tür des Gartenhauses und sah hinüber zu den Apfelbäumen, in denen die Äpfel als schwere Kugeln hingen, rote Äpfel, grüne Äpfel, gelbe Äpfel.

Im Weitergehen war er zur Gemeindesiedlung gekommen. Er ging die Stiege hinunter, die wie ein trockenes Flussbett zwischen den stumpffarbenen Zinshäusern hinzog; als er die Stiege hinunterging, sah er hinter einem der ebenerdigen Fenster aus der Zimmerdämmerung ein buntes Rechteck leuchten. Er blieb stehen und sah, dass sich auf der rechteckigen Fläche Farben und Formen rasch verschoben, in der Höhle des fremden Zimmers waren nur diese ständig wechselnden Bewegungen auszunehmen. Er begriff, dass er auf einen Fernsehschirm schaute.

Im Hinuntergehen, Stufe um Stufe, sah er hinter den Fenstern immer dieselben Farbenzeichen in neuen Konstellationen auftauchen; so ging er von Bewegung zu Bewegung, ohne erkennen zu wollen, was er sah. Er dachte, es muss etwas Wichtiges sein, dem sie alle zuschauen.

Auf der letzten Stufe dachte er, »Und mich geht es nichts mehr an«. Er schritt jetzt schneller aus.

Heute morgen hatte er sich wie immer seinen Kaffee gekocht und ihn getrunken, er hatte sein Bett gemacht und in der Küche die Socken, die er am Abend ausgewaschen hatte, zusammengerollt, sie in die Stube getragen und in die Wäschelade gelegt. Er hatte das Zimmerfenster einen Spalt offen gelassen und den wackeligen Holzflügel von innen mit einem Hammer so fixiert, dass ihn auch Regen und Wind nicht aufstoßen konnten; das hatte er aus Gewohnheit getan, denn dieser Tag versprach ja schön zu werden und schön zu bleiben wie alle die vorhergegangenen septemberblauen septemberleichten septemberweiten Tage.

Dann hatte er die Tür mit beiden Schlüsseln sorgfältig zugesperrt. Als er in das Gartenhaus gezogen war, das seine Frau »die Bruchbude« nannte, war es ihm wichtig erschienen, dass keiner in seine neue Einsamkeit eindringen konnte. Der Gedanke, es könnte ein anderer Mensch, ein früher einmal naher, an seinem Tisch sitzen, wenn er die Tür aufmachte, presste ihm das Herz zusammen; und schon an seinem ersten Tag in der neuen Bleibe hatte er zum alten Schloss ein neues in die Holztür eingebaut, von der sich der braune Lack in langen Bändern löste.

Auch heute hatte er sich auf den Morgenweg gemacht wie an jedem Tag, der kein Samstag und kein Sonntag war, und erst auf dem Lieblingsstück des Weges, wo der ihn mitnahm durch kleine Gärten, in denen auf schmalen Rasenstücken

hinter leuchtendem Blühen schmale Häuser zusammenge-
drückt standen, erst da war ihm aufgefallen, dass er seine Ak-
tentasche, in die er die Brote und die beiden Äpfel hineinge-
packt hatte, in der Wohnung gelassen hatte.

Aber er würde heute nicht zur Arbeit gehen. Würde nicht an
seinem Schreibtisch sitzen wie jeden Tag, im niederen Zimmer, Schreibtisch an Schreibtisch mit den beiden anderen, er
würde nicht die Lohnkonten ausfüllen, keine Krankenscheine
ausstellen und keine Briefe adressieren. Dennoch gingen seine
Füße weiter ihren gewohnten Weg, bis er sie mit Willen an-
hielt und um sich sah.

Er war an der Kreuzung. Sein linker Arm hing ihm ohne die
gewohnte Tasche leer und schwer hinab. Er stand da und sah
der Ampel zu, die von Rot über Orange auf Grün und von
Grün über Orange wieder auf Rot sprang. Er hätte wohl lange so stehen und dem Wechsel der Zeichen zusehen können,
wenn da nicht zwei Schulbuben, die um einen Laternenmast
Fangen spielten und vielleicht schon eine Weile neben ihm
getollt und geschrien hatten, in ihrem Spiel gegen ihn gerannt
wären.

Er wankte unter dem Stoß, drehte sich um und lächelte dann
die beiden Buben an, die mit zusammengekniffenen Augen
sprungbereit auf seinen Zornausbruch warteten und ihm nun
enttäuscht nachsahen, als er sich wegdrehte und mit einem
raschen Entschluss von seinem Morgenweg abbog und die
schmale, baumbestandene Gasse hinaufging. Jetzt wusste er,
dass er auf den Friedhof zu gehen hatte.

Er ging durch das Friedhofstor, er stand bald vor dem Grab seines kleinen Sohnes. Auf der handtuchgroßen Erdfläche kümmerten zwei weiße Asternstöcke, die wohl seine Frau eingesetzt hatte. Sie brauchen Wasser, sagte er sich. Er sah sich um und ging suchend die Rückenwände der großen Gräber am Nebenweg ab. Hinter einer Graniteinfassung fand er, unter Efeu versteckt, eine kleine Plastikgießkanne, mit der ging er zum Wassertrog, der unter der Trauerweide im flirrenden Schatten lag, während die Sonne sich auf Gruften und Gräbern breitete und ein starkblauer Himmel den Friedhof auf seinem Hügel einschloss. Langsam goss er die Asternstöcke. Nochmals ging er um Wasser. Es war sinnlos, die nackte, zusammengebackene Erdplatte zu begießen, trotzdem tat er's, und es gefiel ihm, wie die zarten Wasserstrahlen Girlanden auf die Erdkruste zeichneten.

Er sah lange einer Frau zu, die drüben, mit dem Rücken zu ihm, vor einem Grabkreuz stand. Sie stand dort drüben, sie regte sich kein einziges Mal. Er seufzte, wandte sich ab und trug die Gießkanne, die er noch in der Hand hielt, in ihr Versteck zurück, breitete sorgfältig die Efeuzweige über sie. Es freute ihn, dass es ihm gelungen war, den Astern Wasser zu geben.

Er hatte diesmal keine Sekunde lang an seinen Sohn denken müssen, dessen kleine Knochen nah unter ihm unter der hartgebackenen Erde lagen.

♦

Schließlich war er im Park gelandet und setzte sich auf eine Bank. Die Sonne schien heiß. Sie griff ihm tief und tiefer unter den Lederpanzer der Haut.

Kühle von der Erde herauf. Er saß und hielt sich der Sonne hin.

Erst gegen Mittag, er war schwindlig geworden von so viel Sonne, als er die Zeitung, die er vom Kiosk geholt hatte, langsam, Satz für Satz, gelesen hatte, und es war nichts vom Gelesenen haften geblieben in seinem Kopf, bei den Augen herein, mit dem Atem hinaus, jedoch Bilder jetzt, viele, schwirrende, die schon wieder zergehen, ehe sie sich ganz zur Anschaubarkeit verdichtet haben, ein Mückenschwarm, der über ihm in der Luft tanzt. In ihrem Hin und Her sah er sich selber sitzen, das festgezeichnete Rechteck seines Körpers, darüber der Kopf als Hohlkugel, dann auch dieser Körperumriss zerschmelzend, ob es vom Andringen der Sonne war oder durch die elektrische Kraft in seinem Inneren.

Das stete Summen des verborgenen Lebens. Wie damals, als er, als Kind, über den Feldern das Schwirren, das Singen der Telefondrähte gehört hatte. In seinen Eingeweiden hatte er als Beben gespürt, was sich über ihm als unverständliche Botschaft weitersagte.

Jetzt bemerkte er auch das feine Rascheln des Laubes über seinem Kopf. Er sagte zu sich, noch sind die Blätter grün, aber schon sind sie vertrocknet, sie brauchen kein Wasser mehr. Er schloss die Augen. Das winzige Wispern über ihm, und auf ihm, näher und näher herdringend, die Sonne.

◆

Als er die Augen öffnete, war alles wieder an seiner Stelle. Ein kleines, torkelndes Kind, das versucht, die beiden Wildenten zu fangen. Die Wildenten lassen die Stolperschritte nahe kommen und ziehen langsam durchs Gras davon, sie picken an den Halmen, als wäre der Kleine, der ihnen nachstolpert, nicht da.

Er sah die Mutter des Kindes drüben auf der Bank sitzen, sie blickte auf ihr Kind, ohne zu lächeln. Er sah um sich und sah die Kinderschwärme auf ihren kleinen Fahrrädern, deren Chromteile blinkten, und die blitzenden Räder drehten sich, und er sah die alten Leute, ein jeder für sich saßen sie in der warmen Sonne. Und er sah auch den Mann.

Zwischen den am Stock gehenden Pensionisten, zwischen den Kinderwägen, zwischen den händehaltenden Liebespaaren ging langsam der Mann, mit seinem grauen Gewand, mit den grauen strähnigen Haaren, mit dem grauen eingefallenen Gesicht. Der Mann, zwischen den glitzernden Schlingen der Fahrräder, zwischen bunten Blusen und wellenden Röcken, ging geradeaus, er sah vor sich hin, sah in schrägem Winkel zu Boden, durch die alte Frau hindurch in den Boden, durch die Kinderwägen hindurch in den Boden, der graue Mann bewegte zu seinen schlurfenden Schritten die herabhängenden Hände im Takt.

Er wusste, was der graue Mann, der Mann, der durch andere hindurchmarschierte, sich vorsagte. Der Mann sagte: »Solan-

96

ge ich gehe, lebe ich. Ich lebe, weil ich mich fortbewege. Ich muss in Bewegung bleiben. Immer in Bewegung, damit ich lebe.«

Wenn der graue Mann mit seinem Spruch hier angekommen ist, fängt er wieder von vorne an.

♦

Die Sonne lag auf seinem Scheitel. Von vielen Seiten hörte er die Glocken Mittag läuten. Er stand auf und ging langsam dem anderen Ende des Parks zu, wo um einen betongefassten Teich Bänke unter Weidenbäumen standen, unter ihren Zweigen lagen Enten und warteten darauf, gefüttert zu werden.

Auf dem Weg zum Teich war er zweimal stehen geblieben und hatte sich einen Rosenstock angeschaut. Die Rosenstöcke trugen um diese späte Jahreszeit wenige, aber vollkommen schöne und von innerem Glühen leuchtende Blüten. Er hatte gedacht, sie duften jetzt so sehr.

Er ging an Holzbänken vorbei, auf denen Frauen beieinander saßen, die Zeitung lasen, ihre Brote aßen, rauchten oder, eng nebeneinander sitzend, stumm ihre Gesichter der Sonne hinhielten, wie er es vorher getan hatte. Die Frauen, denen man ansah, dass sie zusammengehörten, redeten miteinander nicht. Er sah nicht zu ihnen hinüber und ging an den Bänken vorbei.

Dann kam er zu einer Bank, auf der waren zwei Frauen. Sie saßen da und hatten die Beine weit von sich gestreckt, die eine rauchte, die andere biss in einen Apfel. Als sie ihn kommen sahen, stand die Frau mit dem Apfel auf und ging, ohne etwas zu sagen, langsam zu einer anderen Bank hinüber.

Er setzte sich neben seine Frau. Sie sah nicht zu ihm herüber und rauchte mit kurzen, raschen Zügen weiter.

Da sagte seine Frau in dem alten Ton, in dem sie früher immer Streit begonnen hatte: »Lang hast du dich nicht anschauen lassen.« Er sagte: »Ich möchte nicht streiten.«

Sie schrie ihn an: »Glaub ja nicht, dass ich bei der Scheidung auf meine Ansprüche verzichten werde. Mir steht viel mehr zu, als ich gewusst habe. Das sagt der Anwalt. Ja, ich bin bei der Rechtshilfe gewesen. Und viel mehr wirst du für das Kind zahlen müssen, als du mir jetzt gibst. Aber du fragst ja nicht nach ihr. Nie fragst du nach deiner Tochter. Du glaubst, es reicht, dass du manchmal kommst und ihr Schokolade bringst und sie ins Kino mitnehmen willst. Aber sie geht gar nicht mit dir. Sie kann dich auch nicht leiden. Du bist ihr unheimlich. Und ich habe die Sorgen mit ihr. Heuer wird sie sicher in der Schule durchfallen. Der Lehrer sagt, sie schwänzt zu viel. Wenn sie an drei Tagen hintereinander in die Schule kommt, ist das viel, sagt der Klassenlehrer. Ich weiß nicht, wo sie sich herumtreibt. Sie sagt es mir nicht. Sie hat auch kein Wort gesagt, als ich ihr neulich zwei Ohrfeigen gegeben habe. Und ich kenne ihre Freunde nicht, nie bringt sie sie mit. Neulich ist sie die ganze Nacht nicht heimgekommen. Ich hab nicht gewusst, ob ich zur Polizei gehen soll. Erst um vier hat sie an der Wohnungstür geklopft. Um vier Uhr, in der Früh! Ich habe keine Ahnung, wie sie ins Haus hineingekommen ist.

Sie hat ja keinen Haustorschlüssel. Streng müsste man mit ihr sein. Aber vielleicht rennt sie mir dann auch davon. Dein Kleidergeld habe ich bekommen. Aber du hast keine Ahnung, was jetzt zum Schulanfang die vielen Hefte kosten. Und ein Zirkelzeug braucht sie auch. Und ob ich sie in die Tanzschule gehen lasse? Aber sie will nicht, sie sagt, das ist nichts für sie, die Tanzschule ist für das Fräulein zu langweilig und zu ordentlich.«

Jetzt schwieg die Frau. Sie zündete sich mit hastigen Fingern eine Zigarette an der alten an. Leise sagte sie: »Und ich habe das alles auf mir! Und du sitzt da und sagst kein Wort!« Dann war sie still. Sie saß da. Sie rauchte und sah hinüber, wo der Teich lag, auf dem jetzt die Enten ruhig hin- und herschwammen.

Der Mann sagte: »Weißt du, was heute früh im Fernsehen war? Es muss etwas Wichtiges gewesen sein, alle haben das Fernsehen aufgedreht gehabt.«

Sie sagte: »Du glaubst doch nicht, dass ich in der Früh Zeit zum Fernsehen habe? Da muss es hopp-hopp gehen mit Frühstückrichten und Bettenmachen und dann unsere Brote und dann das Kind hinaus und schnell duschen und ab in die Arbeit. Ich bin schon froh, wenn ich unterwegs etwas für den Abend einkaufen kann.«

Sie sah ihn an und fragte: »Was heißt das, gehst du nicht arbeiten? Das würde mir noch fehlen, dass du aufhörst zu arbeiten.«

Sie hatte sich jetzt ihm zugewandt und sah ihm ins Gesicht.

Sie fragte: »Was ist? Bist du krank?« Er ist nicht krank, sagte sie zu sich, aber es ist etwas nicht in Ordnung mit ihm.

Er sagte nichts. Schließlich antwortete er ihr, er sagte: »Ich weiß selber nicht, was mit mir ist.«

Sie sagte: »Ich kann dir nicht helfen. Dass ich dir nicht helfen kann, wissen wir ja schon lange genug.« Sie stand auf, strich den Rock an ihren Hüften hinunter und sagte mit Hohn: »Aber das eine ist sicher, ich muss jetzt zurück in die Arbeit.«

Er saß und sah zu ihr auf. Er sah in ihr zorniges und müdes Gesicht. Immer die Locke vorm linken Ohr. Er sah in ihre Augen. Wie sie jetzt seinen Blick zurückgab, hatten sich ihre Augen am wenigsten verändert. Er sagte: »Ich habe dich immer so gern gehabt.«

Voll Zorn schrie sie ihn an: »Davon kann ich mir nichts kaufen.« Sie drehte sich um und ging mit steifen Schritten rasch zu ihrer Kollegin hinüber, die stand von der Bank auf, auf der sie gewartet hatte.

Er sah den beiden nach, wie sie zwischen den anderen Frauen zur Fabrik zurückgingen.

Nach einer Weile stand auch er auf und begann wieder seine Gänge. Die Sonne machte ihn heiß. Er dachte, ich hätte sie auf ein Eis einladen sollen. Sie isst so gern Eis. Oder wir hätten die Kleine in der Schule abholen können, und wir hätten zu dritt Eis gegessen. So viel Zeit wäre uns schon geblieben. Er dachte, und ich habe ja auch Geld mit.

Dann sagte er zu sich: Aber sie wäre nicht mitgekommen. Und die Rosi wäre nicht in der Schule gewesen.

◆

Auf der Bank, auf der er vorher gesessen war, lag noch seine
vergessene Zeitung. Er blätterte die Zeitung langsam durch, er
dachte an nichts, da blieb sein Blick auf einem Foto hängen.
Das Bild zeigte eine in Tücher gewickelte braune Frau, die
dem Fotografen ihr nacktes Baby hinhält. Der Hals des Kleinen öffnete sich in einer klaffenden Wunde, und das Gesicht
des toten Kindes, dessen Kopf die Mutter mit ihrer Hand
stützte, war von Blut gesprenkelt.
Er las, dass dieses Foto einen amerikanischen Preis bekommen
hatte.
Er sah auf das Foto, auf die braune Frau, die ihre leeren Augen
unverwandt auf ihn gerichtet hielt; die Frau, die ihm ihr getö-
tetes Kind hinhielt, sah ihn an, und er die Frau.

◆

Die Frau saß an ihrer Maschine und setzte Schrauben ins
Werkstück, schnell und genau. Sie mochte diese Arbeit. So-
lange sie arbeitete, konnte sie nicht denken.
Im Arbeiten sah sie die roten Plastiktische vor sich, die vorm
Parkkiosk zwischen den Fliederbüschen standen.
Auf einmal war da auch ihr Mann. Sie saß wieder auf der
Parkbank, und er saß neben ihr, und er sagte: »Und weißt
du, was wir beide jetzt machen? Wir holen die Kleine von
der Schule ab und gehen alle drei zum ›Hammer‹ essen. Ein
Hawaiisteak für dich und für die Rosi etwas mit Pommes.«

Sie wären zu dritt dagesessen. Und sie hätten hinübergeschaut auf die Dahlien. Das Dahlienfeld ist rot und weiß gesprenkelt. Die Maschine machte einen Summton.

Sie hatte nicht aufgepasst. Nebenan hob die Kollegin den Kopf von ihren Schrauben und schaute herüber.

Sie setzte schnell die vergessene Schraube ein und arbeitete mit großer Aufmerksamkeit weiter. Dazwischen dachte sie, er ist ja erst gekommen, als meine Mittagszeit um war.

In ihrer Brust hatte etwas zu schmerzen begonnen. Es fiel ihr schwer, die Arme zu heben. Ob sie krank würde? Sie tat sich leid. Oder war es der Mann, der sie schmerzte?

Er ist im leeren Zimmer allein, allein an jedem der hellen, der unendlich sich dehnenden Abende. In seinem Zimmer hat er ja nicht einmal einen Fernseher oder ein Radio, die ihm Gesellschaft leisten.

◆

Wie er so auf seiner Bank saß und schaute, bannte die Fontäne seinen Blick. Das hohe Aufsteigen der Wassersäule, und wie als Regenbogen in der Luft stand, was dann in seinem Glitzern und Fallen als Wassertropfen nicht zu erkennen war. Und wie ein Windhauch die glänzende Säule berührte und wie sie sich zur Seite biegen ließ, und wie jetzt aus dem harten Aufschlagen der tausenden Tropfen auf die Wasserfläche ein Zirpen und Summen wurde, das aufstieg und in tiefere Töne sich hinabließ, einem Wind folgend, der die Tropfen über den Kies blies.

Er saß und sah der Fontäne zu. Es war ihm, als wäre das Auf und Ab des Geräusches eine lang bekannte Musik, aber als er versuchte, der Wassermelodie zu folgen, blieb ihm nur das stoßweise Anschlagen vieler Töne in den Ohren.

◆

Die Frau ging nach Hause. Sie kaufte zwei Knackwürste und Milch und eine Flasche Bier und für die Tochter noch Fruchtjoghurt und einen Schokoriegel. Nebenan, in der Trafik, musste sie warten, weil die Trafikantin sich lange mit einem Kunden unterhielt. Aber die »Wochenschau« war wenigstens schon da. Sie nahm das Magazin und verlangte eine Schachtel Zigaretten, mit schlechtem Gewissen, denn es war heute ihre zweite Packung.

Sie ging weiter. Wie immer um diese Zeit waren viele Leute unterwegs, und alle gingen heimzu und hatten es eilig. Sie trug den Plastiksack in der einen Hand und in der anderen ihre braune Handtasche. Im Gehen sagte sie vor sich hin: »Zu spät. Zu spät.«

◆

Das Mädchen stand derweilen im schattigen Hof, es stand nahe an der Hauswand. Es stand ganz ruhig da und sah gerade vor sich hin, ohne irgendetwas zu sehen.

An ihrem Fenster lehnte die alte Frau und sah hinunter auf das bewegungslose Mädchen. Da hob das Mädchen den Kopf. Die Blicke der beiden trafen sich. Sie schauten einander an, die alte Frau aus ihren kleinen Augen, die als Schlitze ins geschwollene Gesicht geschnitten waren, und das Mädchen sah mit seinem leeren Gesicht auf die alte Frau. Langsam hängten die beiden ihre Blicke so eines am anderen fest. Aber vielleicht sahen sie einander auch gar nicht.

Dann drehte sich das Mädchen jäh um und ging, wobei es wie immer die Schultern ein wenig hochzog und den Rücken krumm machte, die paar Schritte über den Hof und zur Hoftür hinaus.

Die alte Frau blieb, wie es ihre Gewohnheit war, noch Stunden nachher am Fenster sitzen und schaute hinunter auf den Betonfleck, wo vorher das Mädchen gewesen war.

Sie starrte auf diese Stelle. Der Fleck, der jetzt in der Sonne lag, war leer, blieb auch leer, als später die Müllmänner kamen und die Mülltonnen wegzogen, es rumpelte. Die Männer rollten die leeren Mülltonnen durchs Vorderhaus zurück. Die alte Frau saß am Fenster, ohne sich zu regen. Die Hausmeisterin kam und begann mit schrägen Blicken zur Alten hinauf die liegen gebliebenen Papiere und Cola-Packungen wegzukehren. Die Hausmeisterin ging zurück ins Haus, und immer noch saß die alte Frau an ihrem Fenster und sah in den Hof hinunter, der leer war.

◆

Das Zündhölzchenspiel spielt das Mädchen, das kein Kind mehr ist, das schon bald eine Frau sein wird, das Spiel, das es als kleines Kind, auf der Kellertreppe im Halbdunkel sitzend, oft gespielt hatte.

Damals war das Mädchen noch so klein gewesen, dass es sich leicht unter die Schiebstangen seines eigenen Kinderwagens hocken konnte, der, schief in den Achsen hängend, in einer Ecke des Kellerabgangs stand, und nur noch dazu diente, das aus der zu engen Wohnung Geräumte aufzunehmen.

Während das Mädchen am Küchentisch hockt, die Beine unter sich gezogen, so kann es nur sitzen, wenn die Mutter nicht da ist, schiebt es Zündhölzchen auf dem Plastiktischtuch hierhin und dorthin, zögert, und auf einmal spürt es in seinen großen Fingern die starre Bemühung, in der damals seine kleinen Finger die ungefügigen Hölzchen festgepresst hielten.

Das alte Spiel geht so: Das Zündholz mit dem braunen Kopf ist der Vater und das geköpfte ist die Mutter. Die beiden liegen nebeneinander im Bett. Und dann kommt das Kind, und das Kind ist die Zündholzschachtel. Mit einem Griff werden Vater und Mutter in die Schachtel gesteckt, und nachdem das Kind die beiden lange angeschaut hat, wird die Schachtel schnell zugeschoben.

Aber diesmal geschah das Zuschieben erst, nachdem das Mädchen die beiden Zündhölzchen, erst das, das der Vater war, dann, nach einigem Befingern, auch das der Mutter, mit aller Kraft seiner Finger in winzige Stücke gebrochen hatte.

Und jetzt, als die Zündholzstücke zerbrochen in der Schachtel lagen, hatte das Mädchen keine Lust mehr, das Kinderspiel wie früher auf der Kellertreppe noch einmal und noch einmal zu spielen.

Jetzt sah sie, dass das braune Zündholzende, das der Kopf des Vaters gewesen war, auf der Tischdecke liegen geblieben war. Geschwind öffnete sie noch einmal die Streichholzschachtel und warf auch den Kopf des Vaters hinein, ehe sie langsam aufstand und die unnütze Schachtel in den Mistkübel warf. Das Spiel war ein dummes Spiel, es war ein Kleinkinderspiel gewesen.

Das Mädchen nahm seine Jacke vom Sessel, es zog sie an und ging zur Tür hinaus und die Treppe hinunter, ohne zu wissen, wohin es gehen würde.

♦

Als die Schwiegertochter gegangen war, hatte die alte Frau versucht, die fremde Anwesenheit wegzuwischen. Sie bückte sich sehr langsam und holte die gelben, brüchig gewordenen Zeitungen wieder aus der Kohlenkiste. Mit ihren krummen Fingern strich sie die Zeitungsblätter lange glatt und breitete sie wieder über die Tischplatte.

Die Schuhkartons, die auf den Tisch gehörten, hatte die Schwiegertochter auf den Kleiderkasten geräumt. Zuerst hatte die alte Frau versucht, die Schachteln mit ausgestrecktem Arm herunterzuziehen. Aber wie sie auch keuchte und die Hand immer noch ein Stückchen höher schob, blieb doch eine Spanne Luft zwischen ihren Fingerspitzen und den beiden Schachteln, die vorn am Kastensims standen.

Langsam schlurfte sie in die Küche und kam mit dem Hocker zurück. Die Alte stellte den Hocker vor die geöffnete Kastentür, und indem sie sich mit der einen Hand an der Türe anklammerte, die unter der Last hin- und herfahren wollte, zog sich die alte Frau ächzend hoch, bis sie gebückt auf dem Hocker stand. Die Kastentür wollte den Fingern entgleiten, es war ihr, als wolle auch der Hocker unter ihr wegrutschen, sie gab nicht auf, irgendwie erwischte die freie Hand die eine Schachtel, sie balancierte das Ding, endlich konnte sie den geretteten Schuhkarton mit der einen Hand an die Brust pressen und den Abstieg beginnen.

Der Versuch gelang noch ein zweites Mal. Aber die drei anderen Kartons hatte die Schwiegertochter so weit gegen die Wand gerückt, dass die alte Frau sie nicht erreichen konnte, so sehr sie auch auf ihrem Hocker versuchte, den Rücken gerader aufzurichten und die Hand noch die winzige, winzige Spanne vorzuschieben, die sie von den Schachteln trennte, die sie von droben ansahen.

Sie kletterte herunter und schob den Hocker in die Küche zurück. Sie war jetzt sehr müde. Sie stand da und sah hinauf zu den drei Schachteln. Es war ihr, als solle sie mit aller Kraft nachdenken, was sie in diesen Behältern aufgehoben hatte. Sie gab es auf, bevor sie damit begonnen hatte.

Danach schlurfte die alte Frau lange im Zimmer umher. Sie rückte an den Möbeln, die nach dem Eindringen des unerwünschten Besuches so anders dastanden. Sie zerrte am Tisch, sie schob und drehte die Stühle. Aber das Zimmer kam ihr weiterhin fremd vor.

◆

Als er eingekehrt war und ein Glas Bier bestellte. Auf einmal lag
da die tote Biene. Er sah sie an. Ihr zur Durchsichtigkeit ausge-
trockneter Körper lag mit in die Luft gereckten Beinchen auf der
rauen, noch sonnenwarmen Holzplatte des Tisches. Die Biene
lag nicht weit von seinem Bierglas. Vielleicht hatte ein Wind die
Tote aus dem Blättergewirk des Kastanienbaums geworfen.
Der Mann sah die Beinsicheln. Die Rundkrümmung des Bie-
nenkörpers. Wie ein Säugling in Schlaf gewickelt. Aber. Aber
das da war tot. Nie mehr das Summen, eifrig, von Blütenort
zu Blütenort. Er sah die Tote an. Er hätte sie gern in seine
Hand genommen, seine warme Hand für die Starre.
Aber nie mehr. Er spürte, wie ihm Tränen in die Augen traten.
Darüber war er verwundert.

◆

Als die Frau im Bett gelegen war, bei dem, den sie bei sich
immer »den Kollegen« nannte. Sie war in seiner Wohnung, in
den letzten Monaten hatte er sie manchmal in seinem Auto
mitgenommen, aber noch immer musste sie einen langaus-
gezogenen Augenblick nachdenken, wenn sie sich nachher
aus dem heißen Bett herausschob, ob es jetzt nach links oder
rechts ins Badezimmer ging.
Sie hatte seinen Waschlappen, der säuerlich roch, vom Haken
genommen, sie stieg in die Sitzbadewanne und begann sich
langsam und gründlich von oben bis unten abzuseifen. Sie

setzte sich ins heiße Wasser, sie war müde und zerschlagen, aber auch mit sich und dem Kollegen zufrieden. Sie sagte sich, im Bett bin ich noch immer gut, und er weiß schon, warum er lieber mich nach Hause nimmt als die jungen Dinger von Büromädchen, die ihm alle nachlaufen.

Sie war sehr müde. Sie spürte sich schwer und durch und durch steinern unter dem einlaufenden Wasser sitzen.

Aus Stein; da rief der drüben, sie solle das Wasser abdrehen, sie brauche ihm ja den Speicher leer, er wolle auch noch duschen, und seufzend hatte sie den Hahn zugedreht.

◆

Als der Mann an der großen Wiese mitten im Park vorbeikam, an deren Rand die Enten wie plattgedrückt im Gras lagen, dessen Spitzen ihnen bis an die Schnäbel reichte, kam ihm auf dem Kiesweg ein kleines Kind entgegengelaufen. Das kleine Kind lachte laut und strampelte mit kurzen dicken Beinen voran, es lachte und drehte dabei den Kopf nach einem Schulmädchen zurück, das ihm kreischend mit offenen Armen und fliegenden Haaren nachlief. Der Kleine versuchte, die Beinchen rascher zu heben, dabei stolperte er über seine Füße, und mit vorgestreckten Armen platschte er auf den Kies, dass der wegspritzte. Noch ehe das Kind anfangen konnte zu weinen, war der Mann hingesprungen. Er hob den viereckigen Körper auf, der schwerer war, als er sich's vorgestellt hatte; im Hocken hielt er das Kind, das ihn stumm anstarrte, während in den weitaufgerissenen Augen erst der Schmerz und dann die

Tränen zusammenliefen. Er drückte das Kind, das schon den Mund zum Weinen geöffnet hatte, an sich und sagte: »Du brauchst nicht zu weinen. Es ist dir ja gar nichts geschehen! Schau, du hast dir nirgends wehgetan, gerade die Haut hast du dir hier ein bisschen zerkratzt!«

Da war schon das größere Mädchen herangelaufen. Der Kleine in den Armen des Mannes drehte sich hierhin und dorthin, weg von dem fremden Mann, der ihn noch immer festgepresst hielt und ihn mit seinen flachen Augen ansah, vor denen sich das Kind fürchtete.

Der Mann öffnete seine Arme und ließ den Kleinen los, den das Mädchen gleich am Arm packte und, da er jetzt doch zu plärren begonnen hatte, am Kiesweg fortzog.

Der Mann hockte noch immer da und sah den beiden nach. Jetzt stand er langsam auf.

Er stand da. Er spürte seine Fingerspitzen warm und weich und fühlend; die Erinnerung an die zuckenden Schultern des Kindes, dessen Wärme er im Festhalten unterm Hemdchen gespürt hatte, war noch in seine Handflächen eingeschrieben. Unter dieser langsam verebbenden Gegenwart stieß eine Erinnerung durch die alte Kruste.

Sein eigener Kopf hinabgebeugt auf den kleinen seines Kindes, das sich in seine Halsgrube einschmiegt und feucht an seinem Hals der Atem, der Mund seines Kindes.

»Aber mein Tommi ist tot.«

♦

Aber Tommi ist tot. Tommi. Tommi am Großvaterhof, der immer der Großvaterhof bleiben wird, auch wenn er jetzt dem Vetter gehört, und für Tommi junge Katzen zum Spielen, und Heuhüpfer für Tommi, und der Hahn, und rote Kirschen am Kirschbaum, der lässt seine Zweige herunterhängen, sodass Tommi, der winzige Tommi, sich danach strecken kann, Tommi hebt seine Arme, steht auf den Zehenspitzen, da erwischen die Finger den sich entgegenbeugenden Ast, und die Finger bekommen die roten Kugelfrüchte zu fassen, er zieht, und die Kirsche löst sich von ihrem Stängel, die Kirsche liegt kühl in seinem heißen Mund, und das neugeborene Kalb drüben im Stall, und das hausgroße Bett, in dem Tommi bei den Eltern schlafen darf.

Und das neugeborene Kalb, Tommi füttert es mit der Flasche. »Stripp strapp stroll«, sagt der Mann seinen Spruch. »Du weißt so viele Sprüche, Papi, sag mir noch einen auf.« »Stripp strapp stroll, ist der Eimer noch nicht voll?« Tommi und ich, ich und Tommi, und wenn sie uns jetzt rufen, zur Jause in die dunstige Küche, bleiben wir beide hocken hinter den Ribiselstauden, wir halten den Atem an, damit sie uns nicht entdecken, und wir schauen einander in die Augen, zwei Verschwörer, und lachen.

Tommi ist tot.

◆

Denk jetzt daran, sagte der Mann im Gehen zu sich. Erinnere dich!

Damals. Damals waren sie dagesessen im Weißen, auf der weißen, steillehnigen Bank. Die Bank war in einem Winkel des Spitalkorridors gestanden. Wenn wir nur zurück könnten, dorthin, wo wir hergekommen sind. Oder dass endlich das Messer herführe.

Sie waren aufgestanden, als die weiße Tür aufgegangen war. Als die weißen Schemen einer nach dem anderen aus dem Zimmer geglitten kamen. Er und die Frau sahen auf die, die an ihnen vorbeigezogen wurden von ihren leisen weißen Schuhen. Keine Augen sahen sie an. Sie hörten Wörter, gemurmelte Wörter, die ihnen beiläufig in die Ohren traten, diese Wörter waren nicht für sie. Sie standen und warteten, sie warteten auf das, was sie schon wussten. Dann der große Weiße, der sie ansah von weitem her, der sie ansah bei jedem Schritt, den er hertrat, näher und näher her, auf dem weißen Gang vor der weißen Bank eine weiße Gestalt, er stand vor ihnen und sah sie an mit einem weißen Blick, an ihren Augen vorbei, und er sagte es endlich.

Der Fremde redete und redete, er sagte, was sie gewusst hatten, von Anfang an, ohne zu wissen, dass sie es wussten. Neben sich hörte der Mann die Frau flüstern: »Nein, nein, nein.« Sich selbst hörte der Mann sagen: »Vielen Dank, Herr Doktor.«

Der Doktor hatte ihn angesehen, als ob er ihm noch etwas sagen wollte. Aber der Mann hatte die Frau gepackt, hatte sie am Ellenbogen dem Ausgang zugedreht. Hinten hörten sie den Weißen immer noch reden. Sie verstanden: »… besser so«, und »nach solchen Schädelverletzungen«.

Als der Mann ein weniges aufgetaucht war aus der neuen, leeren Welt, in der alles weiß war, waren sie schon die Hälfte des Weges vom Spital zu ihrer Wohnung gegangen. Er hielt seine Frau untergehakt. War es damals das letzte Mal gewesen, dass sie einander nahe gewesen waren?

Um herauszukommen aus diesem Fremden, Neuen, das ihn wie flüssiges Blei umschloss, hatte er es zu sich gesagt: »Tommi ist gestorben. Nie mehr.« Nie mehr. Er wiederholte sich's wieder und wieder. Er dachte, bald kommt die Rosi aus der Schule. Ich muss es ihr sagen. Mit Staunen bemerkte er, dass er, in jenen schweren Fluten versunken, noch immer denken und reden konnte.

◆

Damals, als der Junge noch lebte, hatte die alte Frau an ihrem Fenster mehr Abwechslung gehabt.

Manchmal war der Bub, von dem die alte Frau nicht wusste, dass seine Eltern ihn Tommi riefen, mit einem Abfallsack im Hof aufgetaucht.

Die alte Frau am Fenster versuchte sich weiter vorzubeugen, so konnte sie die Ecke überblicken, wo die Mülltonnen standen. Der Junge musste sich auf die Zehenspitzen stellen, um den Deckel aufzubringen. Er machte jetzt ein ängstliches Gesicht. Er hatte vielleicht Angst, dass der Deckel zurückschnappen und ihm die Finger einquetschen könnte. Es gelang ihm, hochgereckt, mit gestreckten Armen, mit gespreizten Fingern, den vollen Plastiksack in die Tonne zu drehen. Die Ärmel seines Strickpullovers waren dabei hochgerutscht, und die alte Frau konnte die mageren Unterarme des Jungen sehen.

Die alte Frau spürte Enttäuschung. Es wäre eine Abwechslung gewesen, wenn der zuschnappende Deckel die Finger des Kindes eingeklemmt hätte. Sie sah mit Vergnügen, dass einige Erdäpfelschalen und ein Ball aus zerknäueltem Zeitungspapier neben der Mülltonne auf den Boden gefallen waren. Der Junge sah sie auch liegen, er blieb unschlüssig stehen, er blickte geschwind zu den Fenstern hinauf und zur Hoftür hin, ehe er sich mit einem Entschluss umdrehte und ins Haus zurücklief. Zusammengeringelt lagen die Kartoffelschalen auf dem Betonboden. Die alte Frau war jetzt gut aufgelegt.

◆

Damals hatte die Mutter gefragt: »Was wünscht du dir zu deinem Geburtstag?« Das Mädchen sagte darauf nichts, es saß am Tisch und spielte mit seinen Haaren, während die Mutter seinen roten Rock am Schoß hielt und mit heftigen Bewegungen, der Mutter ging immer alles zu langsam, den Saum ausließ. In der Wohnung war es noch warm vom sonnigen Tag.

Die Mutter sagte: »Meinetwegen kannst du dir eine neue Hose fürs Schullager kaufen, auch wenn du noch keine neue brauchst. Ich habe heute rote Hosen im Ausverkauf gesehen.« Das Mädchen sagte: »Ich wünsche mir einen Geburtstag wie früher. Dass du und der Vater in der Früh an mein Bett kommt und mir gratuliert, und der Vater trägt ein Paket. Mein Geschenk soll verpackt sein, ich habe gern schön eingepackte Geschenke. Und fünfzehn Kerzen brennen auf meiner Geburtstagstorte.«

Die Mutter machte raschere Stiche. Es war eine Weile still. Die Tochter flocht sich einen Zopf in ihre kurzen Haare.

Die Mutter sagte: »Du weißt doch genau, dass so etwas nicht mehr geht.« Plötzlich schrie sie das Mädchen an: »Ja, hast du denn geglaubt, alles wird ausgerechnet zu deinem Geburtstag genauso wie früher sein? Du weißt doch, dass jetzt alles anders ist!«

Das Mädchen hielt sich ruhig unter dem Sturm. Während es an der Mutter vorbei ins Leere schaute, flocht es weiter an seinen Haaren.

Die Mutter nähte. Sie sagte nach einer Weile, sie zwang sich, leise zu sprechen: »Ich verstehe dich nicht. Wenn der Vater zu dir auf Besuch kommt, sitzt du da und sagst höchstens ja oder nein, er kann dich fragen, was er will.« Der Zorn stieg in ihr hoch, sie schrie: »Er erzählt dir Sachen, er bringt dir Geschenke, er lädt dich ins Kino ein, und du sitzt nur da und machst den Mund nicht auf. Was willst du eigentlich? Was willst du von uns?«

Das Mädchen sagte: »Ich möchte meinen Geburtstag.«

♦

Damals war die Frau vor der Auslage gestanden und hatte die Haarspange angeschaut, die rot und grün herschimmerte. Drei sternige Blütenköpfe bildeten den Steg der Spange, auf den Blumenblättern glitzerten die roten Steinchen.

Die Frau dachte, das Geld für die Spange könnte ich einbringen, wenn ich heuer keine Kirschen einkoche – oder nur ganz wenige Gläser, dann merken sie nichts.

Die Frau sah sich mit der Spange im Haar die Straße hinuntergehen. Sie würde endlich den Lidschatten auftragen, den sie gekauft und hinten in der Nachttischlade vor der Tochter versteckt hatte. Und sie würde die Stöckelsandalen zum weiten Rock anziehen. Als sie sich in ihren Träumen so gehen spürte, sehr leicht, war ihr, als käme ihr die Tochter entgegen und sähe sie mit zusammengekniffenen Augen von der Seite an.

Die Frau sah die Straße hinunter. Natürlich war da niemand; sie wusste ja, dass die Tochter um diese Zeit in der Schule saß. Die Frau drehte sich von der Auslage weg und ging weiter. Sie ging in den Supermarkt. Dort kaufte sie die Kirschen, die sie wie jedes Jahr einkochen würde. Sie kaufte den Korb voll und noch einen Plastiksack dazu. Rote, glänzende Kirschen.

Die Tasche und der Sack hängten sich schwer an. Trotzdem blieb sie vor dem Geschirrgeschäft stehen, warum sie's tat, hätte sie nicht sagen können. Sie starrte in die Auslage, ohne viel zu sehen. Auch aus dieser Auslage glänzte es her. Vorne lag eine Familie von Messern, Fleischmesser, Brotmesser, Gemüsemesser. Das schmale dort. Ein Messer, das durch die Luft fliegt wie eine schwarze Schwalbe. Wie eine Schwalbe mit angelegten Flügeln. Die Schwalben im Marchfeld, wie sie die stockende Augustluft des Hofes sirrend durchschnitten hatten.

Der Vogel fliegt die Straße hinunter, er fliegt knapp über den Köpfen der Leute, die gehen und bemerken nichts, oder hören sie auch das Pfeifen der Luft? Aber sie kann das Messer immer genau sehen, jetzt fliegt es lautlos durchs offene Küchenfenster. Das glänzende Messer bohrt sich in den Rücken des Mannes, der Mann kippt ganz langsam nach vorn auf die Tischplatte, es sieht aus, als wäre er wieder im Sitzen eingeschlafen.

Man darf keinem etwas Böses wünschen. Aber ich habe mir gar nichts gewünscht. Die Frau nahm die Plastiktasche hoch, sie nahm den Korb auf und ging weiter.

Zu Hause saß der Mann am Küchentisch und trank Bier. Eine leere Flasche stand neben der halbvollen auf der Plastikplatte. Der Mann hatte nicht einmal den Fernseher angestellt.

Er drehte sich nicht um, als die Frau hereinkam. Die Frau stellte Korb und Sack neben den beiden Bierflaschen ab. Sie holte aus dem Geschirrschrank einen Weitling und begann aus vollen Händen die Kirschen hineinzuheben. Der Mann sagte anklagend: »Warum bekomme ich kein Essen, wenn ich von der Arbeit heimkomme. Immer sage ich dir, du sollst früher einkaufen gehen.« Die Frau machte langsam ihre Finger auf und ließ die Kirschen zu den anderen in den Weitling gleiten. Sie sagte: »Die Müller hat mich heute die Bürofenster putzen lassen. Ich bin neugierig, ob sie wieder vergisst, mir die Überstunden zu bezahlen.« Sie holte einen Teller mit Fleischlaibchen aus dem Kühlschrank, auf dem Teller lagen auch einige gekochte Kartoffeln. Die Frau bückte sich um eine Pfanne. Der Mann sagte: »Gib schon her. Ich werde das halt kalt fressen.« Er schob sich ein halbes Fleischlaibchen in den

Mund, schluckte und aß einen Erdapfel nach. Die Frau stand da und sah ihm zu.

Die Tochter kam zur Tür herein. Sie sagte: »Ich habe Hunger«, ging zum Kühlschrank und suchte zwischen Flaschen und Schüsseln, bis sie das Pergamentpäckchen fand. Dann holte sie sich den Brotwecken aus der Dose. Sie setzte sich an die Schmalseite des Tisches, öffnete das Päckchen; ohne aufzusehen schob sie sich Wurstscheibe um Wurstscheibe in den Mund. Der Mann sagte: »Wenn du schon Wurst essen musst, leg sie dir aufs Brot. Weißt du noch immer nicht, wie man das macht?« Die Frau sagte: »Lass sie. Es ist ja gleichgültig.« Die Tochter sah auf, sie sah die beiden an und aß die letzten drei Wurstblättchen. Der Mann sagte nichts mehr.

Die Tochter stand auf, sie knüllte langsam das Pergamentpapier zusammen und warf es in den Abfalleimer, dabei sah sie immer zum Vater hinüber. Der Mann sagte jetzt sehr leise: »Da schuftet einer sich ab und das frisst die ledige Wurst.«

Die Frau sah die roten Kirschen an. Sie sagte: »Heute hätte ich mir beinah eine Haarspange gekauft, so eine moderne. Die hatte kleine rote Sterne.« Der Mann sagte: »Deine Sorgen möcht ich haben.«

Beide schwiegen. Die Tochter stand an den Kühlschrank gelehnt und sah zu ihnen herüber. Plötzlich schrie der Mann: »Die lässt du die ledige Wurst essen und mich jammerst du an, dass ich dir nicht einmal eine Spange kaufen kann.« Er schlug mit den Fäusten auf die Tischplatte.

Die Tochter sah befriedigt drein, sie holte den Brotwecken

vom Tisch und schob ihn zurück in die Brotdose. Der Deckel glitt noch langsam zu, als die Tochter schon die Tür zum Kabinett hinter sich zuwarf. Gleich darauf hörten sie hinter der geschlossenen Tür laute Popmusik.

Auf dem Tisch lag neben der Schüssel mit den Kirschen noch das Brotmesser. Die Frau dachte, ist das Messer doch hergeflogen.

Rasche Schritte kamen die Stiegen herauf, die Tür flog auf, der Bub war vom Hort gekommen. Er sprang ins Zimmer und warf die Schultasche in die Ecke. Die roten Kirschen glänzten im Weitling. »Kirschen!«, rief er, »Kirschen!«, kam heran und begann mit raschen, leichten Fingern in den Kirschen zu wühlen, er zählte sich die Zwillingspaare in die Hand. Dann hängte er sich zwei dicke Kirschenbündel über die Ohren. »Jetzt bin ich ein Indianer!«, sagte er und schlich mit Indianerschritten zum Spiegel, dort drehte er den Kopf nach links und wieder nach rechts und sah sich von allen Seiten an und nickte viele Male, die Kirschen an seinen Ohren baumelten im Takt mit.

Dann lief der Bub zum Tisch herüber, zog den Weitling zu sich her und begann im Stehen gierig zu essen, zwei, drei Kirschen steckte er auf einmal in seinen weit aufgerissenen Mund und spuckte die Kerne kräftig in die eine Hand, während die andere schon wieder nach den rötesten Kirschen wühlte.

Der Mann und die Frau saßen da, sie sahen ihm beim Essen zu und sagten nichts. Nur die Schwester, die wieder aus ihrem Zimmer aufgetaucht war, fuhr einige Male über die Schulter des Bruders in die Schüssel und holte sich ihren Teil.

Die Frau stand brüsk auf. Sie holte aus dem Geschirrschrank noch einen Weitling, setzte sich wieder und begann die Kirschen eine nach der anderen zu entstielen. Die Arbeit ging ihr rasch von der Hand. Während der Bub, der nun schon übersatt war, im Hin- und Hergehen sich noch die eine oder andere Kirsche holte und sie langsam zerkaute, sagte er hinüber zur Mutter, die mit gesenktem Kopf saß und die Stängel von den Kirschenbündeln in ihrer Hand riss: »Du könntest dir auch Kirschen aufstecken, das würde schön aussehen zu deinen braunen Haaren.«

Der Frau rannen auf einmal Tränen übers Gesicht, während sie weiter mit hastigen Bewegungen die Stängel von den Früchten zupfte. Tommi stand da, er sah von einem zum anderen, dann steckte er sich langsam eine Kirsche in den Mund.

◆

Der Abend, als der Donner hereinbrach. Die dröhnenden Wogen kamen durch die Wände gerollt, durch den Fußboden, eine und eine, immer noch eine, die Wogen brachen sich an der Decke, das Donnergrollen hörte nicht mehr auf, das Zimmer der alten Frau schüttelte sich unter dem Anprall, der Tisch zitterte, der Sessel, auf dem sie saß, zitterte, der Linoleumboden hob und senkte sich in Stößen, zwischen das Donnern fuhren die Blitze wie Schreie. Unter dem Aufprall der Donnerwogen war das Zimmer niedriger geworden und noch enger, ein Sarg. Jetzt weitete sich der Raum wieder zu seiner geringen Höhe und Breite. Es war sehr still geworden.

»Es ist Krieg. Es ist wieder Krieg«, sagte die alte Frau mit der Stimme, die sie schon lange eingesargt hatte, zu jemandem, der nicht im Zimmer war.

In der Stube war es still. Aber die alte Frau ließ sich nicht täuschen. Sie wartete. Da krachte die Explosion. Schritte stürzten die Steinstufen hinunter. Die Haustür donnerte, der Nachhall wälzte sich die Treppen herauf.

Das Zimmer, in dem die alte Frau saß, hielt den Atem an. Der Geschirrschrank, der Tisch, das Bett lauerten. In der Atemlosigkeit saß die alte Frau nicht wie sonst zusammengeschoben und gekrümmt in ihrem Holzstuhl, sie hatte den Kopf zurückgeworfen, sie riss den Mund weit auf, röchelte, sie schnappte nach Luft. In der neuen Stille hing sie in ihrem Sessel und bebte und schüttelte so, wie unter den Stößen des Donners früher das Zimmer geschüttelt hatte, das jetzt stumm zusah.

Am nächsten Morgen, in der frühesten Frühe, sah die alte Frau, die schon angezogen an ihrem Fenster lehnte, die Mieterin, die unten wohnte, leise zerbrochenes Möbelwerk über den Hof tragen und in den Keller räumen.

Sie folgte der jungen Frau, die mit ihrer Bürde an der Hausmauer entlang schlich, nicht mit den Augen. Was die unten taten, ging sie hier oben seit Ewigkeiten nichts an.

♦

Als er wieder am Springbrunnen vorbeigeht, wie oft ist er an diesem Tag schon am Springbrunnen vorbeigegangen?, als in einer Lache gespiegelt die weißen Himmelswolken zu seinen Füßen liegen, wird es ihm im Gehen einfallen.

Als das Gewitter weggezogen war, als die Kinderangst mitgezogen war, und Rosa und Himmelsgrün, die Abschiedsfarben des Sommertages, schauen zu ihm auf aus der Regenlache. In diesem Damals des Großvaterhofes zieht er, kleines Kind, sich die kleinen Gummistiefel aus, barfuß will er hineinsteigen in das Himmelsglänzen. Aber dann lässt er es sein, er steht lange und schaut in das Schimmern, das ungestört daliegt.

Mit den Stiefeln in der Hand geht er durch die offene Tür in den Hausflur, in dem sich schon die Dämmerung sammelt, immer kommt er sich winzig vor im Großvaterhaus, viel kleiner als daheim in der Stadtwohnung, er stellt seine kleinen Stiefel in die Ecke, zu den vielen großen, kotigen, und er setzt sich leise zu den anderen, die schon angefangen haben, die Abendsuppe zu löffeln, und ihre Köpfe nicht heben, bis auf den Großvater, aber der Großvater sieht immer alles, und so schaut der Großvater auch jetzt zu ihm herüber, wie er den Löffel nimmt und anfängt zu essen.

◆

In einem anderen, sehr nahen Land, das sein gestriger Traum ist, hatte der Mann gewusst, dass er bald sein Kind zur Welt bringen würde. Im wachen Leben hätte er sich gewundert, dass auch die Männer gebären, aber jetzt spürte er, als er wartend lag, wie von den Waden aufwärts ein Muskel nach dem anderen in ihm zu zittern begann, dann sich hart spannte, bis im Erwarten des Ausstoßens sein Nabel sich langsam öffnete. Während er austrieb, mit Macht, was sich im Ausgestoßenwerden zusammenschloss, zur Masse erst, dann zur Gestalt, die sich zum Kind zusammenschob, bis er die winzigen Finger spürte, die sich auf seinen Hüften bewegten, ohne zu greifen, sich öffneten und schlossen; das Rund des Kopfes spürte er, das sich an seine Brust drückte, sich warm und feucht gegen seine erst steife und dann schmelzende Haut presste, er fühlte die Weichheit des kleinen Bauches auf seinem Bauch und an seinem Geschlecht die winzigen Zehen; er sagte laut »Mein Kind ist geboren«, und wartete, selber atemlos, bis sein Atemwind das Daliegende mit Leben füllte, der Hauch des Kindes war sein Hauch, da kam es, es kam, und er hörte sein Kind laut schreien, es war ein Siegesschrei. – »Morgen«, hatte er sich sagen gehört, und davon war er aufgewacht.

Viel später an diesem Tag, als er durch die Straßen ging, mit bestimmten, raschen Schritten, als ginge er auf ein Ziel hin, als er wieder auf Parkbänken saß, noch einmal einkehrte, in einer rauchigen Wirtsstube wieder Bier trank, wusste er auf einmal, wie der Traum geendet hatte.

Er spürte wieder seinen Bauch nackt und kalt unter der Nachtkälte. Sein Kind war ihm weggenommen worden.

Sein Kind, er konnte sich wieder an die feuchte stillende Wärme erinnern, in der das Kind auf seinem Bauch gelegen war. Jetzt war dort Kälte. Sein Kind war fort. Und nun fiel es ihm herzzerreißend ein, dass er den Namen seines Kindes niemals kennen würde. Nie würde er sein Kind zu sich rufen, nie, nie.

»Er ist ruhig dagesessen. Und bevor er gegangen ist, hat er noch eine Flasche Bier verlangt. Und das Bier hat er dann stehen lassen«, erzählte der Wirt am nächsten Abend denen, die es alle schon in der Zeitung gelesen hatten.

♦

Ein schwarzer Käfer auf dem Fensterbrett der alten Frau. Die alte Frau sah lange dem Käfer zu, der auf dem Rücken lag und mit seinen kurzen Beinchen in der Luft ruderte.

Der Käfer gab nicht auf; er lag auf seinem gekrümmten Rückenpanzer, er ruderte und ruderte und versuchte, sich zu drehen, und die alte Frau sah ihm zu.

Vorsichtig berührte sie mit ihrem Zeigefinger das schwarze, hin- und herschaukelnde Ding. Da lag der Käfer still und stellte sich tot. Die alte Frau stieß jetzt immer wieder den Käfer an, der sich nicht zu regen wagte. Sie hatte sich vorgebeugt, soweit es ihr der Rücken erlaubte, der sich nicht mehr biegen lassen wollte und nicht mehr gerade aufrichten. Ihr Mundspalt zog sich in die Breite, und die zugeschwollenen Augen kniffen sich noch schmaler zusammen. Die alte Frau lachte.

Mit dem Jackenärmel streifte die Alte den reglosen Käferleib zu Boden. Ächzend bückte sie sich und suchte mit ihren schwachen Augen das Ding. Dann sah sie ihn. Der Käfer lag zwischen Staub und Fusseln und stellte sich noch immer tot. Die alte Frau hielt sich am Fenstergriff fest und trat mit der Sohle des Filzpantoffels schwer auf den Käfer. Sie hörte es nicht knacken und sie spürte unter der Sohle keinen Widerstand, und das war schade.

◆

Einmal, als er seine Tochter vom Kino abholen sollte, war der Mann im finsteren, sich eng hinaufwindenden Stiegenhaus der alten Frau begegnet. Langsam hatten sie sich aneinander vorbeigeschoben.
Ein strenger Geruch kam aus den Kleidern der alten Frau. Der Geruch ließ den Mann in einen Erinnerungsschlund zurückkippen. In diesem Hohlraum hockte er sehr klein unter einem Tisch, in übereinandergeschichteten Dämmerungen. Er war umgeben von hohen schwarzen Stämmen und von dunkel schaukelnden Büschen. Manchmal bewegte sich das alles heftig und dann wieder leise, in einem einzigen Takt ging es hin und ging es her, wie in einem Wald, wenn der Wind darüberfährt. Manchmal schlurrte ein Schnürschuh neben ihm, dann war das Kind, das er damals gewesen war, erschrocken.
Der Geruch, den die Bewegungsströme auslösten, war dem Kind in Stößen in die Nase gestiegen, dieser Geruch stieß ihn weg und fing ihn wieder ein, bis er leise, um von den Großen nicht bemerkt zu werden, davongekrochen war.
Im Stiegenhaus hatte er sich an der alten Frau vorbeigedrückt, die ihm ins Gesicht schaute mit ihren halbblinden Augen, mit den versiegelten Augen. Getröstet und gleich darauf verwirrt, denn, war er denn vorher traurig gewesen?, war der Mann mit festen Schritten die Stufen hinaufgestiegen und hatte an der Tür

125

der Frau geläutet, die einmal seine Frau gewesen war, war das erst vor einem Jahr gewesen oder war es schon viel länger her?

♦

Die Frau hatte geträumt, dass sie sich in einer nebelverhüllten Halle hinschleppte. Sie war allein in diesem leeren Raum.

Schießlich kam sie an eine Wand. Sie tastete sich daran weiter. Die Wand, die aus glattem Stein schien, ging gerade hin, manchmal spürten die Finger, was die Augen im rauchigen Dämmerlicht nicht wahrnahmen: die auffahrende Schiene einer Halbsäule. Dann wieder die Wand.

Vielleicht ging sie in einer ungeheuren Halle hin. Die Halle hatten sie ihretwegen gebaut, die Halle, deren Begrenzung in der Echolosigkeit nicht zu ahnen war, und wenn es hoch oben ein Gewölbe gab, war es in den aufsteigenden Nebeln verborgen.

Sie ging und ging und ging. Dann hatte sie auch die leitende Wand verloren. Sie hörte ihre Schritte nicht mehr. Wenn sie es über sich brächte, jetzt zu schreien, würde der Nebel ihre Stimme ersticken. Ersticken. Sie drängte den Schrei zurück, der ihr in der Kehle quoll.

Ich träume ja nur, sagte sie träumend zu sich, und dann dachte sie, es gibt doch keine Träume, in denen eines so ganz allein ist. Wenn endlich der Mörder käme oder lautlos die Riesenschlange. Sie wusste aber, dass in diesem Traum nichts zu ihr kommen würde, kein Mörder, kein Ungeheuer.

Sie ging, und wie sie ging mit schleppenden Schritten, sie hatte es aufgegeben, mit letzter Kraft die bleischweren Beine zum Fliehen zu heben, blieb alles, wie es war, die Höhle, die Nacht, in der lauernden Leere sie.

Wach auf!, wach auf!, sprach sie sich zu mit Verzweiflung, wenn du nicht aufwachst, wirst du hier sterben, und im Traum schloss sie die Augen, die nichts mehr sahen, und spürte ihre Füße weiterschleifen, immer weiter.

◆

Das Mädchen küsste den Jungen, mit dem es in eine Klasse ging. Das Mädchen war schon erfahren, seit es die Burschen vom Fußballklub an einigen Sommernachmittagen in die Au mitgenommen hatten.

Aber der da war noch ungeschickt. Der hielt sie weit von sich, während sein Mund ihren Mund suchte, den sie noch von keinem hatte küssen lassen. Und jetzt hatte der andere Mund ihre Nase erwischt. Sie drehte das Gesicht weg und musste lachen. Da zog der Junge sie eng an sich, er hielt sie ganz still an sich gepresst, sodass sie sein Herz schlagen hörte, es schlug schnell. Sie ließ sich's gefallen. Ihre Ungeduld rann aus.

Ob er auch mein Herz so laut schlagen hört, dachte sie, und sah an seinem Haarschopf vorbei und den Baum hinauf, der ihr mit jedem einzelnen Blatt zu winken schien, obwohl die Luft still war. Sie hörte sich sagen: »Wenn du magst, kann ich ja morgen wieder kommen.«

Als der Junge ihre Hand nehmen wollte, riss sie sie weg und fuhr ihn an: »Aber verlass dich lieber nicht auf mich, und vielleicht bin ich morgen ganz woanders, und vielleicht geh ich morgen mit dem Kurti Scooterfahren in die Au.«

♦

Während der Mann jetzt im Park saß und sein Gesicht der Sonne entgegenhielt, deren Strahlen ihm als weiße Blendung unter die geschlossenen Lider drangen, als er schließlich langsam den Kopf drehte, die Augen öffnete, die leichten schönen Baumkronen sah, die am blauen Himmel hingen. Jetzt wie vor einer Stunde, wie gestern.

Spürte er wieder unter dem unveränderlich Stehenden, das nur an seiner Oberfläche von winzigem Wellengekräusel aufgeraut wurde, von den Rufen eines Kindes, von einem Lachen, das vom Spielplatz kam, da streckte es sich herüber aus alten Tagen, da spürte er es wieder in Armen und Beinen, und von tief drinnen, wo wohl der Magen war, das Ziehen, das Zerren, den mächtigen Sog. Er öffnete die Augen. Er sah auf die Fontäne, die drüben ihr Wasser in die Luft warf, und hoch oben fing ein Wind, der so leicht war, dass die Haut des Mannes ihn nicht spüren konnte, den starken Strahl, und dieser Wind blies die Wassersäule auseinander, dass die klaren Tropfen seitwärts schwebten und in einem sprühenden Regenbogen auf das vor Nässe schimmernde Gras fielen.

Das Steigen und Fallen und Steigen und Fallen. Aber in ihm war das Andere. Das Andere schob ihn und zog ihn fort. Noch in seinem Schlaf war er sich der Mächtigkeit dieses Soges bewusst, unter seinen Träumen, in der eisernen Traumlosigkeit.

»Bald bin ich dort«, dachte er. Oder hatte er es laut gesagt? Neben ihm hatte es gekichert. Zwei Schulmädchen hatten sich auf seine Bank gesetzt, die sahen ihn jetzt heimlich von der Seite an und versuchten krampfhaft das Lachen hinunterzuschlucken.

Er wünschte sich sehr, dass ihn die Kinder gefragt hätten: »Was haben Sie gesagt?« Ich könnte ihnen vieles sagen, was sie noch nicht wissen, dachte der Mann, aber dann dachte er es nicht weiter. Wie hätte er auch erklären wollen, was er jetzt wusste? Er konnte es ja nicht einmal sich selber sagen.

Er war froh, dass die beiden Mädchen ihn nicht mehr beachteten, sie steckten jetzt ihre Köpfe in ein Schulheft und sagten sich Namen auf und Jahreszahlen. Und er konnte in Ruhe der Fontäne zuschauen, die ihre Wasser steigen und fallen ließ.

◆

Damals. Damals, als sie noch gelacht hatten, als der Mann und die Frau noch gar nicht verheiratet waren, aber doch nach der zögernd eingeleiteten Bekanntschaft schon ein wenig vertraut miteinander. Da hatten sie einmal miteinander einen Sonntagsausflug gemacht, und schon der Plan dazu war ihnen abenteuerlich vorgekommen.

Aus verschiedenen Bezirken der Stadt kommend, waren sie mit den ersten Straßenbahnen zum Bahnhof gefahren, wo in dieser Sommersonntagsfrühe ein lautes Hin und Her und Schieben und Rufen und Lachen war. Sie wunderten sich, denn in ihren Vorgedanken hatten sie sich, einander an den

Händen haltend, allein die riesige, unter ihren Schritten hallende Bahnhofshalle durchqueren sehen.

Auch im Zug war alles voll von Menschen mit Rucksäcken und Bergschuhen, und sie, die mit ihren ernsten Sonntagskleidern gekommen waren, betrachteten verwundert die Ausgerüsteten. Sie hatten noch zwei Sitzplätze ergattert, die einander schräg gegenüber lagen, und so konnten sie einander ansehen und lächelnd zunicken und hinausdeuten, wenn plötzlich ein Kirchturm vorbeizog.

Sie sahen zu, wie Waldhügel herankamen, sich hoben und in der gleitenden Bewegung des Zuges wieder weggingen und in Feldern versanken, und als der Zug mit viel Gedonner über die Brücke der berühmten Schlucht fuhr, erschraken sie beide sehr; beim ersten Schlag hielt sich ein jeder krampfhaft an seiner Bank fest, ehe sie begriffen und einander über dem Poltern und Dröhnen lachend in die Augen schauten.

◆

Die Frau zu Hause ist froh, dass die Tochter noch nicht heimgekommen ist, oder ist sie schon wieder weggegangen? Obwohl sie Ärger zu entfachen sucht, pflichtgemäß, ist die Frau froh über die heilige Ruhe, sie kippt die beiden Plastiksäcke auf den Küchentisch, streift die Schuhe ab, sitzt dann im Lehnstuhl, hat die Füße auf den Hocker gelegt, sie sitzt da, sie raucht eine Zigarette, sie sitzt und schaut vor sich hin, schließlich zündet sie sich eine zweite Zigarette an, sie sitzt da und raucht, sie muss an gar nichts denken.

◆

Vom Park hatten jetzt am Nachmittag die Kinder Besitz er-
griffen. Immer wieder blieb der Mann stehen und sah ihnen
zu. Er schaute ihnen zu, wie sie drüben auf der Spielwiese
rannten und schrien und die Arme hochrissen und um den
Fußball kämpften. Selbst in seinen Beinen, die müde und steif
waren von diesem Tag und wie nicht zu ihm gehörig, spürte
der Mann noch ein Weniges von der Kinderlust des Laufens
und Springens.

Die Kinder fuhren ihm auf ihren Fahrrädern entgegen, wie
Schwalben ihr Hin und Her auf allen Wegen, und am Rande,
nahe bei den Bänken, auf denen lächelnd die Mütter saßen,
stolperten die Kleinsten ihre Schrittchen hin und Schrittchen
her mit ihren Holzautos und Ziehtieren.

Aber das Schönste waren die Skateboarder. Die Arme weit
ausgebreitet, zogen sie ihre Kreise und Schwünge. Sie kurvten
und tanzten auf dem glänzenden Asphalt des Platzes, beinahe
flogen sie.

Das Gras leuchtete sehr grün in der späten Sonne, auf den
Bäumen hätte einer jedes einzelne Blatt zählen können, und
die Rufe der Kinder waren in der schauenden Stille zu Hause.

◆

Die alte Frau stand wieder an ihrem Fenster. Wenn sie so zum
Fenster hinaussah, war es ihr manchmal, als stünde an ihrem
Platz eine andere, eine junge, und die Fremde beuge sich tief

über den glänzenden Spiegel eines schwarzen Sees, den hohe Felsen umstehen. Es war einmal in ihrer Schulklasse ein Bild von einem solchen See. Der Königssee hatte er geheißen.

Die andere, die junge, beugt sich vornüber. Sie schaut hinunter, wo in der Tiefe der schweigende See liegt. Was sie sieht, ist seine blanke Schwärze, in deren Spiegel sich manchmal eine winzige Bewegungslinie einzeichnet und dann wieder zur Glätte zergeht.

Als ob da etwas zu erinnern wäre. Aber wie sie in den leeren Hof hinabsah, fiel der alten Frau dieses Wichtige nicht mehr ein.

♦

Er hatte den Lift nicht bemerkt. Stockwerk um Stockwerk stieg er die Treppen des Hochhauses hinauf. Immer war das Hochhaus an seinem Weg gestanden, wenn er von der Wohnung zur Arbeit gegangen war und von der Arbeit zurück in seine Wohnung. Jetzt ist er zu etwas gut, der Turm, dachte er. Vielleicht war er schon im zehnten oder im elften Stockwerk angekommen. Er hörte seinen Atem keuchend gehen. Er stand und suchte seinen Atem.

Ein Kind rannte aus einer jäh geöffneten Tür. Das Kind lief mit klappernden Schuhen an ihm vorbei. Er stand und hörte dem Geräusch nach, das, wie es sich auch entfernte, im Nachhall des Stiegenhauses nicht leiser wurde. Dann waren die Schritte im Schlag einer zugeworfenen Tür fort. Die Stille.

In dieser Stille stieg er die Stufen weiter und weiter hinauf. »Es ist gut so, es ist schon gut«, flüsterte er sich zu.

132

◆

Und da, als ihn das Turmhaus angesaugt hat, die Stiegen ihn weiterbefehlen, noch eine Stufe und noch eine, und dabei noch immer der Blick auf die Wasserlache vor der Stalltür; rosa und abendgrün liegt der Himmel in der Lache gebreitet, so kann jedes kleine Kind seine Füße in den Himmel tauchen.

◆

Jetzt muss er nur noch die Stahltür aufsperren, in der ein vergessener Schlüssel steckt, er muss die Tür langsam aufstoßen, leise dreht sich die Eisentür in den eisernen Angeln, er steht in der Luft.

Die Luft ist hier leicht, eine Flüssigkeit, die einen Körper halten, die ihn schaukeln und forttragen kann. An seiner Brust spürt er kühl ihr zärtliches Fließen. Leise saugt der Wind an einem losen Blech, und alles ist, wie es diesen ganzen Tag gewesen ist.

Mit einer einzigen Bewegung steigt er übers Geländer, steht drüben, er hält sich am Gitter fest. Die Luft wartet. Er lässt das Eisengitter los und steigt in die Luft.

◆

Nachher, die Tochter war noch immer nicht heimgekommen, geht die Frau in die Küche, sie holt sich eine Flasche Bier, nachdem sie die Flasche erst herausgenommen, dann wieder in den Kühlschrank zurückgeschoben und dann doch wieder herausgenommen hat. Sie legt sich die Knackwurst auf einen Teller und eine Semmel dazu, sie sitzt am Küchentisch und isst. Sie geht ins Zimmer und dreht den Fernseher auf und sitzt da und sieht zu, ohne etwas zu sehen, sie dreht den Fernseher wieder ab und sitzt da. Vorm Fenster ist jetzt die Nacht. Die Frau steht auf und zieht die Bettbank vor, sie holt ihr Schlafzeug heraus, sie wäscht sich, putzt sich die Zähne, sie legt sich nieder, die Frau schläft heute so rasch ein, dass sie nicht Zeit hat, sich über ihre gute Schläfrigkeit zu wundern, sie schläft, sie schläft vielleicht traumlos, sie schläft jedenfalls tief wie schon lange nicht, sie wacht ohne Schrecken auf, als es dringend an der Wohnungstür läutet.

♦

Die Rettungsmänner haben es nicht leicht. Mit Blaulicht und Hornsignal kommt der Ambulanzwagen angerast, hält jäh, die wenigen Zuschauer weichen zögernd zurück. Zwei Rettungsmänner springen aus dem Auto, sie zerren die Bahre aus der Halterung, ein anderer im weißen Mantel bückt sich über den Verunglückten, den die Zuschauer bewegungslos am Gehsteig liegen sehen.

Die Rettungsmänner lassen sich jetzt Zeit. Sie haben schon lange gelernt, dass alles seine Zeit hat, das Leben und der Tod. »Alles ist Schicksal. Wenn wir zurechtkommen, wenn wir noch helfen können, ist das eben Schicksal«, sagen die Rettungsmänner, wenn ihre Neffen sie nach der Geburtstagsjause auszufragen beginnen.

Peinlich ist nur der Seelenkampf, ob sie verpflichtet sind, den Umstehenden zuliebe ihr teilnehmendes Dienstgesicht aufgesteckt zu behalten, und ob sie die ganze Zeit am Unfallort stehen bleiben müssen, wo jetzt gar nichts mehr zu tun ist, oder ob sie sich angesichts von Blut und Schleim, die manche Selbstmörder am Unfallort zurücklassen, nicht doch hinter der Hausecke eine Zigarette genehmigen dürfen, ehe die Polizei kommt.

»Dem ist nicht mehr zu helfen«, sagen die Rettungsmänner mit ihrem Berufsbrustton, und wenn sie es jetzt zusammenbringen, sich von den mitteilungssüchtigen Umstehenden (»Wie ein Vogel ist er mit ausgebreiteten Armen heruntergeschwebt, langsam, ganz langsam, und keinen Laut hat man gehört.« »Da irren Sie sich, laut hat er geschrien, laut hat er etwas geschrien, das wie ein Name geklungen hat.«), wenn es also die Rettungsmänner zusammenbringen, sich von den Zeugen des Unglücks hinter die nächste Ecke abzuseilen, ist ihnen die wohlverdiente Zigarette endlich gegönnt.

◆

Das Aufsatzthema, das die Lehrerin gestellt hat, heißt: »Als ich etwas Schönes träumte.«
Unter diese Überschrift schreibt das Mädchen mit seiner steilgeführten Schrift: »Ich träume nie«, und lässt die weiße Seite leer.

Im Waldbad

Es ist angenehm auf der Liegewiese. Unter den hohen Föhren viel Luft, Atemluft zwischen den schwarz geriffelten Stämmen. Hier ist der Hitzeschild, der draußen auf den Dächern, auf den fahlen Feldern liegt, geschmolzen zu raunendem Geflimmer schräger Sonnenstrahlen. Durch das Gitter der Stämme ist das Wasserglitzern des Pools zu sehen: dort schnelles Hin, Her, helle Rufe von drüben, Kindergeschrei, Kinderlachen.

Nah, hinter dem Drahtzaun, bäumt sich die Felswand hoch; kalkweiß, dunkel geschrofft ist sie so nah, dass es bei jedem Hinschauen den Atem verschlägt.

Alles das sieht, hört die alte Frau. Wie sie dasitzt, hört, sieht sie es so genau, wie sie jetzt alles aufnimmt: Gegenstand um Gegenstand ist mit seinen geschlossenen Konturen, seinen ihm eigenen Farben scharf herausgestellt; und zugleich ist jedes Ding so abgründig jung, dass die Frau immer wieder hinschauen muss, wieder und wieder hinschauen, als wäre sie gerade erst in eine neue Welt hineingeboren.

Aber dort drüben ist das Mädchen. Die Enkelin. Sie hat ihr Badetuch in Entfernung zu dem ihren ausgebreitet. Das Mädchen, das auf dem Rücken liegt, hat die Beine übereinandergeschlagen, es hat Kopfhörer über die Ohren gezogen und wippt sehr rasch mit dem einen Fuß im Takt einer Musik, die für die Großmutter unhörbar ist. Geht einer vorbei, öffnet das Mädchen die halbgeschlossenen Augen und sieht ihm träge nach. Und manchmal hebt es ein wenig den Oberkörper und richtet schon wieder die komplizierten Träger des Bikinis. Der verdrossene oder gelangweilte Ausdruck bleibt die ganze Zeit auf seinem Gesicht.

Die Gegenwart des Mädchens, des auf der Insel seines Badetuchs verschanzten Mädchens ist bedrohlich, einengend, als wäre dort eine Mauer, die der alten Frau die spielende Luft, die freie Sicht abschneidet.

Weil sie es ja weiß, nein, weil sie es in jedem ihrer alten Knochen spürt, wie ihre Nähe das Mädchen drüben schaudern macht, ihm, wenn es herüberblinzelt, eine Gänsehaut über den schön gebräunten Körper jagt.

Denn jetzt ist sie es selber, die dort drüben auf dem schwarzen Badetuch sitzt. Ihre Augen, ihre Knochen, jedes Stück Haut haben sich zurückverwandelt, sie ist wieder eine Schülerin, sitzt wieder daheim am Jausentisch, sie schielt, sie kann nicht anders, immer wieder zur Tante hinüber, die auf Besuch gekommen ist. In deren Kleinstadtwohnung hat sie während eines dumpfen Schuljahrs mithausen müssen.

Jetzt ist es wieder da: das aufgedunsene Gesicht dieser Frau, Schweinsaugen zwischen Falten vergraben, die unterm Kittel schlabbernden Hängebrüste und, was sie jetzt nicht sehen muss, aber immer mitweiß, die von dunklen Flecken, von Krampfadern, von Knöchelschwellungen verunstalteten Beine der Alten unterm ausgewaschenen Flanellnachthemd, wenn sie zur letzten Kontrolle spätabends in der Tür zum Kabinett stand – das Mädchen, das sie einmal war, hasst sie auch jetzt noch dafür. Aber das ist ja lange lange vorbei; inzwischen ist sie auch alt und jetzt ist sie hier im Bad.

Die an den Kiefernstamm Gelehnte zieht ihr Badekleid weiter über die Knie. Gerade war sie noch daheim gewesen zwischen den Kiefern, unter den Rufen dahin und dorthin. Hingebreitet, schamlos zu Hause, wie ein alter räudig gewordener Hund auf seinem Sonnenfleck, unbeachtet, ungestört. Wie kam es, dass ihr das andre entfallen war, das Wegschauen der Jungen auf der Straße, ihre Blicke, die sie voll Angst, voll Abscheu trafen, Blicke, die sagten: »Alte Hexe du!« Wann hatte sie angefangen, sich zu sonnen in einem neugefundenen Inselglück? Dort drüben die Enkelin. Hier sie, die Alte. Und sie hatte geglaubt, sie hätte es vergessen. Aber sie hat sie nicht vergessen, jene andere Kaffeestunde, am Tisch des Sohnes. Sie sind um die Geburtstagstorte versammelt, drüben sitzt dieses Mädchen stumm, versteint, verstockt. Seine Mutter sagt: »Endlich weiß sie, was sie studieren will.« Als das Mädchen die Blicke der anderen auf sich fühlt, bricht es aus ihr heraus: Ethnologin wolle sie werden. Die unerforschten Stämme auf den Inseln Melanesiens. Dort nach geheimem Heilwissen suchen, einen Fernsehfilm daraus machen. Oder Biochemie studieren. Dazu müsste sie nach Amerika gehen.

Harvard, Princeton! Dort würden die Nobelpreisträger gezüchtet, habe sie gehört. »Wenn du das willst, musst du bald dein Englisch ausbauen«, wirft der Vater vorsichtig ein. Das

Mädchen braust auf: »Ihr versteht mich alle nicht. Darum geht es doch nicht!« Vielleicht studiere sie auch etwas ganz anderes. Jedenfalls nie etwas Banales, Langweiliges. Nur keinen Durchschnitt! Mit dreißig, fünfunddreißig müsse man in den Zeitungen stehen, habe neulich ihr Freund gesagt.

In der sich ausbreitenden Stille muss das junge Ding einen schrägen Blick aufgefangen haben, es springt jäh auf, rennt mit wehenden Haaren aus dem Zimmer, Türenknallen, im oberen Stock kracht etwas zu Boden, dann hören die um den Kaffeetisch Sitzenden wildes Schluchzen aus dem Zimmer des Mädchens. Endlich Stille, eine Stille, die den Dasitzenden das Sprechen verbietet. In ihr, der Großmutter, kocht der mühsam unterdrückte Zorn. Diese Dummheit! Diese Anmaßung! An den Schultern packen und schütteln möchte sie die da und sie herausziehen – herausziehen nicht nur aus den kindischen Illusionen, vielmehr noch aus ihrer Einsamkeit! Denn ohne es auszusprechen, hatte das Mädchen die am Jausentisch angeschrien: »So schaut mich doch endlich an!« und gleich drauf voll Hass und Hohn: »Aber ihr könnt mir nicht helfen, denn ihr seid alt, alt und darum böse! Böse!«

Wie sie damals das Mädchen gehasst hatte, und verstanden!

Als sie an diese Szene denkt, schüttelt es die alte Frau wieder, sie kann gar nicht hinüberschauen zu der Jungen, die da drüben im flirrenden Schatten der Kiefern liegt. Jetzt nur ins Wasser, ins Wasser!

Sie zieht sich hoch, geht am Zierbecken vorbei, wo raschelndes Schilf wächst. Ein Libellengeschwader steht über dem

Röhricht, lautlos die Schwirrflügel, ihre blauen Leiber glänzen wie aus irisierendem Metall geschmiedet.

Weiter, und schon umfängt sie das Wasser, kühl, so kühl, das Wasser trägt sie, wiegt sie, sie lässt sich wiegen, schaukeln, die Gebirgswand drüben schaukelt mit, so ist alles wieder gut.

Auf einmal ist sie im Becken allein. Die anderen Schwimmer stehen in einem Ring am Beckenrand, schweigend starren sie auf ein Etwas, das vor ihnen auf den nassen Fliesen liegt. Da klettert auch sie aus dem Wasser. Zwischen den Köpfen der anderen sieht sie einen Plastiksack, einen gelbroten, nassglänzend ein Stein daneben. Jetzt unterscheidet sie etwas Dumpfgraues, wie ein schmutziges Stück Plüsch sieht es aus, nein, wie ein Stofftier, wie es kleine Kinder überallhin unterm Arm mittragen. Aber das Stofftier dort hat keine glänzenden Glasaugen, trübmilchige Augenflecke hat es, es hat ein geöffnetes Mäulchen, winzig die rosaspitze Zunge.

Kätzchen. Mein Kätzchen.

Sie kann nicht mehr hinschauen, hebt die Augen. Ihr Blick bleibt an der Bergwand, an der drängend nahen Bergwand hängen. In der Mittagshitze der Fels als weiße Erscheinung.

Sie steht da. Sie spürt das Wasser in kleinen Rinnsalen an ihren Schenkeln hinunterfließen. Da hört sie ein lautes Schluchzen. Als sie den Kopf dreht, ist da die Enkelin. Den Kopf in den Nacken geworfen, heult sie mit weit offenem Mund, Klagelaute wie von einem Tier, das Schluchzen schüttelt ihren mageren Körper. Die Frau hebt den Arm, will die Schultern des Mädchens umfassen, ihm die Hand vor die aufgerissenen

Augen legen, will es halten, trösten! Doch jäh weist die Weinende sie ab, unter Tränenschleiern schaut sie ihr ins Faltengesicht, anklagend, dann wendet sich das Mädchen weg und lässt sich, noch immer fassungslos schluchzend, in die entgegengebreiteten Arme eines Jungen fallen, um dessen Mund wie angeschmiedet ein Lächeln steht – in die Arme des Jungen, die sie gleich umschlingen.

Epiphanie

Die meisten, die um den Raphael-Donner-Platz wohnten, kannten das Ehepaar. Man traf sie beim Einkaufen, beim Weg auf das Postamt, und ganz gewiss bei den Nachmittagsspaziergängen der beiden, die sie bei jedem Wetter pünktlich um drei Uhr anzutreten pflegten.

Immer gingen die beiden die Flusspromenade entlang, die Frau lang und sehr hager, wie man trotz ihrer ausgebeulten Hosen ahnen konnte. Sie hatte ein scharfgeschnittenes, ein waches Gesicht, an dem blieben die Blicke der Entgegenkommenden zuerst hängen, erst dann wandten sie sich dem Mann zu, der, einen Kopf kleiner als die Frau, behände und ein wenig o-beinig neben ihr herging. Jahraus, jahrein trug der Mann eine schwarze Pullmannkappe, und er ging vorgebeugt, als müsse er gegen einen Wind ankämpfen, der ihn allein zu bedrängen schien. Es war nicht so, dass diese beiden den anderen Passanten entgegengestarrt hätten, und doch fühlten sich manche irritiert durch den forschenden, Abstand einfordernden Blick der Frau und vielleicht auch von dem Mann, der in einer Wolke von Eigensein an ihnen vorbeiging.

Übrigens hielt das kräftig ausschreitende Paar (war es nicht, als bliebe der Mann immer um ein Winziges hinter seiner Frau zurück?), hielt also dieses Paar im Nebeneinandergehen einen leichten Abstand ein und brauchte daher viel Raum, sodass an schmalen Wegstellen die anderen sich veranlasst sahen, auf ihrem eigenen Weg zwischen den beiden durchzumarschieren, was dann die vermeintlichen Störenfriede zu beunruhigen schien, nicht aber den Mann oder die Frau.

Man sah die beiden auf solchen Spaziergängen nie miteinander reden. Auch zu Hause, in dem bescheidenen Reihenhaus aus den Nachkriegsjahren, wie solche damals vor allem für Beamte bestimmt gewesen waren, fand das Pensionistenpaar nur selten Anlass, viele Worte zu wechseln.

Die Frau ging ihren Verrichtungen in den drei kleinen Zimmern, in der Küche, im Vorgarten nach, und wenn alle Arbeit getan war, begann sie wieder von vorne mit Regalesäubern, Vorhängewaschen und Unkrautzupfen. Der Mann hielt sich tagsüber im Hinterzimmer auf, dort saß er über seinen Büchern und Schriften, aus seiner Höhle trat er nur zu den Mahlzeiten und zum gemeinsamen Nachmittagsspaziergang. Auch die vier Mahlzeiten wurden schweigend eingenommen. Es war das keine feindliche Stille, es war eben, als ob nach den langen Jahren miteinander nichts mehr zu besprechen übrig geblieben wäre.

Besuch hatte das alte Paar selten. Hie und da kam ein Neffe des Mannes, er kam meist allein, hie und da war auch seine Frau dabei, seine beiden Kinder ließ er jedoch immer zu Hause.

Es war ein ruhiges Leben, ein langsam dem Ende zufließendes, dem nichts abzugehen schien, umso weniger, als zu jedem Monatsanfang ein Brief vom einzigen Sohn aus Chicago kam, in dem er ausführlich von seinem Wohlergehen und von seiner Familie berichtete.

Jeden dieser Briefe beantwortete die Frau mit einem viel kürzeren, dem sie die gesammelten Zeitungsausschnitte über das Leben in ihrer Stadt beifügte. Der Mann fügte die immer gleichen zwei Sätze an: »Wir sind gesund. Würde mich freuen, dich wieder zu sehen.«

Säßen sie dann nicht beim Abendessen oder vor ihren Fernsehschirmen, könnten die Nachbarn das Paar auch an manchen Abenden ausgehen sehen. Sie würden die beiden vielleicht nicht sogleich wiedererkennen, denn die haben sich für den Ausgang feierlich angekleidet, der Mann trägt statt Kordhosen und Windjacke einen dunklen Anzug, die Frau ein Kostüm aus gutem Stoff, und wenn es Sommer ist, ein dunkelblaues oder braunes ernstes Kleid.

Folgte ihnen jetzt ein neugierig gewordener Nachbar, könnte er sie in ein Restaurant einkehren sehen, das seit Jahrzehnten für seine gute Küche und für seine schönen Gastzimmer bekannt ist, und drinnen sähe er, wie das Paar als geschätzte Gäste begrüßt und in einer behaglichen Ecke, seinem Stammplatz, untergebracht wird.

Dort sitzen die beiden nun, sie haben bestellt, sie haben vom Wein gekostet, den sie hier bevorzugen, der Mann hat der Frau aufmerksam den Brotkorb hinübergereicht, und schon während sie auf die Vorspeise warten, beginnen sie ein angeregtes Gespräch, das sie während des Essens fortführen werden und noch über einem letzten Glas Wein, ehe der Mann die Rechnung verlangt und zahlt und sie sich, schweigend jetzt, auf den Heimweg machen.

Am Tisch ist es immer der Mann, der mit dem Reden beginnt. Er spricht nicht wie einer, dem sein langes Schweigen die Worte hat versiegen lassen, sodass sie nun krampfhaft und stoßweise herausgepresst werden müssten. Nein, in lockerer Rede berichtet er seiner Frau, was er die Woche über gelesen, geschrieben, gedacht hat, dazwischen macht die Frau manchmal eine Bemerkung, auf die er gleich eingeht, und wenn der Mann einmal stockt, fragt die Frau so klug dazwischen, dass er den Redefaden leicht wieder aufnehmen kann.

Worüber sprechen die beiden so angeregt? Nun, der Mann ist Physiker, jahrzehntelang hatte er in der Elektrowirtschaft sein Brot verdient, jetzt aber, da er frei ist, hat es ihm die Theoretische Physik angetan; er hat sich immer weiter in ihre neuen Ergebnisse, in ihre immer noch neueren Theorien und Spekulationen hineingebohrt. Einsam, wie er ist und sein will, baut er sich aus dem Gelesenen und aus dem, was er in Vorträgen hört, dazu aus Zugeflogenem und Weitergedachtem und aus seinen Spekulationen ein eigenes Bild von den Grundkräften des Kosmos. Immer dringender suchte der Einzelgänger, nach rechts sich umblickend zu den Aussagen der Religionen und nach links zu denen der Philosophien, nach den Antworten, die andere zu finden geglaubt hatten. Keine dieser Antworten konnte ihm genügen, nicht die der Upanischaden und nicht die der christlichen Weltsumme, Heidegger nicht und nicht die neuen Esoteriker. Über die langen Tage und hinein in die immer stiller werdenden Nächte hat er gesucht, hat über Widersprüchen und Zusammenhängen gebrütet, und jetzt, am freundlich gedeckten Tisch, unter den Augen seiner Frau, fügen sich ihm alle die Bruchstücke, alle die Andeutungen, alle die Widersprüche beinahe zu einer von sehr fern erblickten Einheit, zu einem erst ahnbaren schönen Ganzen, und was der Mann, bescheiden wie er ist, als Frage über Frage hochbaute, schießt mit einem Mal zur Gewissheit zusammen: Ja, es gibt eine Antwort, es gibt die Antwort, und er wird sie für sich finden, wenn er nur ausdauernd genug und treu genug weitersucht. Und einmal, bald vielleicht, wird ein Physiker von der Größe eines Niels Bohr die Weltformel finden. Oder vielleicht wird ein Seher erscheinen, der die eine Antwort verkünden wird, auf die keiner der Physik-Professoren hatte kommen können.

Daran glaubt er jetzt so fest, wie er sich früher in seiner pedantischen Redlichkeit derlei Hoffnungen verboten hat.

Die Frau, die dem Mann gegenübersitzt, macht seit ein, zwei Jahren keine Zwischenbemerkungen, fragt nicht mehr nach Erläuterungen. Jetzt sitzt sie da, nippt manchmal an ihrem Glas und lässt das Reden vorbeiziehen. Ihr ist, als sähe sie hinaus auf eine Wasserfläche, auf ein endloses Meer, das sich ihr im einförmigen Auf und Ab der Wellen in immer neuen Spielen darbietet, hinaus in ein Steigen und Verfließen und wieder Steigen in ewiger Gleichförmigkeit.

Sie liebt den Mann in diesen Augenblicken sehr. Gleichzeitig denkt es in ihr: »Nie. Er wird es nie finden.«

Über den Tisch hinweg spürt der Mann die Liebe der Gefähr-tin herüberfließen. Wie gut es ist, sich im Gedankenansturm nicht allein zu wissen!

Nach solchen Ausgängen liegt die Frau nachts schlaflos ne-ben ihrem friedlich atmenden Mann. Wie er sich die Woche über geplagt hatte und die Woche drauf wieder plagen würde, spürt sie wie eine eigene Anstrengung bis in die angespannten Wangenmuskeln und die schmerzenden Handgelenke. Wie sie ihm wünscht, dass ihn das Finden, das Angekommensein beglückte, ihm endlich Ruhe gewährte!

Und gleichzeitig ist da eine leise Verachtung. Als hätte ihr Mann nachgegeben und sich in seinen Hoffnungen einer Nie-derlage gebeugt. Warum konnte er nicht der bleiben, der er immer gewesen war? Der, der vor Jahrzehnten, als ihr erster Sohn ganz klein noch an einer Angina gestorben war, unter seinen eigenen Tränen, zu ihr, der von Schluchzen Geschüttel-ten, gesagt hatte: »Es gibt keine Erklärung und es gibt keinen Trost. So ist es eben.« Dabei hatte er sie umarmt und ihren Kopf in seine Halsgrube gedrückt, so waren sie lange gesessen. Die Frau liegt auf dem Rücken und sieht dem Lichtbogen nach, den ein in dieser Vorstadtgasse rares Auto an die Decke wirft, und dann dreht sie sich um und schaut dorthin, wo sie ihr Zuhause hat, von dem keiner, auch der Mann nicht, ahnen kann.

Als das kleine Kind tot war, fort war, das Bettchen leer, das Regal mit der Babynahrung im Küchenkasten ausgeräumt, nichts mehr von seinen Fläschchen, Tellerchen, Löffelchen, keine bunte Rassel mehr auf dem Nachttisch – alles so, wie es früher ja auch gewesen war, aber jetzt eine herzversteinernde Leere –, damals war die Frau stumm geworden und hatte ihren abwägenden Blick bekommen, als müsse sie auf der Hut sein zu jeder Stunde. Auch die Ankunft des zweiten Sohnes hatte nichts daran geändert. Sie war aufmerksam in allem, besonders in der Pflege dieses Kindes, nichts ließ sie ihm abgehen, sie spielte mit ihm auch wieder die Finger- und später die Ballspiele, aber sie hielt immer sichernden Abstand – nicht noch einmal den Schmerz!

Vielleicht spürte das auch dieser zweite Sohn. Er war eines von den früh selbstständigen, ruhigen Kindern geworden, nie gesprächig, er war eben ein guter Sohn, der leicht auf die seltenen Wünsche von Vater und Mutter einging.

Als er dann ins Gymnasium kam, war es, als ob der Sohn dem Vater ein wenig näher rückte, der, wie es seine Art war, nicht viel mit dem Jungen sprach und schon gar nicht imstande war, ihn als Sportler zu beeindrucken. Aber manchmal zeigte er dem Jungen ein schön bebildertes Buch über die Fauna von Madagaskar oder über die Geschichte der Azteken, damit entließ er den Jungen in dessen kleines Zimmer, und bisweilen nahm er ihn zu einem naturwissenschaftlichen Vortrag mit, von dem die beiden so einträchtig schweigend nebeneinander heimgingen, wie sie weggegangen waren.

Der Sohn war dann bald aus dem Haus gegangen. Gleich nach der Matura war er in einem Beruf untergekommen; er schien tüchtig, fleißig, er kam voran, besuchte Kurs um Kurs neben seiner Arbeit, schon bald hatte ihn seine Firma ins Ausland geschickt.

Von weitem sahen seine Eltern zu, wie er Schritt um Schritt seinen Weg ging. Was er eigentlich wollte, dieser Sohn, wer er war, darüber wussten sie nichts; selbst ihre Ahnungen, dass er als Kind etwas Wichtiges vermisst haben mochte und vielleicht auch später nicht fand, ließen sie Ahnungen bleiben.

Auch jetzt, als die Frau nach dem Gasthausabend neben ihrem schlafenden Mann liegt, sie ist hellwach, lassen sich die Gedanken an den Sohn, dem es in Amerika gut geht, rasch beiseiteschieben. An ihrer Beunruhigung über die neue Art ihres Mannes bleibt sie länger hängen, es kostet sie eine Willensanstrengung, sich davon wegzuwenden und hin zu dem Reich eines hellen Glücks, in dem sie sich zu Hause weiß, seit es damals geschah.

Damals. Sie war im Bus wie an jedem Donnerstag, auf der Heimfahrt vom Markt, auch das war eine Gewohnheit wie alles in ihrem Leben. Damals. Sie war an diesem Spätnachmittag im Bus auf ihrem gewohnten Platz gesessen, zweite Reihe von vorn, immer auf der linken Seite, sie hatte die beiden Plastiktaschen vor sich hingestellt und rastete sich aus, ließ ihre Augen, ohne zu schauen, die Häuserfronten entlang gleiten. Und da war die Lücke, das unverbaute Grundstück, wie immer sah sie aus wüstem Gestrüpp die beiden Bäume sich hochschwingen, vielleicht war es wegen dieser Bäume, dass sie immer auf der linken Busseite saß.

Alles war heute anders. Jetzt – jetzt stand das Baumpaar in

einer anderen Art Luft. Nein, nicht Luft war es, was sie im Vorbeifahren sah, es schien aus festem, wenn auch durchsichtigem Stoff. Grüner Edelstein unter Saphirblau. Das Emporstreben der Bäume gehorchte einem unabänderlichen Willen. Die goldenen Blüten des Löwenzahns, diese Sterne, waren den Atem abschneidend nah und zugleich weltenentfernt. Und vibrierende Bewegung in allem. Dieses Leben – Leben! – strömte ihr ausatmend entgegen und war im Vorüberfahren nach dieser einen Sekunde, die eine Ewigkeit dauerte, schon wieder ihren Blicken entzogen.

Sie hatte gesehen. Das Gesehene war sehr klar, ganz gegenwärtig, es war gewesen, als hätte sie im Blattgrün das Kreisen der Atome mitgesehen. Und auch jetzt waren Kopf und Schultern des Mädchens, das vor ihr saß, von einer pulsierenden Aura umgeben; das Fahrgeräusch des Busses wie eine Sprache, die sie Laut für Laut verstand, auch wenn sie die nicht in die ihre hätte übersetzen können.

Alles war, war gut, wie es war.

Damals war sie ausgestiegen, wo sie immer ausstieg. Sie ging nicht gleich nach Hause, sondern setzte sich trotz der Kühle auf eine Bank. Sie saß da, Tasche und Plastiksäcke neben sich. Lange saß sie so. Langsam verebbte die neue Fähigkeit, dieses andere Sehen, dieses andere Hören; nichts blieb zurück als eine pulsierende Wärme im Bauchraum, wie sie sie vom Beginn ihrer Schwangerschaften kannte.

Dann steht die Frau auf und geht heim und räumt das Eingekaufte in den Kühlschrank und beginnt mit den Vorbereitungen fürs Abendessen. Der Mann kommt heim, und anders als sonst geht sie, bevor sie den Mann aus seinem Zimmer ruft, ins Bad und duscht sich gründlich und lange, sie könnte nicht sagen, warum sie das tut.

Beim Essen und später, als sie im Wohnzimmer ein jeder unter seiner Leselampe sitzen, kann sie sich geben, wie sie sich immer gibt, jedoch gelingt es ihr nicht, dem Fluss der gedruckten Sätze zu folgen. Noch immer wohnt tief in ihr eine Gegenwart, für die sie keinen Namen hat.

Das Leben geht weiter wie immer. Und wenn auch der Frau nie mehr ein Augenblick des Sehens wie der damals im Bus geschenkt werden wird, ist die Gewissheit eines Anderen bei ihr.

Wie sie früher ihre Gefangenschaft in Schwermut – oder in Zorn? – schweigend allein getragen hatte, möchte sie jetzt mit dem Neuen allein bleiben. Sie wüsste auch nicht, wie über das erzählen, was nur eine Sekunde eines anderen Sehens war; vielleicht hofft sie auch insgeheim, dass der Mann daneben ihre Veränderung mitspüren und so auch er leichter atmen könnte.

Vielleicht, weil ihr alles jetzt leichter ist, fast ungewichtig, lässt die Frau zu, dass der Mann den fremden Jungen ins Haus bringt. Zuerst hatte der Mann einem Aushilfsbriefträger ein Glas Saft über die Schwelle gereicht, darauf in der Regenwoche ihn zum Teetrinken in die Küche geladen und dann war eines Abends der junge Fremde vor der Haustür gestanden. Er hatte nicht zu läuten gewagt, wer weiß, wie lange er schon dagestanden war. Als ihn der Mann entdeckte – die Frau in der Küche hatte ihn schon früher gesehen und stehen lassen, wo er stand –, ließ er ihn ein. Er führte ihn in sein Studierzimmer. Später sagte er zur Frau, er hätte dem Jungen erdkundliche Bücher zu zeigen versprochen. Es waren die, die er früher mit seinem Sohn betrachtet hatte. Im Weggehen sagte der Junge zur Frau, dass er zwar einmal Maschinenbau studieren wolle, aber fremde Länder seien seine Leidenschaft.

Der Junge kam wieder. Schließlich saß er zwei-, dreimal die Woche mit ihnen am Nachtmahltisch. Nachher hörte die Frau, die schon zu Bett gegangen war, die beiden im Zimmer des Mannes angeregt miteinander sprechen.

Übrigens hörten in dieser Zeit die Gasthausbesuche des Ehepaars auf.

Wenn die Frau spät nachts hinter den Schlafzimmervorhängen dem Jungen nachschaute, sah sie ihn oft ein Bücherpaket unterm Arm wegtragen. Es wunderte sie nicht, dass die Bücher nie zurückgebracht wurden. Sie schwieg.

Auch als dann hie und da in der Wohnung etwas abzugehen begann, eine Silbergabel da, dort ein Reisemitbringsel, das noch von ihrem Vater war, schwieg sie; erst als die goldene Firmungsuhr des Mannes aus der Dokumentenlade fehlte, sagte sie: »Er darf nicht wieder kommen.« Der Mann antwortete nicht, vielleicht hatte auch er die Abgänge bemerkt. Von da an kam der fremde Junge nicht mehr ins Haus und sie saßen wieder zu zweit über dem Essen.

Erst Monate später merkte die Frau, dass ihr etwas fehlte. Es hing mit dem Jungen zusammen. Er hatte eine besondere Art gehabt, mit schräg geneigtem Kopf, ohne den Sprechenden anzusehen, auf eine Weise zu lauschen, als hörte er hinter den Worten des Gegenübers etwas mit, das von weit herkam. Und manchmal, wenn er über ihre Schwelle getreten war, hatte er die Arme in einer leichten, wehenden Gebärde gehoben, die etwas Aufschwebendes hatte und die Frau dunkel an jene Anderswelt mahnte, die sich ihr vor langem in einem Blitz aufgetan und dann allmählich wieder verschlossen hatte. Nein, sie wollte nicht mehr an dieses Aufstrahlende, dieses Beflügelnde erinnert werden.

Sie fragte den Mann nicht, ob ihm der Junge fehle.

Ihrer beider Tage, Wochen, Monate, Jahre gingen gleichmäßig dahin. Für die Frau machte es auch nicht viel Unterschied, als sie eines Morgens den Mann reglos, kalt neben sich im Ehebett fand. Er lag da, nicht wie sonst von ihr abgewandt, sondern auf dem Rücken, er hatte die Augen offen und auf seinem Gesicht war jener horchende Ausdruck, den sie von ihren Gasthausgesprächen kannte, wenn sie einmal in einem Schweigen versickert waren. Einen gnädigen Herztod sei er gestorben, sagte der Rettungsarzt.

Die Frau lebte das Leben weiter, das sie vorher neben ihrem Mann geführt hatte. Nur dass sie jetzt auch im Zimmer des Mannes die Bücher und Schriften abzustauben hatte, die von seinem Leben übrig geblieben waren.

Dann war, von einem Tag auf den anderen, der fremde Junge wieder da. Manchmal kam er nachmittags, manchmal erst am späten Abend; sie wartete auf ihn. Er saß in der Küche, trank ihren Milchkaffee und aß ihren dürren Kuchen, den sie seit drei Tagen für ihn aufgehoben hatte.

Als die Besuche des Jungen wieder begannen, hatte die Frau zwei-, dreimal in der Dokumentenlade nachgesehen; da lagen die beiden Sparbücher und ihre Goldkette wie immer auf ihrem Platz. Danach öffnete sie die Lade nicht mehr.

Wenn er kommt, sitzen sie einander meist schweigend gegenüber. Sein Gesicht erscheint ihr leer und schön. Manchmal beginnt der junge Mann, der nicht ihr Sohn ist, vor sich hin zu reden. Dann redet er und redet, im Winter von Skifahrern, die einmal Maurer waren und jetzt Millionen machen, und im Sommer von Rennfahrern. Orte, Zahlen, Namen, Namen, die die Frau noch nie gehört hat.

Das, was sie früher an ihm an einen Engel erinnert hat, eine Kopfdrehung, als ob er einer Stimme lausche, die nur ihm vernehmlich ist, das Aufschwingen der Arme, eine Leichtigkeit in den Schultern, sieht sie nicht mehr; sie hat auch vergessen, dass sie es einmal gesehen hat.

Dann kommt der Abend, an dem der Junge nicht aufsteht, nachdem er ihre Kartoffelsuppe ausgelöffelt hat. Der Junge hat die beiden Suppenteller an den Tischrand geschoben, er hat sich ein Werbeblatt herübergezogen und nach dem Bleistift gegriffen, der immer neben dem Radioapparat liegt, er liegt dort noch von ihrem Mann, verbissen zieht der Junge Striche auf dem gelben Papier, Strich neben Strich, wenn zehn Striche nebeneinander stehen, kreuzt er sie mit einer einzigen harten

Linie aus und fängt schon wieder mit den Längsstrichen an, einer und noch einer und dann der Vernichtungsstrich.

Die Frau sitzt auf ihrem Stuhl und schaut zu. Sie wartet. Ihr ist jetzt, als hätte sie alle Jahre so gewartet. Vielleicht seit jenem Abend damals im Bus, als ihr die Erde so leicht geworden war und alles durch und durch schön.

Er hatte sie ins Schlafzimmer gezogen, sie aufs Bett geworfen, jetzt kniete er über ihr, er drückte ihr mit beiden Händen die Kehle zu. Sie wehrte sich nicht. Ihre Augen waren weit geöffnet, wollten aus ihren Höhlen treten, noch sah sie klar, überklar, sie sah in das Antlitz über sich, weitgeöffnete Augen, der Blick, der in ihre Augen fiel, ein unbewegter Blick, grundlos. Eindringendes Strahlen, von weither.

Sie wollte nichts anderes mehr sehen. Sie ließ sich fallen, gab sich hin, weggezogen, hinüber, hinein.

Blau

»Verliebt sein – das ist manchmal unheimlich –, das hab ich
schon gelernt. Wenn ich verliebt bin, mache ich die dümms-
ten Sachen und laufe wie betrunken dahin und dorthin und
will es gar nicht, weil es manchmal sogar gefährlich ist.«

»Und von der Liebe erwischt zu werden, das scheint nach den
Geschichten, die sie davon erzählen, noch viel gefährlicher zu
sein. Entweder geht es gleich schlecht aus – ein Kind mit Sieb-
zehn oder in die Donau gehen oder gar ein Mord – oder es ist
ein Todesurteil auf Raten, sagt der Kurti, und der war immer
der Beste in der Klasse.«

»Damit man das glaubt, muss man nur meine Großeltern anschauen. Ich meine natürlich die von der Mutterseite, die, bei
denen ich wohne, die anderen kenne ich ja nicht.«

»Wie das mit mir weitergehen wird mit der Liebe, weiß ich
ja noch nicht. Das ist so wie damals, wie mich die aus meiner Klasse auf eine Bergtour mitgenommen haben, die Großeltern haben es erlaubt, ausnahmsweise, damit ich in Höhen-
luft komme, weil ich immer so blass bin. Und dann bin ich
vorm Grat gestanden, ich in meinen Turnschuhen, und jetzt
war die Frage, weitergehen und es riskieren oder umkehren –
also gescheit sein – und feig.«

»Das war wie damals in der Disco – wenn da einer herüberlächelt, der mit den schwarzen Haaren und dem Popstarbart, der mit dem Seidenhemd, einer der viel älter ist als wir und schon weiß, was er will. Wenn so einer dich anlächelt und dir deutet, dass du herüberkommen sollst und mit ihm tanzen, und er ist viel älter und sicher stärker als die anderen hier und er schaut wirklich aus wie einer vom Film und sicher ist er erfahren in all den Sachen, von denen wir anderen nicht einmal die Namen wissen – dann gehst du auch die paar Schritte hinüber zu ihm und tanzt mit ihm.«

»Die Freundinnen sind nachher neidisch, dabei ist nicht viel gewesen, auch nach drei Samstagen nicht. Zungenküsse im Hinterhof. Umschlingen freilich und streicheln, dass die Beine einknicken und es nachher feucht ist zwischen den Beinen. ›Das kannst du ja schon ganz gut, Kleine‹, sagt er, und ›du kennst dich ja beinahe schon aus und das andere kann man dir schon noch beibringen.‹ ›Und nächsten Samstag sehe ich dich wieder‹, befiehlt er.«

»Es ist also nicht viel passiert, aber genug zum Angsthaben. Noch ginge es zurück, zurück in mein langweiliges Leben. Was kann ich machen? Wenn man bei den Großeltern leben muss, ist es noch öder und strenger als bei den anderen. Was kann denn ich dafür, dass meine Mutter so jung gestorben ist und schon vorher der Vater über alle Berge ist – nie mehr hat man von ihm gehört, und Geld für mich hat er natürlich auch nie geschickt. ›So ist eben das Leben‹, sagt der Kurti, aber davon kann ich mir nichts herunterbeißen.«

»Noch ginge es zurück. Ich brauche ja am nächsten Samstag

nicht in die Disco mitgehen. Zurück in mein ödes Leben. Die Stunden im Frisiersalon gehen ja meist schnell vorbei, auch wenn ich nur Haare waschen und maniküren darf, aber wenigstens hört man von den Kundinnen die letzten Neuigkeiten, und Magazine mit den neuesten Haarmoden und Kleidern gibt's für die Mittagspause; und die freien Tage sind auch ganz nett: Shopping mit den Freundinnen, auch wenn ich immer zuwenig Geld habe, und manchmal ins Kino und im Winter zwei-, dreimal Eislaufen – aber das ist sehr teuer. Und am Samstagabend immer in die Jugenddisco im Parteilokal – ich darf mich also nicht beklagen; und die Großeltern geben mir sogar ein kleines Taschengeld zum Lehrlingsgehalt dazu.«

»Gerade, dass mein Leben furchtbar langweilig ist, und ich glaube, langweilig darf es einem nie sein, wenn man 16 ist wie ich und hübsch dazu, was sogar die Großmutter einmal gesagt hat, freilich nicht gern. ›Gib ja acht, wenn man ausschaut wie du, kann das Leben gefährlich werden‹, hat sie gesagt.«

Aber jetzt ist die Zeit für Selbstgespräche, die eigentlich an einen nicht vorhandenen interessierten Zuhörer gerichtete Bekenntnisse sind, für das Mädchen vorbei. Seine erste Liebesgeschichte hält es in Atem, keine Zeit mehr, über seine Lage nachzugrübeln. Es müsste jetzt einen geben, der dem Kind freundlich gesonnen ist, der es von weitem im Auge hat – so eine Art nette Tante oder ein behütender Schutzengel, wie man ihn sich in einer vergangenen Zeit herbeigehofft hätte.

Ein solcher würde sehen, dass in der Disco ein Fremder aufgetaucht ist. Er ist älter als die anderen und er trägt keine
Jeans, sondern eine schwarze enge Hose zum fliederfarbenen
Hemd. Und er sieht auch anders aus – obwohl das Mädchen
den Unterschied zwischen diesem Mann und all den anderen,
die miteinander in diesem Vorstadtbezirk aufgewachsen sind,
gewiss nicht erklären könnte.

Und das Mädchen hat es ja schon seinem unsichtbaren Zuhörer erzählt, wie dieser Mann es ein paar Mal zum Tanzen
holte. Alle anderen haben es auch gesehen und beobachten,
wie die beiden tanzen, doch nachher sagt keiner etwas dazu,
und auch am Heimweg verkneift sich die Freundin jede Bemerkung.

Am nächsten Samstagabend, das Mädchen hat sich heute
besonders lange hübsch gemacht, zum ersten Mal schwarzer
Lidstrich und schnell an der Großmutter vorbei, ist der Fremde schon da; er steht an der Theke, es ist, als hätte er auf sie
gewartet, aber das bildet sie sich nur ein. Gleich kommt er
und holt sie zum Tanzen. Das Mädchen dreht sich aus seinen
Armen, in seine Arme, es wippt auf den Zehenspitzen und
lässt die Hüften kreisen, das Mädchen hat nicht gewusst, dass
es so gut tanzen kann.

Nachher, im Schatten der Hofmauer Küsse, eine Umschlin-
gung, dass ihre Knie wieder nachgeben, seine Hände überall, als sie erst scheu, dann immer heißer, seinem Suchen und
Drängen zu antworten beginnt und von den Fingern des
Mannes geleitet mit eigenem Halten und Streicheln beginnt,

beißt er sie ins Ohrläppchen und flüstert: »Du bist mir eine!«
Sie gehen wieder zurück, noch immer hält sie der Mann fest
umschlungen, presst dabei ihre Brust, kneift sie, schon in der
Tür sagt er: »Du könntest mich nächsten Samstag auf ein paar
Tage begleiten. Ich mache Urlaub, ein Freund hat mir eine Art
Landhaus geborgt, und ein Fahrgestell werde ich auch noch
auftreiben.«

»Das würden meine Großeltern nie erlauben«, stammelt sie.
»Wer lang fragt, geht weit irr«, sagt er lächelnd.

Sie sind nahe beim Discoeingang stehen geblieben, er hält sie
noch immer eng an sich gedrückt, sie ist froh, dass er seine
Hand von ihrer Brust genommen hat, auch so sind viele ver-
stohlene Blicke auf sie gerichtet. Unter dem Wummern der
Musik flüstert sie: »Ich habe kein Geld.« »Stell dich nicht so
blöd«, murmelt er, »du machst mich sonst zornig. Erstens werde ich mich total um dich kümmern und zweitens könntest
du zum Beispiel diesen Anhänger verkaufen, das Zeug ist ja
aus Gold, nicht? Es würde nicht viel Kohle bringen, aber fürs
Benzin reicht es, mein Freund würde dir einen guten Preis
dafür machen – und vielleicht hast du noch anderen solchen
Krimskrams in deiner Lade.« »Das Medaillon ist von meiner
Mutter«, flüstert sie. »Ja, dann …«, sagt er darauf, wendet
sich ab und lässt sie stehen in der Leere, die sich um sie beide aufgetan hat. Aber er dreht sich doch noch um, verbissen
schaut er an ihr vorbei, dann setzt er ein Lächeln auf und
sagt freundlicher: »Du kannst dir's ja noch überlegen. Samstag
um 10 Uhr am Bahnhofsplatz, und wenn du dann nicht da

bist, rufe ich dich auf jeden Fall an.« »Tu das nicht!«, ruft sie. »Der Großvater …«, aber da hat er sich schon zum Ausgang gewandt und ist weg.

Diesmal geht sie lange vor 11 Uhr allein nach Hause, sie könnte die Fragen der Freundin jetzt nicht ertragen.

An die folgende Woche kann sich das Mädchen später kaum erinnern. Es ist zur Arbeit gegangen und im Frisiersalon hat es alles Aufgetragene ausgeführt, ohne zu merken, was seine Hände tun. Wenn ihm auf dem Heimweg, an den leeren Abenden, in den Nachtstunden, wenn es schlaflos lag, Zeit blieb, dachte es krampfhaft an dem vorbei, was geschehen war: nur nichts entscheiden müssen und nie, nie an den Mann denken! Manchmal freilich flackerte dieses Gesicht vor ihr auf, dann wandte sie sich mit Willen weg von diesem einsaugenden Blick und machte sich rasch mit irgendetwas zu schaffen, um die brennende Hitze loszuwerden, die schon wieder aus ihrem Schoß hochstieg.

Alles ist ja, wie es immer gewesen ist, der Großvater schweigsam wie immer, ja noch eingezogener, fand das Mädchen. Die Großmutter gab ihre scharfen Befehle und machte ihre schroffen Bemerkungen zu allem und jedem wie immer.

Freilich, an einem dieser Abende hatte der Großvater das Mädchen von der Bushaltestelle abgeholt; als sie ausstieg, sah sie ihn vorm Fahrplanständer stehen; nach kurzem Gruß gingen sie nebeneinander schweigend die Gasse zu ihrem Haus hinauf. Dass der Großvater sie abholen kam, war in all ihren Schul- und Lehrlingsjahren erst ein einziges Mal geschehen.

Damals war ein Gewitter durchgezogen und vielleicht hatten die Alten bemerkt, dass sie sich heftig vor den Blitzen und mehr noch vorm Donnern fürchtete – doch heute war ein klarer Juniabend. Sie dachte, will mich der Großvater auch noch am Heimweg kontrollieren? Aber dann war sie doch froh, dass er neben ihr ging, nur sein Schweigen hätte sie gern gebrochen, doch sie wusste nicht wie.

Zwei-, dreimal in diesen Tagen nimmt sie sich vor, jetzt werde ich es der Großmutter sagen. Die Großmutter ist zwar die strengere von den beiden, sie ist diejenige, die Verbote ausspricht, an denen nicht zu rütteln ist, um 23 Uhr aus der Disco zurück, niemanden als die beiden Freundinnen besuchen, deren Familien die Großmutter kennt, keine Wimperntusche und keinen Lidschatten und keine offenherzigen Ausschnitte! Aber die Großmutter hat vielleicht noch eine andere Seite, eine gut versteckte, das Mädchen kennt sich nicht mit ihr aus. Da ist nämlich die Sache mit dem Puppenkoffer.

Schon wenn dem Volksschulkind das Verlangen kam, endlich für sich zu sein, kletterte es nach dem Mittagessen, wenn die Großeltern schliefen, über die enge Holzstiege auf den Dachboden des Siedlungshauses, wo es manchmal sehr heiß und manchmal sehr kalt war. Und immer war es hier dämmrig, weil das Licht nur durch eine kleine Luke eindringen konnte, und staubig war es auch. Unter dem Geflecht von Balken stapelten sich ausgemusterte Töpfe und aufgehäufter Plunder, aus dem hie und da ein alter Schuh sah, der Kinderwagen, in dem das Mädchen als Baby einmal gelegen war, stand schief da, und auf den Holzregalen warteten staubige Einmachgläser und Flaschen mit gebräunten Etiketten seit Jahren auf ihre Wiederverwendung.

Auf diesem Dachboden versteckte sich das Mädchen, weil es hier hocken und sich mit nichts sehenden Augen in eine andere Gegenwart zurückzaubern konnte. Dazu muss sie weit zurück, zurück hinter die verwirrende Zeit, als sie mit der kränkelnden Mutter allein war, hinter deren Zornausbrüche und ebenso plötzliche Tränenattacken zurück, zurück hinter diese Bravseintage und Angstnächte. Und dann ist sie dort, wo sie zwischen Vater und Mutter über den heißen Sand läuft, sie ist sehr klein, der Vater ragt neben ihr wie ein Hochhaus in den blauen Himmel, und sie liegt da und lacht und wird in den Sand eingegraben und der Sand, der gerade heiß unter ihren Fußsohlen war, ist kühl und feucht und über ihr ist tiefstes Blau. Und wenn sie blinzelnd den Kopf hebt, ist dort draußen die Bläue des Wassers noch stärker, Bläue von überallher, sodass es im Bauch kitzelt vor leiser Angst und zugleich eine Seligkeit da ist.

Der Dachbodentraum war für das Mädchen ein geheimer Schatz, den keiner ihm wegnehmen konnte. Als sie älter wurde, verwandelte sich der Traum, das Meer und die Himmelsbläue waren noch immer da, aber jetzt fuhr sie in einem roten Sportwagen eine palmengesäumte Uferpromenade entlang, sie war wie ein Filmstar gekleidet und fühlte sich sehr schön. Neben ihr saß einer, dessen Gegenwart alles noch schöner machte, vielleicht war er auch die Ursache, dass es so schön war. In diesen Wachträumen wandte sie nie den Kopf, um dem neben ihr ins Gesicht zu sehen. Ihr genügte die Gewissheit seiner Gegenwart.

Wenn dann dem Mädchen am Dachboden langweilig wurde, wenn der Traumfaden riss, stand es auf und begann müßig im Gerümpel zu graben. Es musste dabei leise sein wegen der drunten schlafenden Alten.

Bei diesen Stöbereien hatte sie einmal hinter den Reihen staubiger Gläser und Flaschen einen Puppenkoffer entdeckt. Als sie ihn mit dem Ärmel abwischte, war es ein altmodischer roter Pappkoffer, dessen Schloss schon verrostet war. Bei ihren nächsten Besuchen hatte sie immer den Koffer angesehen, ohne ihn zu berühren. Dann wurde sie einmal mutiger, sie schob den Koffer vor, ihre Hände wurden davon noch staubiger, sie rüttelte ihn vorsichtig, es klapperte, dann hielt sie es nicht länger aus und sie öffnete den Verschluss. Sie war enttäuscht, da lag Bänderwerk, vielleicht waren diese Bänder einmal grün oder rot gewesen. Darunter fand sie rosa Babyschuhe. Sie waren fein gearbeitet, die Rosetten darauf gehäkelt. Sie wusste es gleich, diese fast unversehrten Schühchen hatten einmal ihrer Mutter gehört, als die ein winziges Baby gewesen war. Bei diesem Gedanken schwindelte ihr.

Sie wollte den Deckel schon schließen, da entdeckte sie in einer Kofferecke die Brosche. Es war eine altmodische Brosche aus Mosaiksteinchen eng zusammengesetzt. Auf meerfarbenem Grund spielten zwei silbrigweiße Delfine. Sie hielt die Brosche in der Handmulde. Ihrer Freundin hatten deren

Eltern eine ähnliche von einem Venedig-Ausflug mitgebracht. Aber weder Mutter noch Großmutter waren je in Venedig gewesen, die Großeltern hatten ihre wenigen Urlaube immer in der Oststeiermark verbracht, das wusste sie genau. Es war schade um die Brosche, die Großmutter hätte sie gut am Aufschlag ihres Sonntagskostüms tragen können. Und sie selbst hätte die Brosche auch gern gehabt.

Seufzend schlug sie den Puppenkoffer zu und schob ihn wieder hinter die Einmachgläser. Sie machte ihn auch nie wieder auf, aber sie gewöhnte sich an, bei jedem Besuch am Dachboden den Koffer vorsichtig aufzunehmen und zu rütteln; wenn es drinnen klapperte, war sie zufrieden.

Das Kind war klug genug, die Großmutter, die diesen Koffer am Dachboden aufgehoben, ja versteckt haben musste, nicht danach oder nach der Brosche zu fragen. Man fragt nicht nach den Geheimnissen der Erwachsenen, das hatte sie schon gelernt. Und so behielt das Mädchen auch für sich, was es einmal die Nachbarin der neu eingezogenen Frau vom übernächsten Haus hatte erzählen hören. Das kleine Mädchen war damals unterm Küchentisch gesessen und hatte mit seiner Puppe gespielt – unterm Küchentisch spielen war verboten, sie konnte es nur, wenn die Großmutter einkaufen gegangen war und der Großvater in seinem Garten. Das Küchenfenster war offen gestanden, und so konnte sie hören, was die Nachbarin draußen eifrig berichtete. Wie die so strenge Frau von nebenan, die, die mit keinem sprach, ja kaum zurückgrüßte, damals, als sie als Fremde ins Haus gekommen war und in der

Nachbarschaft hatte sie keiner gekannt, wie diese Frau, wenn der Mann auf Nachtschicht war, herumzugeistern pflegte; wie die Nachbarin, wenn sie nachts aus dem Bett musste, drüben im ganzen Haus das Licht brennen sah, um zwei Uhr nachts ebenso wie um vier Uhr früh. Und einmal war dort am helllichten Tag ein fremder Mann vor der Tür gestanden, er war gleich eingelassen worden, mit eigenen Augen hatte sie es gesehen, und erst nach zwei oder gar drei Stunden war der Fremde wieder davongeschlichen und hatte sich dabei nach allen Seiten umgesehen. »Da muss man sich doch wundern!«, hörte das Kind die Nachbarin sagen.

Das Kind, das sie damals war, will nichts weiter hören. Es kriecht unterm Tisch hervor, packt seinen Ball und rennt aus der Tür, heftig beginnt es den Ball gegen die Rückwand des Holzschuppens zu schlagen, was auch verboten ist.

So hat die Großmutter also ein Geheimnis. Das Kind schlägt den Ball wieder und wieder gegen die Holzwand, bis es die Geschichte und die Großmutter und alles vergessen hat.

Sie hat ja nie mit der Großmutter geredet, auch später nicht, wenn sie einmal nicht weiterwusste, und wenn sie jetzt das Verlangen packt, den Mund aufzutun und alles herauszurufen, sieht sie gegenüber die Großmutter sitzen mit ihren fest zusammengepressten Lippen und den eiskalten Augen und dann ist ihr Wunsch wieder zergangen.

Aber einem müsste sie sagen, was am Donnerstag geschehen ist, abends nach Geschäftsschluss. Da war sie allein im Frisiersalon zwischen Becken und Spiegeln, Bürsten, Tuben und Lackfläschchen. Sie hatte schon die Handtücher in die Waschmaschine geworfen und gerade mit dem Auskehren begonnen, als sie zufällig beim Fenster hinaussah, da hatte sie, im Hauseingang gegenüber einen Mann stehen sehen. Der Mann hatte herübergeschaut, und wie er dastand, war sie sicher, dass es der Mike war. Aber er hatte ja keine Adresse von ihr, nicht die vom Laden und nicht die von zu Hause, aber jetzt fiel ihr ein, was er in der Disco vom Anrufen gesagt hatte, da fürchtete sie sich. Mit zitternden Fingern kehrte sie rasch fertig, drehte dann die Lichter ab und stand dann lange hinter der schon versperrten Ladentür. Doch sie musste nach Hause. Sie packte Tasche und Schlüsselbund, schloss auf und stürzte hinaus bei der Tür, als sie hinter sich abschließen wollte, brachte sie den Schlüssel kaum ins Schloss. Sie rannte die Straße hinunter zur U-Bahn-Station, ihr war, als wären rasche Schritte hinter ihr her: sich ja nicht umdrehen! Und dann die Rolltreppe hinunter und auf die Plattform und sich verstecken in der Menschentraube.

Am nächsten Morgen fand sie beim Aufsperren einen kleingefalteten Zettel im Türspalt, darauf stand: »Vergiss den Samstag nicht.«

Die Nacht zum Samstag war da. In ihrem Kabinett ging sie im Finstern hin und her, vier Schritte hin, vier Schritte her, und konnte zu keinem Entschluss kommen. Manchmal war die Angst vor dem Fremden, vor dem, was er von ihr wollte, so groß, dass sie nichts wollte als dableiben, sich vergraben in ihr altes Leben mit Friseurladen und den Fernsehabenden am

Sofa neben den schweigenden Großeltern und manchmal ins Kino und die Disco am Samstag – nein, auch auf Disco und Kino wollte sie verzichten, um diesem Mike ja nicht zu begegnen, eigentlich wollte sie auch verzichten aufs Zusammensein mit der Freundin und ihre sich immer im Kreis drehenden Unterhaltungen über die letzten Filme und die Diäten der Models und die Lippenstiftfarben. Dazwischen tauchten Bilder auf, Palmenstrand, blaues Meer, Bilder von wehenden Strandkleidern und hochgeworfenen Bällen – und auf einmal war da ihr Kinderblick in grenzenlose Bläue und sie so klein in dieser Bläue und darin verloren und geborgen zugleich.

Und da wurde es noch finsterer im dunklen Zimmer, ihr war brennend heiß, und drüben in der Ecke braute sich eine noch schwärzere Finsternis zusammen und von dorther starrten Mikes Augen sie an und machten, dass sie gehorchen wollte.

So ging es die ganze Nacht: Sie wanderte im engen Zimmer auf und ab und immer wieder musste sie aufs Klo schleichen, weil ihr übel war. Ängstlich horchte sie dann, ob sich unten im Schlafzimmer der Großeltern etwas rührte, aber unten blieb es totenstill.

Endlich musste sie doch eingeschlafen sein. Als sie aufwachte, war es früher Morgen. Sie stand mit einem Ruck auf, holte das tief ausgeschnittene Sommerkleid hervor, das sie sich von den Trinkgeldern gekauft und vor der Großmutter versteckt hatte. Sie hob die Reisetasche vom Schrank, mit der war sie einmal auf Landschulwoche gefahren. Sie warf das Wenige hinein, von dem sie glaubte, dass sie's brauchen würde. Dann zog sie ihre Jeans an. Ich werde unten sagen, dass ich mit Nadine und ihrem kleinen Bruder in den Park gehe!

Was weiter geschehen musste, lag jetzt klar vor ihr. Nach dem Frühstück würde die Großmutter wie jeden Samstag zum Einkaufen gehen und der Großvater sich hinten im Gemüsegarten zu schaffen machen. Sie musste dann nur nach oben rennen, das Sommerkleid anziehen, die Tasche packen und dann …

Sie war jetzt fertig mit ihren hastigen Vorbereitungen, aber sie blieb noch eine Weile mitten in ihrem Zimmer stehen. Ohne sich zu rühren, stand sie da. Dann nahm sie rasch das Kettchen mit dem Goldmedaillon vom Hals und legte es obenauf in die Nachttischlade, wo die Großmutter es gleich finden würde, wenn sie selbst schon über alle Berge war …

Hier konnte sie nicht weiterdenken, schnell lief sie die Treppe hinunter.

Beim Frühstück wurde nicht gesprochen, das war so üblich bei ihnen. Sie hatte noch nicht den Mut aufgebracht, um die Erlaubnis zum Weggehen zu fragen, da sagte der Großvater: »Zieh dich um. Deine alte Hose. Wir müssen den Dachboden ausräumen.«

»Wieso heute?«, stammelt sie, »der Sperrmüll wird ja erst in zwei Wochen abgeholt, hast du gesagt. Und ich möchte mit Nadine …« »Wir machen es heute«, sagt der Großvater, »weil es sonst zu heiß wird.«

Darauf sagt sie nichts. Schweigend sitzen sie da, die Großmutter macht keine Anstalten, sich zum Einkaufen zu richten. Da läutet im Vorzimmer das Telefon. Es läutet lange, schrill. Sie sitzen da und horchen. Dann hört das Läuten auf, fängt aber gleich wieder an. »Du kannst hingehen«, sagt der Großvater, »uns ruft um diese Zeit keiner an.« Stumm bleibt sie sitzen, bis das Telefon endlich Ruhe gibt.

Rasch springt sie auf und schlägt mit den Fäusten auf den Tisch. »Glaubt ja nicht, dass ihr mich so kriegt«, schreit sie, »glaubt es ja nicht!« Sie stürmt die Treppe hinauf in ihr Zimmer, wo sie das vorbereitete Sommerkleid packt und in den Schrank wirft. Die Reisetasche zieht sie unterm Bett hervor, kippt alles heraus, Wäsche und Schminkzeug und ihre neuen Sandalen, die leere Tasche schleudert sie auf den Kasten. Sie zerrt die Gartenhose hervor, zieht sie über und rennt schon wieder die Treppe hinunter.

Der Großvater hat auf sie gewartet. Zusammen steigen sie auf den Dachboden.

Später, während sie zwei morsche Holzsessel und die ausgedienten Töpfe und ihren Kinderwagen in den Hof hinunterschafft, fällt es ihr ein: Die Tochter der Nachbarin, mit der sie seit der Volksschule kein Wort mehr spricht, die hat zu Hause vom Fremden in der Disco erzählt, hat alles erzählt, so hat es die Großmutter erfahren.

Aber das ist jetzt gleichgültig, alles ist ihr jetzt gleichgültig. Sie wirft die alten Flaschen und Gläser in einen Karton, wie es ihr der Großvater angeschafft hat, da sieht sie hinten an der Wand den Puppenkoffer stehen. Sie möchte nach ihm greifen, aber: »Lass ihn stehen, der bleibt«, sagt der Großvater.

Während sich der Großvater mit dem Karton über die steile Dachbodentreppe müht, zieht sie den Puppenkoffer her und öffnet ihn rasch. Der Koffer ist leer. Die Brosche! Rasch klappt sie den Deckel zu und schiebt ihn zurück. Als sie sich umdreht, steht die Großmutter da und schaut sie an. In ihren Augen kann sie nichts erkennen, keine Antwort, keine Frage. Als sie mit dem Räumen fertig sind und sich zur Jause setzen, hat die Großmutter Germkuchen gebacken, den es sonst nur Sonntagnachmittag gibt. Das Mädchen hat gerade von seinem Stück abgebissen, da bemerkt es, dass gegenüber der Großvater in seine Kaffeetasse hineinlacht. Schon will sie aufbrausen, aber dann muss sie auch lachen. Sie kann gar nicht aufhören mit Lachen, sie lacht und lacht, Großvater und Großmutter sehen sie an.

Die Großmutter, der ihr Mann vergeblich zugeblinzelt hat, sie sah jetzt beharrlich hinunter auf die Plastiktischdecke, sagt vor sich hin: »Vielleicht wird es ihr noch einmal leidtun.«

Später, als sie mit dem Bus unterwegs ist zur Freundin, sie hat sich die Nietenhose angezogen, die die Großmutter ordinär findet, und der Bus fährt gerade an ihrem Haus vorbei, sieht sie die Großeltern im Vorgarten unter der mageren Fichte stehen. Sie stehen so da, es ist, als hielten sich die beiden an den Händen. Aber das tun sie ja nie.

In Mexiko

Nach dem zehnstündigen Flug, nach der Ankunft, in der Empfangshalle höllisches Geschrei, Menschenstrudel, nirgendwo ihr Sohn zu sehen, wie wird sie ihn finden in dem Gewoge, das ihr den Atem abschneidet, was, wenn sie ihn nicht findet? – da endlich ragt er um Kopfeslänge aus den Wirbeln. Die Nachtfahrt über finstere mexikanische Landstraßen, ihr Jüngster chauffierte sie, verbissen über das Lenkrad des klappernden Leihwagens gebeugt, ohne zu reden, ins Unbekannte, lange Fahrt, als sie endlich im Dunkeln vor einer schwarzen Hausmauer standen, hinter der ihre Tochter hoffentlich noch atmete, als sie sich die Terrassenstufen hinaufgetastet hatte und die Haustür öffnete, dahinter war plötzlich grelles, blendendes Licht, kam ihr die Tochter entgegengewankt. Sie hing zwischen den Schultern ihrer beiden Brüder, in einem der Gebückten erkannte sie blinzelnd ihren Jüngsten, der da draußen im Finsteren gerade erst ihren Koffer aus dem Auto gezerrt hatte, wie war er ans Bett der Tochter gelangt? Es wunderte sie nicht, ihn jetzt gegenüber zu sehen, nichts wunderte sie in dieser Nacht und vielleicht gab es einen Hintereingang in diesem Flachhaus.

Die Tochter schaute zur offenen Tür hin, sie sah die Eingetretene an oder sah sie nicht, die beiden Söhne nickten ihr zu, sie

172

waren beschäftigt mit ihrer Last, die leicht sein mochte, aber zugleich widerständig mit diesen hilflos hampelnden Beinen. Die beiden schoben die Schwester weiter, Rascheln, Poltern, sie selbst stand noch immer in der offenen Haustür, war noch immer gelähmt vom grellen Licht, von der plötzlichen Ankunft, sie hörte die Wasserspülung, und da war wieder die Prozession, sie zog an ihr vorbei und verschwand langsam hinter einer anderen Tür, die sich mit einem Klacken schloss. Dann war ihr Jüngster wieder da, er hatte ihren Koffer in der Hand und ihre Windjacke, in der sie damals, auf der Fahrt zum Flughafen, gefroren hatte, jetzt erst merkte sie, dass hier die Nachtluft sie warm und schwer einhüllte, sie ließ sich auf einen Küchensessel fallen und sah um sich, sie versuchte zu begreifen, dass sie angekommen war.

Der Älteste kam aus der anderen Tür, die nun offen blieb, er sah blass und übernächtig aus und stolz: einer, der weiß, warum er hier ist und dass er hier gebraucht wird. Er fragte, ob sie jetzt zur Tochter geführt werden wolle, die schlafe nicht, nachts sei sie meistens wach, unruhig, wolle, dass man mit ihr spreche, wolle trinken, Wasser lassen, trinken, sprechen. Die Krankenschwester hätten sie zum Ausschlafen heimgeschickt, auch der mittlere Bruder schlafe jetzt, bis er um sechs Uhr früh den Jüngsten ablösen werde.

Sie blieb sitzen auf dem hölzernen Küchensessel. Am liebsten wäre sie immer so sitzen geblieben, noch immer die Handtasche in der einen Hand und in der anderen das sorgfältig eingewickelte Geschenk, nur die Augenlider hätte sie gern geschlossen vor diesem grellen Licht, das den Küchenraum mit seiner Schwere füllte und sie wach stieß, als wäre von jetzt an jede Zuflucht in den Schlaf oder in den Traum abgeschnitten. Der Älteste hatte ihr einen roten Saft gebracht, der merkwürdig schmeckte. Jetzt sah er ihr ins Gesicht, prüfend, sie verstand, dass er etwas von ihr erwartete, sie sagte, dass sie zur Tochter geführt werden wolle.

Er ging, als wolle er sie zur Vorsicht anleiten, mit weggestreckten Armen auf Zehenspitzen vor ihr ins Nebenzimmer. Auf einem niederen Bett lag dort die Tochter. Ihre Augen streiften das Gesicht, das anders war, als sie es in Erinnerung hatte, die abgemagerte Körperform unter der Wolldecke, ihre Augen glitten weiter, über rote und gelbe Kissen, über Federn, Perlenschnüre, Ketten, die von der Decke hingen, über einen mit starkbunten Tüchern halbverhängten Spiegel und ein Tischchen, auf dem sich Medizinflaschen und Salbentiegel drängten, zum abgeblendeten Nachtlicht und zurück zum Gesicht der Tochter, deren Augen ihr entgegensahen – oder sahen sie an ihr vorbei?

Leise wechselten sie Sätze, sie wusste nachher nicht, was ihr über die Lippen gekommen war. Sie musste sich erst an das neue Gesicht der Tochter gewöhnen, nach den Jahren in der Ferne sah es so anders aus. Zwar hatte es die Krebskrankheit nicht entstellt, aber wie in Wachs modelliert trug es einen neuen Ausdruck, den sie sich nicht deuten konnte.

Sie war erleichtert, als ihr der Älteste mit einer Handbewegung deutete, dass es Zeit sei, das Krankenzimmer zu verlassen.

Sie ließ sich auf das Bett fallen, das ihr zugewiesen wurde, und war schon eingeschlafen, gefangen in einer lastenden, traumlosen Finsternis.

Als sie daraus in eine gedämpfte Morgenhelligkeit erwachte, war es sehr still im fremden Haus. Eine Weile lag sie da und starrte zur Decke, dann stand sie leise auf, öffnete vergeblich zwei Türen, fand schließlich das Bad, Betonwände, in einer Ecke eine nackte Dusche, ein Waschbecken; sie fand kein Handtuch und ihre Toilettetasche war auch nicht aufgetaucht, so wusch sie nur Gesicht und Hände und spülte den Mund.
Sie schlich in die Küche, setzte sich auf den Stuhl, auf dem sie gestern gesessen war. Nach einer Weile kam von draußen ein Mädchen, es war schwarzhaarig und braunhäutig, ohne Erstaunen nickte es ihr zu und begann am Küchentisch zu hantieren. Es breitete Früchte aus, die sie noch nie gesehen hatte, schnitt sie in Stücke und quetschte sie mit einer Gabel zu Brei. Das Mädchen hatte ein breites, indianisches Gesicht. Ein stilles Gesicht, dachte sie.
Von draußen schlurfte verschlafen eine Krankenschwester herein, wie das indianische Mädchen sah auch sie die Dasitzende nur kurz an, murmelte etwas, was wohl ein Gruß war, sie antwortete mit »hello«. Dann stieg die Schwester über die geländerlose Treppe wieder in den Garten hinunter und kam nach einer Weile mit etwas Kaktusähnlichem zurück, das sie, sorgfältig und ebenso langsam wie das Mädchen bei seinen Verrichtungen, mit kochendem Wasser übergoss und dann

zwischen zwei Brettern zu zerquetschen begann. Sie begriff, dass alle diese fremdartigen Vorbereitungen ihrer Tochter galten, die dort drinnen lag, wo es noch immer sehr still war.

Müßig sah sie beim Küchenfenster hinaus und bemerkte erst jetzt, dass kein Garten ums Haus war, sondern eine wilde Fläche, auf der da und dort hohes verdorrtes Gras wuchs, während andere Stellen kahl waren. Auf dieser Fläche weidete ein knochiger Esel, oder war es ein kleines Pferd? Wo das Grundstück endete und eine Art Macchia begann, wuchs eine Reihe agavenähnlicher Pflanzen, von denen wohl die Schwester das Grüne geschnitten hatte. Dort stand auch ein magerer, blattloser Strauch.

Sie saß da und sah den beiden Frauen zu, die über ihrer Arbeit leise miteinander zu reden begonnen hatten.

Endlich kam ihr Enkel in die Küche. Er war gewachsen in den zwei Jahren, die sie ihn nicht gesehen hatte. Aber er war noch immer klein und blass neben den zwei braunen Gesichtern. In der fremden Sprache redete er laut und unbekümmert mit den beiden Frauen, sie glaubte zu verstehen, dass er etwas Bestimmtes zu essen verlangte. Sie, die seine Großmutter war, hatte er kurz und wie aus großer Entfernung begrüßt.

Sie wunderte sich nicht, dass der Zehnjährige fließend Spanisch sprach, wie es sie gestern nicht gewundert hatte, dass ihre drei Söhne von ihren weit entfernten Wohnorten so rasch hierher geeilt sein konnten, nichts wunderte sie in ihrer Übernachtigkeit und nichts nach dem Telefonanruf, der wie ein aus dem Himmel stürzender Meteor eingeschlagen hatte, als eine fremde Stimme in schlechtem Englisch den einzigen Satz sagte, dass ihre Tochter in Tepoztlán zu Tode krank liege. Andere, ihr fremde Gesetze galten seitdem, und nicht einmal ihren eigenen Körper erkannte sie in diesem fremden Land als das ihr Vertrauteste wieder.

Es ist, als wäre sie schon eine träge Ewigkeit in Tepoztlán. Wenn sie sich aber die Mühe macht, an den Fingern nachzuzählen, sind es erst wenige Tage, dass sie hier ist.
Sie ist inzwischen in ein Hotel umgezogen. Die Söhne hatten gemeint, dass die alte Mutter einen Rückzugsort nötig hätte, außerdem werden bald der Vater und der Mann der Tochter erwartet – auch von dem Mann hatte sich die Tochter damals getrennt, als sie mit ihrem Sohn nach Mexiko gegangen war.
So kehrt sie jeden Abend, wenn es dunkel geworden ist, in das große Hotelzimmer mit den geweißten Wänden und dem grauen Steinboden zurück. Sie muss nicht die Balkontür öffnen, um von der Stadt herauf das Lärmen der aus fünf, sechs Menschen bestehenden Prozessionen zu hören, die bei Tag und Nacht die Gassen durchziehen, hohe Trompeten, dumpfe Trommeln, schwach die Menschenstimmen. Und durch die ganze Nacht hört sie aus allen Richtungen von den Kirchen her wie zögernd, lang auseinandergezogen, helle Glockenschläge, in deren Intervallen sie herzklopfend auf den nächsten wartet. In der Finsternis, in der sie schlaflos liegt, müht sich hie und da ein Auto stotternd die steile Gasse herauf, stirbt ab, wird wieder angeworfen und hochgejagt. Wenn sie

im Morgengrauen eingeschlafen ist, wecken sie die vielen Hahnenschreie, auch die klingen hier anders als die im kontinentefernen Zuhause.

Am Morgen setzt sie sich im förmlichen Speisezimmer, das mit dunklen Möbeln, grellen Kunstblumen und blitzendem Silbergeschirr vollgeräumt ist, zu einem überbordenden Frühstück nieder, dessen Speisen oft fremd schmecken, sodass sie manches auf dem Teller liegen lässt. Sie ist der einzige Gast im Raum; zwei dunkelhaarige, dunkelhäutige Kellner beobachten aus einer Ecke mit undurchdringlichen Mienen, wie sie sich am Büffet bedient und mit dem Verschluss der Saftkanne kämpft.

Nachher, durchs Taxifenster, sieht sie die Prozessionen ziehen, deren Trompeten sie nachts nicht schlafen ließen; sie fährt vorbei an einer Kette langberockter Frauen, die an einem Bach unter Büschen ihre Wäsche mit Brettern sauber klopfen, wie Buchstaben sind die Frauen aneinandergereiht. Unlesbarkeiten.

Nach drei Tagen wagt sie es, mit dem öffentlichen Kleinbus zu fahren, unter all den Schwarzhaarigen, Olivhäutigen, die sie stumm anstarren, ist sie die einzige Fremde. Weil der Bus nicht immer an derselben Stelle hält, muss sie nach ihrem Aussteigeort fragen, sie erhält ein spanisches Ja oder Nein zur Antwort, die Antwort wird ohne zu lächeln, ohne sie anzusehen gegeben.

Dann steigt sie aus, sieht sich, noch immer verunsichert, um und sucht den Pfad zum Haus der Tochter, an welkem Gebüsch entlang und einen Abhang hinunter. Wenn sie von weitem den grauen Betonkubus erblickt, ist sie erleichtert und fragt sich zugleich, ob sie die Tochter noch lebend antreffen wird.

Im Haus der Tochter vergeht ein Tag wie der andere. Stunde um Stunde sind alle beschäftigt mit der Pflege der Kranken, die nun zu schwach ist, um das Bett zu verlassen. Sie selbst sitzt oft in der Küche auf ihrem Stuhl und schaut einer der beiden sich ablösenden Krankenschwestern zu, wie sie Verbände wäscht, wie sie aus den Aloeblättern in vielen Arbeitsgängen jenen Brei zubereitet, den sie drinnen im Krankenzimmer auf die Brustwunde der Tochter streichen wird. Ihre drei Söhne, keiner hat noch von seiner Abreise gesprochen, sind bis über die Ohren beschäftigt, sie springen ein, wenn eine Schwester heimgeht oder sich zu einer Siesta zurückzieht, sie führen viele Telefonate, mit der Botschaft, mit Ärzten in der Hauptstadt und mit befreundeten Spezialisten daheim, sie versuchen am Markt etwas aufzutreiben, von dem sie glauben, dass es die Schwester gern hätte, sie suchen eine bestimmte CD, eine bestimmte Frucht, die es zu dieser winterlichen Jahreszeit kaum gibt, sie kaufen weiße Blumen, die die Schwester liebt.
Von früh bis spätnachmittags ist das indianische Mädchen in der Küche, es kocht einfache einheimische Speisen für sie alle und bereitet die komplizierten Säfte und Breie für die Kranke, die die Schwester später unberührt zurücktragen wird. Zum Mittagessen ist auch der Enkel da, er ist aus der benachbar-

179

ten Volksschule gekommen, nun sitzt er zwischen den Angereisten, antwortet, wenn er angeredet wird; wenn er meint, dass die anderen in ihre Gespräche versunken sind, sieht er die vielen Besucher mit einem verstohlenen Blick schnell von der Seite an. Manchmal geht er zu seiner Mutter, die in der Küche hören ihn rasch, drängend etwas erzählen, auf das die Kranke mit einem gehauchten »Ja« oder mit einem sehr leisen Lachen antwortet.

An den Nachmittagen sieht sie den Enkel vorm Haus vor sich hin spielen, manchmal ist auch ein anderer Bub da, dann wird das gedämpfte Spiel der beiden immer lauter und lustiger, sie dribbeln mit dem alten Fußball quer über die Wiese, stoßen und boxen einander, bis sie kreischend ins Gras fallen, einer der Erwachsenen erscheint dann auf der Terrasse und ermahnt die beiden, leise zu sein, die Kranke sei endlich eingeschlafen.

Sie selbst versucht in diesem Ablauf, der an ihr vorbeizieht, mitzuhelfen, wo sie eine Lücke entdecken kann; sie schält Obst, wickelt Verbände, bereitet am Abend, wenn das Mädchen heimgegangen ist, eine einfache Mahlzeit, Brote, Tee, Früchte.

Zwei-, dreimal am Tag besucht sie die Tochter; sie ist nie sicher, ob sie damit nicht eine Ordnung stört, die sie noch immer nicht durchschaut hat. Dann sitzt sie am Bett der Tochter, löffelweise flößt sie ihr Tee ein, ein wenig vom Obstbrei, aber schon beim zweiten Löffel dreht die Tochter den Kopf weg, da gibt sie auf.

Sie versucht von daheim zu erzählen, von der anderen Welt, die die Tochter hinter sich gelassen hat, sie gräbt Kindererinnerungen aus, das Puppenweihnachten, die Floß-Spiele am Teich, das Heuhüpfen, sie hofft so sehr, dass diese Erinnerungen die Kranke, die im Fortgehen ist, zurückhalten könnten – oder wenigstens sie ihr näherbringen. Damit hört sie bald auf, wenn ihre ungeschickten Worte die Tochter nicht erreichen. So steht sie auf und stellt von neuem die Anlage an, die CD, die ihre Tochter wieder und wieder hören will; heute ist es nicht das Schubert-Quintett, sondern die andere Musik, die sie für eine indianisch-schamanische hält.

Einmal, als die Luft im Krankenzimmer vom Gestank der offenen Brustwunde ganz gesättigt ist – die beiden kleinen Fenster bleiben immer geschlossen, wie es die Pflegerin verlangt hat –, ist sie an eines der Fenster getreten, als könne ihr schon der kleine Ausschnitt des blauen Himmels, vor dem ein Zweig leise im Wind schaukelt, Erleichterung verschaffen, da kommt etwas Winziges angeflogen, sie erkennt einen Kolibri, der sich einen Wimpernschlag lang an den Ast klammert, und schon ist er wieder verschwunden. Aufgeregt tritt sie ans Bett der Tochter und erzählt es ihr, die Tochter liegt da mit geschlossenen Augen, aber sie hat es gehört, jetzt blickt sie auf und verzieht den Mund zu einem mühsamen Lächeln, wie sie es auch für den Sohn hat.

Ein Tag nach dem anderen zergeht. Langsame Stunden, die schweigende Tochter, die immer schwächer wird. Tagsüber sind abwechselnd die beiden Schwestern da, mit ihren fremdartigen Vorkehrungen in der Küche, mit ihren Handreichungen am Krankenbett. Und von früh bis abends ist das indianische Mädchen da. Es kocht für sie alle und kehrt leise die Zimmer. Ihr Enkel kommt und geht, sie sieht ihm vom Fenster zu, wie er langsam den alten Fußball übers Gras stößt; manchmal bleibt er stehen wie angefroren, ehe er lustlos weiterspielt.

Ihre Söhne sind alle noch da. Die drei sind immer beschäftigt, verhandeln mit dem Wörterbuch in der Hand und über Zeichensprache mit dem Mädchen, was es am Markt einkaufen soll. Sie versuchen ein neues Medikament in der Dorfapotheke zu besorgen und fahren mit dem Leihauto in die weit entfernte Kreisstadt, wo sie es schließlich beim dritten Versuch auftreiben, aber auch diese Medizin hilft nicht. Ihre Söhne führen lange, immer wieder zusammenbrechende Telefongespräche, mit dem Botschaftsarzt in der Hauptstadt, mit Fachleuten in Europa und Amerika. Immer öfter, immer ausführlicher telefonieren sie auch mit ihren Familien und ihren Arbeitsstätten. Eine neue Unruhe ist in der Luft, in der aufgezwungenen Nähe versteckte Zwietracht, so scheint es ihr, und Eifersucht. Dem allen sieht sie zu.

Manchmal kommen jetzt aus der Nachbarschaft Frauen und Kinder, sie stehen auf einmal in der Küche, sie sprechen sehr leise. Als die Mutter der Kranken wird sie als Erste umarmt. Die Besucherinnen haben Blumen gebracht, leise treten sie ins Krankenzimmer, stehen stumm vor dem Bett, wo die

Kranke mit geschlossenen Augen liegt, leise gehen sie wieder. Ihre Blumen stellt die Schwester zu den weißen, hohen, die in braunen Krügen in allen Ecken des Krankenzimmers stehen, der durchdringende Duft dieser weißen Blumen überdeckt etwas vom Gestank der Krebswunde, der unvertreibbar im Zimmer hängt. Einmal kommen auch zwei Frauen aus einer amerikanischen Sekte, die mit ihren Fastengeboten und esoterischen Reinigungsritualen Schwerkranken Heilung verspricht: dieser Sekte hatte sich ihre Tochter zuletzt angeschlossen. Das hat sie nicht gewusst. So vieles von ihrer Tochter hat sie nicht gewusst.

Der Botschaftsarzt kommt aus der Hauptstadt angefahren, er kommt in einer schwarzen Limousine, die auf dem braunen Grasfleck parkt; der Botschaftsarzt untersucht die Kranke, die es sich schweigend gefallen lässt, sie hält nichts von der klinischen Medizin, sie ist ja damals, vor zwei Jahren, mit ihrem kleinen Sohn nach Mexiko gegangen, um Heilung bei einem indianischen Schamanen zu suchen. In der Küche sagt der Arzt, dass es bis zum erlösenden Tod wohl noch Wochen brauchen werde. Er hat ein Schmerzmittel verschrieben, als die Söhne es endlich aufgetrieben haben, verträgt es die Kranke nicht, klagt über Halluzinationen und Albträume und verlangt wieder den lindernden Trank, den die Schwestern täglich aus einheimischen Kräutern zubereiten.

Zwischen all dem Auf und Ab ist sie selbst wie eingeschlossen in einer schaukelnden luftlosen Blase, die sie vergeblich zu durchstoßen sucht. Hilflos versucht sie zu helfen, wo man sie lässt, manchmal sitzt sie auch nur müßig auf der Terrasse, sie sitzt am Betonboden und hat sich gegen die aufsteigende Kälte den Fußabstreifer untergeschoben.

Die Wintersonne ist hier stark, sie hält ihr das Gesicht entgegen; wenn sie blinzelt, sieht sie hoch oben am Horizont, hoch über einem Felssturz die Ruine der kleinen Aztekenpyramide, zu der die Söhne gestern Abend rasch hinaufgeklettert sind, da war sie mit der Tochter allein, sie saß an ihrem Bett und sah in das über die Knochen gespannte Gesicht. Als bereite die sich mit allen ihr gebliebenen Lebenskräften auf das Andere vor. Unberührbar.

Einmal rufen ihre Söhne jene Therapeutin aus der Hauptstadt, bei der die einsam gegen die Krankheit Kämpfende manchmal Zuflucht gesucht hatte. Zu viert sitzen sie mit der Therapeutin um den Küchentisch und trinken wie hier zu allen Stunden den bitteren Kaffee. Sie können sich auf Englisch verständigen. Zuerst fragen die Männer um Rat in den täglichen Schwierigkeiten mit der Medikamentenbeschaffung, mit den anscheinend starrköpfigen Pflegerinnen. Allmählich kommen ihre Ängste ans Licht: Weiß die Schwester, dass sie todkrank ist? Müssen sie mit ihr darüber sprechen, wenn sie selber nicht davon anfängt? Und das Kind, was soll man ihm sagen? Soll man ihn weiter zur Mutter lassen? Wie der Bub die Zähne zusammenbeißt, um nicht aufzuweinen, wenn er sieht, wie seine Mutter ihm dringend etwas sagen will, aber zu schwach zum Sprechen ist.

Die Therapeutin bestätigt, was sie fürchten: die Kranke glaubt noch immer fest an ihre Genesung. Gerade habe sie ihr zugeflüstert, wie weit sie schon auf ihrem Weg zur völligen Heilung sei. Schon sei ihre Seele gesundet, wenn, sehr bald schon, aus der Brustwunde auch das letzte böse Sekret ausgetreten sein werde, wenn dann die große Wunde sich schließe, werde auch ihr Körper wieder ganz heil sein: sie fühle ja schon die Besserung, schon hätten die Schmerzen beinahe aufgehört.

Dann schaut die Therapeutin, die eine starke, eine freundliche Frau ist, sie an, sie sagt: »Mutter! Ihre Tochter glaubt mir nicht, dass Sie wirklich hier sind. Sie hätten nicht nach Mexiko kommen können, hat sie mir gerade gesagt, Sie seien viel zu krank für die lange Reise.«

Das trifft sie wie ein Faustschlag. Sie möchte protestieren. Ist sie nicht, ehe die Therapeutin kam, den Vormittag lang bei ihrer Tochter gesessen? Aber die Therapeutin nimmt sie an der Hand, zieht sie ins andere Zimmer, ans Bett der Tochter, drückt sie am Bettrand nieder. »So schau doch!«, ruft sie, »da ist sie ja, deine Mutter! Sie ist ja zu dir gekommen!« Wie erstarrt sitzt sie da, da hebt die Therapeutin ihre Hände auf und legt sie behutsam aufs Gesicht der Tochter. »Sie *ist* da!«, ruft sie, »du kannst sie ja spüren!« Sie schaut ihre Tochter an, die jetzt die Augen weit geöffnet hat und ihr voll ins Gesicht sieht, ein Glänzen ist in ihren Augen. Sie streichelt die Wangen ihrer Tochter, küsst sie auf die Stirn, streichelt die knochigen Arme, hört sie murmeln: »Du bist ja gekommen.«

Von da an ist es anders zwischen Mutter und Tochter. Ohne

dass ein Wort darüber verloren wird, weiß die Mutter: sie darf jetzt im Zimmer bleiben, wenn die Pflegerin die schreckliche handgroße Wunde reinigt und neu verbindet, nachdem sie den Aloe-Brei frisch aufgetragen hat. Dabei schaut die Kranke zu ihr hin, als wolle sie sich ihr ganz zeigen, zeigen über die unüberbrückbare alte Entfernung hin, die zwischen ihnen geblieben ist und von der sie beide wissen. Aber sie darf dann am Bett der Tochter sitzen, die mit geschlossenen Augen daliegt. Schweigend sitzt sie so und sieht sie an und hält die Hand der Tochter, die federleicht ist.

Einmal, als sie so sitzt, in einer schwebenden Stille, nimmt die Tochter ihre schwache Kraft zusammen, sie flüstert: »Sieh dich um und such dir aus, was du von mir heimnehmen magst.«

Sie versteht und will nicht verstehen. Sie schaut auf den Perlenschmuck, der zwischen den Medizinen liegt, auf die bunten Tücher, hastig sagt sie: »Wozu Dinge hergeben, die du jetzt gern um dich hast und vom Bett aus anschauen kannst! Ich lasse mir gern etwas schenken, wenn du wieder gesund und aus dem Bett bist!« Sie sagt es lächelnd. Dann schweigen sie beide weiter, die Tochter liegt da mit fest geschlossenen Augen. Nachher steht sie lange hinter der geschlossenen Tür zum Krankenzimmer, unfähig zu jeder Bewegung. Ich habe mein Kind verraten.

Der Jüngste ist abgereist, auch die beiden anderen Söhne werden in zwei Tagen heimfliegen müssen. Und am Tag darauf wird ihr Ex-Mann kommen und der Mann der Tochter.

Hektische Vorbereitungen, es ist Unruhe im Haus, davon darf nichts ins Krankenzimmer dringen.

Die Tochter ist endlich eingeschlafen, sie sieht auf die Uhr: noch immer früher Nachmittag. Müßig sitzt sie im Zimmer des Enkels. Fahnen, Fußballembleme, ein Indianerkopfschmuck, auf dem Regal verstauben Spielzeugautos, von denen der Enkel weggewachsen ist.

Da tritt der Älteste hastig herein. Sie sieht, dass er aufgebracht ist. Er fährt sie an: »Da sitzt du. Du kümmerst dich nicht um sie! Alles müssen wir Brüder machen!«

Auf einmal ist sie zornig: »Ihr wollt es ja so! Nur wenn ihr es gestattet, darf ich zu ihr. Und ich habe mich gefügt, ihr zuliebe. Ich werde hier nicht gebraucht. Ich habe keinen Platz hier. Morgen werde ich heimfliegen.« Sie schluchzt, sie, die in all den Tagen keine Träne hatte.

Der Älteste will einlenken: »Ja, da hast du recht. Wir wollten sie vor dir schützen. Du weißt es ja, eure Entfremdung. Als sie wegging, wollte sie nichts mehr von dir wissen.« Auf einmal ist auch ihr anderer Sohn im Zimmer, er ruft: »Du hast Schuld an dem allen. Du bist eine schlechte Mutter. Immer bist du eine schlechte Mutter gewesen. So fair warst du immer, so gerecht. Immer hast du uns Kindern Platz gelassen. Aber das war, weil du uns nie geliebt hast. Alles hast du organisiert, doch damals, als ich in Frankreich im Jugendlager war, vom Erzieher bedrängt …« Sie hebt die Hand, der Sohn ruft: »Ja, da hast du mich heimgeholt, gleich hast du wieder die Ordnung hergestellt, aber daheim bin ich nachts in meinem

Zimmer gesessen, habe Dylan gehört und Cohen, du bist nie zu mir gekommen, hast nie mit mir geredet …« Der Sohn kann nicht weitersprechen, Schluchzen schüttelt ihn. Sie sitzt daneben. Von weither hört sie eine Stimme sagen »sie stirbt« und weiß, dass es ihre Stimme war.

Der Älteste ist auf den jüngeren Bruder zugetreten. Sanft rüttelt er ihn an den Schultern. »Hör auf. Jetzt geht es nicht um dich, jetzt geht es nur um Gisa. Und die Mutter hat es gut mit uns gemeint. Wir alle haben es gut miteinander gemeint und haben nicht anders können. Manches ist halt nicht gut ausgegangen. Ich gehe jetzt zu Gisa.« Im Hinausgehen streicht er ihr übers Haar. Der Jüngere steht allein da, eine ganze Weile. Dann dreht er sich um, nimmt die Schnabeltasse der Kranken auf, die auf dem Tisch stehen geblieben ist, und folgt dem Bruder ins andere Zimmer. Die Tür klappt zu. Sie ist wieder allein. Er hat recht, denkt sie, jetzt ist nicht die Zeit, über das Gewesene zu trauern. Sie steht auf, um nach den trocknenden Verbänden zu sehen. Ihr schweres Herz.

Die Söhne sind heimgeflogen, der Vater der Kranken ist angekommen. In seiner beiläufigen Art hat er die Leitung an sich gezogen. Auch der Mann der Tochter ist jetzt da, er geht oft spazieren; sie denkt, er versucht sich nicht aufzudrängen. Von weitem beobachtet sie, wie der Enkel langsam, langsam wieder unbefangen mit seinem Vater zu reden beginnt. Sie selbst wird von den beiden Neugekommenen vorsichtig, ja rücksichtsvoll behandelt.

Wenn sie jetzt ins Krankenzimmer tritt, sitzt dort oft der Vater bei seiner Tochter, und manchmal hat deren Mann den Platz am Bett eingenommen; dann setzt sie sich für eine Weile auf die Polster in der Zimmerecke, sie geht bald wieder hinaus.

Sie sagt, dass sie nun heimfliegen werde. Zu dritt beschließen sie, dass sie nach zwei Wochen wiederkommen solle, um die beiden Männer abzulösen. Dann wird sie allein mit ihrer Tochter sein.

Der Abschied von der Tochter ist so beiläufig, dass sie sich gleich nachher nicht mehr daran erinnern kann. Sie weiß noch, dass sie sagte: »Ich komme bald wieder.« Glaubt sie sich auch, als sie noch einmal ihrer Tochter über das matte Haar streichelt? Eine Umarmung wagt sie nicht mehr, sie hat Angst, der Geschwächten dabei wehzutun. Als sie die Tür hinter sich zuzieht, meint sie durch die Holzplatte die Augen der Tochter im Rücken zu spüren – aber lag die nicht mit fest geschlossenen Augen da?

Als sie in die Küche kommt, sind die beiden Männer auf den Markt gefahren, nur das indianische Mädchen ist da, es umarmt die Frau und sagt auf Spanisch »Sie sind eine gute Frau«, so viel kann sie inzwischen verstehen. Das Mädchen weint.

Am Abend holt sie ihr früherer Mann vom Hotel ab, um sie zum Überlandbus zu fahren. Nebeneinander sitzen sie im Leihauto, sie sind durch viele Abschiede weit voneinander getrennt. Noch einmal sieht sie den bunten Markt daliegen und von weitem die große Kirche, diese steinerne Pyramide, die sie nie betreten hat. Auch jetzt zieht eine kleine Prozession beim Tor hinein, durchs Wagenfenster kann sie Trompeten und Trommeln nicht hören.

Im Flugzeug hat sie zwei Frauen aus der Hauptstadt zu Nachbarinnen. Sie sind Deutsche, beide mit Mexikanern verheiratet, sie fahren die Eltern in Köln besuchen. Sie reden über Shopping, Dienstmädchen, Ferienpläne und in Andeutungen, die beide zum Kichern bringen, über ihre Männer. Sie sitzt daneben, sie hat gleich beim Abflug die Augen geschlossen, die Gespräche dringen in ihre Isolation, die goldenen Armbänder der Nachbarinnen klirren.

Als sie die Augen öffnen muss, weil das Essen serviert wird, ziehen sie die beiden Frauen gleich in ein Gespräch, sie möchten wissen, was alles die Touristin gesehen hat und ob sie von den Pyramiden, von den Stränden beeindruckt war. Sie antwortet, dass sie auf Verwandtenbesuch in Mexiko gewesen sei und nichts gesehen habe. Auf einmal hat sie den übermächtigen Wunsch, diesen blasierten, uninteressierten Frauen alles, alles zu erzählen, dann aber gibt sie der Stewardess das Tablett zurück, schließt wieder die Augen und ist einem Bildersturm ausgeliefert, das verrostete Trampolin in der Gartenecke, das magere Pferd, die Brustwunde, die Federohrringe, dazwischen immer wieder eine Bittprozession, die drängenden Trommeln, die hellschreienden Trompeten, die Wäscherinnen am Bach.

Schließlich muss sie doch eingeschlafen sein. Sie erwacht, als die Stewardess mit warmen Gesichtstüchern kommt, gleich darauf wird starker Tee serviert. Matte Tageshelligkeit kommt durch die Luken des Flugzeugs.

Der Flughafen. Plötzliche Kälte, schmutziger Schnee. Keiner hat sie abgeholt, sie hatte keinen verständigt. Die Taxifahrt. Die leere Wohnung.

Die nächsten Tage vergehen konturlos. Ständige Benommenheit, das macht wohl der Jetlag. Am Abend des vierten Tages erhält sie den Anruf. »Sie ist gerade gestorben«, hört sie ihren Mann sagen.

Viel später kommen in ihre bleierne Bewegungslosigkeit, in ihr Stummsein hinein die Fotos an, die der Mann am Sterbebett für die Familie aufgenommen hat. Sie sieht in das neue Antlitz ihrer Tochter, sie begreift, dass sie zuletzt ihrem Tod mit klarem Willen entgegenging. Da erst kommen die Tränen, sie weint über ihr verlorenes Kind.

Der Venusdurchgang

Er ist zeitig aufgestanden. Denn es dauert immer länger, bis seine Augen sich dem Dämmerlicht öffnen wollen, bis die Beine ihm gehorchen und der gekrümmte Rücken dem Befehl sich aufzurichten widerwillig nachkommt. Aber nach dem schwierigen Anfang geht alles, wenn auch sehr langsam, seinen Gang – das Duschen, das Ankleiden, das Suchen nach der verlegten Lesebrille.

In der vollgeräumten Küche stellt er langsam Teller und Tasse zurecht, brüht den Tee auf und streicht sich die Semmel, die er vom Vortag aufbehalten hat.

Beim Kauen fällt ihm ein, dass heute ein besonderer Tag ist. Schon gestern hat es die Nachrichtensprecherin verkündet: Der Vorübergang des Planeten Venus vor der Sonnenscheibe ist ein Ereignis, das nur die wenigsten Erdbewohner erleben, sodass in vergangenen Jahrhunderten Expeditionen zu seiner Beobachtung um den Erdball segelten. Die Sprecherin erwähnte die Verschollenen, die Schiffbrüche, die Toten, die diese Forschungsreisen kosteten. All die vergeblichen Erwartungen, Hoffnungen. Nun ja.

Er hat noch Zeit, bevor er zur Bahn aufbricht. So versucht er das Experiment mit dem umgedrehten Fernglas, das die Radiosprecherin empfohlen hat. Dabei soll der Planet als schwarzes Pünktchen in dem auf Schreibpapier gespiegelten hellen Sonnenkreis erscheinen.

Es dauert eine Weile, bis er das Fernglas hinter der Buchreihe findet, aber dann gelingt es nach einigen Versuchen, die Sonnenscheibe einzufangen, und tatsächlich meint er im grellen Rund ein winziges schwarzes Pünktchen zu sehen – oder ist es nur ein Schmutzpartikel auf dem Glas des kaum benützten Feldstechers?

Vor lauter Experimentieren hat er vergessen, auf die Uhr zu schauen. Aber er braucht ja kaum Vorbereitungen für seinen Wien-Tag. Das Frühstücksgeschirr lässt er für die Resi stehen.Wenn sie in zwei Stunden kommt, wird sie zwar etwas über schlampige alte Männer brummen, die nicht einmal die Butter in den Kühlschrank räumen, aber die Resi ist selber eine Schlampige, die immer wieder vergisst, seine Brot- und Milchvorräte zu kontrollieren, sodass er dann am nächsten Morgen, wie er ihr gerne vorhält, Hunger leiden muss.

Den Zahnarztschein darf er nicht vergessen und nicht die Medikamentenschachtel mit seiner Mittagsration, nicht die Lesebrille und die Zugslektüre. Und ja nicht den Pensionistenausweis.

Jetzt noch die Überjacke und schon geht er die Stiege hinunter und sperrt die Hoftür hinter sich zu und steht auf der Straße. Wie immer, wenn er es eilig hat, irritiert es ihn, dass er mit seinen zappeligen Altersschrittchen so langsam vorankommt, viel langsamer als in seinen Bergsteigerjahren. »Nur Ruhe«, ermahnt er sich, »du hast noch viel Zeit!«

Die Schulkinder, die unter ihre Rucksäcke gebückt der Schule zueilen, grüßen, und er grüßt sie sorgfältig zurück. Die älteren freilich sehen geflissentlich an ihm vorbei.

Am Bahnhof muss er dann doch noch eine ganze Weile auf seinen Zug warten, langsam neben den Geleisen auf und ab gehend, schaut er gedankenlos den kleinen Vögeln zu, die drüben um eine Tanne schwirren.

Im halbleeren Zug darf er schläfrig sein, das frühe Aufstehen hängt nun doch nach. Müßig sitzt er da und schaut zum Fenster hinaus, ohne viel zu sehen, es ist die seit zwanzig Jahren bekannte Strecke. Bis dahin, wo die Geleise den Zug in einer sanften Kurve in die Ebene entlassen, wo in einer langen Reihe die Laubbäume warten. Es sind niedere, magere Bäume, jeder für sich stehend, in weitem Abstand zum nächsten, bilden sie doch eine Kette. Wie einzelne Wörter, die sich zögernd zu einem Satz fügen. Heute ist ihm, als müsste er ihr Gesagtes verstehen, es gelingt nicht, doch ahnt er in ihren Laubzeichen einen ihm noch verborgenen Sinn. Wie er das kennt! Und hat im Weitergleiten die Bäume schon wieder vergessen.

Und jetzt über die Donaubrücke. Wie er so auf den Strom hinunter blickt, weiß er unter der bewegungslos scheinenden Grauplatte das Schieben und Ziehen des lebendigen Wassers. Von weither klingt Erinnerung: das Schwimmen im Strom, das Sirren, das Singen der mitgezogenen Kiesel. Und dann wieder am Ufer das Anklatschen des Wassers, wenn es von einem dahinpflügenden Motorboot aufgeregt wird. Dann lange noch das leise Anschlagen der Wellchen an Mauern und Stegen.

Aber das jetzt ist Venedig. Manchmal, wenn die Sonne schräg steht, schmelzen die Quader der Palazzi in einem zitternden Lichtgewirr, und dann ist er sich seines Gleichgewichts nicht mehr sicher, beinahe möchte Angst aufkommen, doch dann überlässt er sich dem Schaukeln und Schwanken – aber das war ein anderes Mal. Und es war auch Venedig, gerade zwanzig Jahre alt war er damals.

Dann muss er eingeschlafen sein. Als er wieder zu sich kommt, fährt der Zug an Kahlenbergerdorf vorbei.

Die Bahnhofshalle ist jetzt am Vormittag fast leer, der Nachhall des Morgengedränges hängt jedoch noch darin. Und schon das Eintauchen in den Schacht der U-Bahn und im Waggon Atembeklemmung im Schieben und Stoßen und Ausweichversuche und nackte Hälse und Kopftücher und Haarschöpfe und Plastikbeutel und Rucksäcke in seine Kniekehlen, und Schwarz und Gelb und Rot und Grellweiß und Schwarz wieder und Rot, zu viel, sodass ein Alter, der schon lang in einem Dorf lebt, nur sich totstellen und die Arme anpressen und sich weiterschieben und wegdrängen lassen kann, Scheuklappen vor den bedrängten Augen.

Aufatmen erst draußen auf der angenehm belebten Einkaufsstraße. Jedem Entgegenkommenden schaut er ins Gesicht, wie er es von seinem Dorf her gewohnt ist. Die in ein uneinsehbares Leben gewickelten Türkenfrauen unter ihren Kopftüchern, manchmal ziehen sie ein kleines Kind hinter sich her. Alte Frauen, die ihre Rationen in Plastiksäcken heim schleppen. Hagere Rentner, dicke Rentner, mürrisch daherstreunende junge Männer, die Zigarette im Mundwinkel. So viel Abwechslung nach dem Immerwieder des Dorfes.

Er biegt in ein altmodisches Villenviertel ein. Menschenleere Gasse, auf einer sonnenbestrahlten Hausmauer sieht er die leise bewegten Schattenspiele von Laub. So still hier, und er ist so ausgeruht, so gemächlich dahingehend. Es ist ein guter Tag! Vor ihm eine Dame. Ja, es ist eine Dame, eine schön weißhaarige, sie trägt ein schwarz-weiß kariertes, wohl altmodisches Kostüm, und sie geht vorsichtig auf Stöckelschuhen. Wie er ihr hinterhergeht, fällt es ihm ein: die Dame erinnert ihn an seine Mutter. Jetzt sieht er erst, dass sie etwas Pelziges unter den Arm geklemmt hat, beim Näherkommen entdeckt er einen grauen Wuschelschwanz, die Dame trägt ihren Hund mit sich, und auch das ist merkwürdig, beinahe rätselhaft, wie manches heute. Und die Mutter ist schon lange tot, gut dreißig Jahre ist sie tot.

Chiffren, unlesbare; und nur die grauverwitterten Hausfassaden zwischen den altgewordenen Bäumen, laubgefilterte Luft. Um die Ecke plötzliche Belebung. Autokolonnen, rot gleitet eine Straßenbahn vorbei, die Ampel blinkt, er sieht sich nach dem Haus des Zahnarztes um, da ist es ja schon.

Das düstere Stiegenhaus hinauf, im trüben Wartezimmer gefangen, hier endet sein Expeditionsabenteuer. Viele Wartende, jeder für sich sitzen sie stumm, starr auf ihren Stühlen.

Endlich wird er aufgerufen. Die grellbeleuchtete Ordination, die grämliche Zahnarzthelferin packt ihn unterm Arm und wirft ihn mit Schwung auf den Behandlungssessel. Schon entmündigt. Von hinten der Mann in seinem weißen Kittel, Instrumente kalt in seinem gehorsam geöffneten Mund.

»Sie brauchen eigentlich eine neue Prothese. Aber wenn Sie Glück haben …« Der Zahnarzt schweigt ein wenig verlegen. Genier dich nicht, mein Lieber. Auch ich würde auf die Überlebenschance der Prothese setzen. Er könnte dem Doktor antworten: »Ich weiß schon, wenn mein Internist recht hat, kann ich mir eine neue Prothese sparen.« Er schweigt lieber. »Die Zahnhygiene machen wir aber gleich«, sagt der weiße Mann, »und am Sechser brauchen Sie auf jeden Fall eine neue Plombe.«

Jetzt ist es Zeit, seinen Bubentrick anzuwenden: Wenn der Bohrer kommt, stellt er sich tot, und wenn er tot ist, spürt er nicht, wie an ihm hantiert wird.

Nur von weither das Zischen und Brummen und Schleifen. »Ich bin tot«, sagt er sich vor. Plötzlich fallen ihm die Geschichten von kalifornischen Leichenbetreuern ein. Schon spürt er sich als Toter auf einer Art Operationstisch liegen, man hantiert an ihm, unten, oben, in seinem Mund, alles für die Bestattungsfeier, für ein friedvolles Lächeln auf den leicht geöffneten, dezent geschminkten Lippen.

Es kitzelt in seinem Mund. Tot. Er ist doch tot, wieso spürt er dann dieses Kitzeln? So spüren also die Toten die Berührungen aus dem Diesseits, jedoch, was dort Schmerz war, ist hier nur ein leises, fast angenehmes Gekitzel. Über diese Erkenntnis möchte er staunen.

Aber gleich holt er sich zurück: Tot ist tot, und du kannst

nichts spüren. Aber schon wieder das federleichte Berührtwerden, jetzt ganz hinten im Rachen, er muss sich ablenken vom aufsteigenden Lachen, zum Glück fallen ihm wieder die kalifornischen Schauleichen ein, ob sie dort drüben die alten Zähne etwa färben, polieren, lackieren für das bleckende Abschiedslächeln? Schon spürt er kalt die Färbeflüssigkeit an seinen Vorderzähnen, und jetzt berührt die Totenkosmetikerin mit dem Pinsel seinen Gaumen, da muss er lachen, lachen, dass er sich fast am Speichelsauger verschluckt, den ihm die Assistentin hastig aus dem Mund zieht. Er öffnet die Augen, da steht der Zahnarzt mit finsterem Gesicht, hinter ihm noch düsterer die jetzt arbeitslose Gehilfin, über dieses Bild muss er schon wieder lachen, gerade, dass er herausbringt: »… ob man so alte Zähne färben kann? Ich meine, wie Damen ihre Haare färben, oder wie Nägel lackieren …« »Wir hören besser auf«, sagt der Zahnarzt. »Sie sind heute behandlungsunfähig, Herr Professor«, und die Verachtung hinter der höflichen Anrede ist nicht zu überhören. »Machen Sie draußen einen neuen Termin aus, wenn Sie noch auf halbwegs gesunde Zähne Wert legen. Vor sechs Wochen ist freilich nichts frei.« »Da bin ich gerade bei meinem Sohn in Boston.« »Müssen Sie in Ihrem Alter noch so weit reisen?«, fragt der Zahnarzt.

Draußen geht er an der Ordinationshilfe vorbei, ohne sich einen neuen Termin geben zu lassen. »Ein unwürdiger Greis«, fällt ihm auf der Stiege ein.

Aufatmend steht er auf der Straße. Noch immer ist es ein sonniger Herbsttag. Und jetzt? Müde ist er, müde. Es ist diese andere Müdigkeit, die der Internist ihm vorausgesagt hat, seit einigen Wochen kennt er sie.

In die Velázquez-Ausstellung wollte er und dann seinen Studienfreund im Krankenhaus besuchen. Wieder einmal hat er sich zu viel vorgenommen.

Noch immer steht er vor der Haustür. Hilflos ist er dem vorbeiziehenden Geströme, dem anbrandenden Lärm ausgesetzt. So allein in dieser Stadt, die einmal die seine war. Keine Kammer, in die er sich zurückziehen, kein Bett, auf dem er sich ausruhen könnte.

Das Kaffeehaus! Sein altes Kaffeehaus. Erschöpft klettert er in die nächste Straßenbahn.

Über seiner Kaffeetasse schaut er zum Fenster hinaus. Vor der hohen Scheibe zieht eilig der Menschenstrom vorbei. So viele, dass es nicht gelingt, sie als einzelne wahrzunehmen. Er hier drinnen, wie auf einer Insel.

Er darf sitzen und schauen. An den Tischen sieht er einander zugeneigte Köpfe, dringendes Erzählen da, ein Auflachen dort. Manchmal an ihm vorbei ein Grüßen von Tisch zu Tisch. Ruhig kann er dasitzen und die schöne Dame am Nebentisch beobachten, wie ihre blassen Wangen von einem unverbrüchlichen Lebensstrom leise durchblutet sind, die sanfte Drehung ihres Kopfes, wenn sie sich der redenden Freundin zuwendet; er darf dasitzen und die Dame anschauen wie ein schönes tröstliches Bild, sie wird ihn, den Alten, den unsichtbar Gewordenen, nicht bemerken.

Endlich im Zug. Der ist voll mit müden Pendlern. Manche

essen, einige schlafen, nachdem sie sich im Halbbewusstsein Platz für Ellenbogen und Beine geschaufelt haben. Eingezwängt hält er sich starr zwischen den anderen Körpern.

Ihm gegenüber sitzt ein Mann im Geschäftsanzug. Unbekümmert hält der die großen Zeitungsblätter vor sich ausgebreitet. Von gegenüber versucht er, auf den ihm entgegengehaltenen Seiten zu lesen: der Venusdurchgang ist ihm wieder eingefallen. Aber das Gegenüber schlägt zu schnell die Seiten um, blättert sich durch die Außen- und Innenpolitik zum Sport vor, wo er wahrscheinlich an den Fußballergebnissen hängen bleibt.

In der Bezirkshauptstadt steigen die meisten aus, er rückt sich bequemer zurecht und muss schon wieder die Beine einziehen, weil sich ein Junge ihm gegenüber hinsetzt, seine Skripten herauszieht und gleich darin versunken ist.

Er rückt zur Seite und schließt die Augen, muss sie aber schon wieder öffnen, weil jetzt der Zug über die Donaubrücke klappert. In regelmäßigen Abständen schlagen die Pfeiler als Schatten an.

Auch der Junge hat aufgeschaut. »Die Donau sieht auch jeden Tag anders aus«, sagt er zu ihm herüber, als wären sie schon lange in ein Gespräch verwickelt gewesen. »Und wieder anders, wenn man darin schwimmt«, antwortet er, denn auf einmal ist die Erinnerung an seine Schülertage wieder gegenwärtig.

Gemächlich dehnt sich das Gespräch über Wasserfreuden hin, schließlich fragt er den Jungen, dessen ruhig erkundender

Blick ihn immer von neuem überrascht, was er denn da so eifrig studiere.

»Das ist ein Statik-Skriptum. Ich studiere Architektur. Von einem Onkel habe ich mich anstecken lassen. Als Schüler habe ich einen Sommer lang bei ihm, im Bregenzerwald, mitgeholfen. Und nachher als Maturant habe ich mir gedacht, billige und schöne und trotzdem maßgeschneiderte Häuser müsste man anbieten. Tolle Ideen habe ich damals gehabt. Und ein Firmenstipendium gewonnen. Jetzt bin ich mitten im Studium und habe begriffen, dass die Kosten-Nutzen-Rechnung für meine Art Häuser nie aufgehen kann. Nun ja – ich studiere fertig – und dann werde ich noch ein beschäftigungsloser, illusionsloser Architekt mehr am Arbeitsmarkt sein.«

Will er alles das wissen? Eigentlich will er ja nur müde sein dürfen, für sich sein. Aber er antwortet doch. »So ist das auch wieder nicht. So naiv einer auch am Anfang ist, meist hat er doch geahnt, wo es hinsoll – und wenn er dann weitergeht, Schritt für Schritt, kommt er an seinen Platz – auch wenn das ganz woanders ist, als er sich's in seinen Jugendträumen bis in die Sichtbetonfassaden und Naturholzteile ausgetüftelt hat.«

»Ja, wenn das Ihre Erfahrung ist …«, sagt der Junge ein wenig skeptisch.

»Glaube ich denn wirklich, was ich da sage?«, fragt er sich, und »ja!«, antwortet er sich staunend, »gerade so ist es mir ergangen. Also doch eine Art happy ending?«

Sie schweigen beide und sehen einträchtig beim Fenster hinaus, wo unter mächtigen weißen Wolken die stillen Felder ausgebreitet liegen.

»Und wohin fahren Sie? Wohl heim zu Vater und Mutter?«

»Der Vater ist vor fünf Jahren gestorben«, antwortet der Junge, »aber die Mutter habe ich, und wenn ich am nächsten Tag vorlesungsfrei habe, fahre ich gerne heim, auch zum Essen holen und Wäsche waschen. Wir haben auch einen Garten, da werde ich diesmal der Mutter bei den Herbstarbeiten helfen. Unser Garten geht mir in der Stadt manchmal ab. Sie sollten ihn sehen. Ein recht großer Garten, mit Gemüsebeeten und Blumenecken und einer Obstwiese und einem alten Salettl, das schon am Zusammenfallen ist – im Frühling werde ich es reparieren.«

»Meine Mutter hat eine gute Hand für Blumen. Alte Rosenstöcke haben wir, die sind noch von den Großeltern. Heuer hat die Mutter zum ersten Mal eine Menge Dahlien gesetzt, eine Nachbarin hat ihr die Knollen geschenkt. Ich habe mich gewundert, meine Mutter mag sonst eher zarte Blumen: Veilchen und Akelei und den einjährigen Rittersporn. Ich selbst kann die Dahlien nicht leiden, mit ihrer Kilomasse von Blättern und grellen Riesenblüten.«

Der alte Mann sieht den Garten vor sich, die hellen Sonnenkreise der Dahlien, die auch trüb gewordene Augen in all dem Graugrün noch unterscheiden werden, und wenn die Frau das Gesicht nahe hinhält, erkennt sie die kristallene Geometrie der Blütengestalt. Eindeutigkeit.

»Ich muss jetzt aussteigen. Kommen Sie sich einmal unseren

Garten anschauen«, sagt der Junge, »ich glaube, er würde Ihnen gefallen.«

»Das ist ja nur zwei Stationen vor meinem Dorf. Aber ich werde nicht kommen.« Lautlos spricht er weiter: »Gib dir keine Mühe, mein Lieber. So fängst du mich nicht, ich bin schon lange weggegangen.«

»Das ist schade«, sagt der Junge. »Es ist nämlich schön, mit Ihnen zu reden – und danke.« Er packt seine Sachen und gibt ihm die Hand. »Warten Sie«, sagt der Alte rasch, »warten Sie. Sie können ja einmal zu mir kommen und meinen Garten anschauen, der sicher nicht so ordentlich ist wie der Ihrer Mutter. Aber ein paar Strauchrosen, die noch blühen, habe ich auch.«

Wie sich so ein Junger freuen kann! Vom Bahnsteig winkt er noch einmal, ehe er sich rasch umdreht und schon verschwunden ist, noch bevor der Zug wieder anfährt.

»Jetzt habe ich mich also doch herumkriegen lassen«, denkt er. Und dann darf er aus dem Zug klettern und sich auf den Weg zu seinem Haus machen. Ganz still wird es zu Hause sein; die Resi ist schon lange wieder heimgegangen zu ihren Kindern. Er ist jetzt sehr müde. So müde, wie er noch nie war, kaum kann er die Füße heben. Diese letzten Schritte wird er aber noch schaffen. Und dann das Bett!

Sein Haus liegt bläulich vor ihm in der letzten Dämmerung. Das grüne Holztor, das aufschwingt. Er steht da und schaut und ist wie jedes Mal von neuem überwältigt von diesem großen großen Frieden. Wie der Blick durch die Wölbung der Einfahrt in den stillen Hof gleitet und gegenüber hängen bleibt auf dem niederen Austragshaus. Die Oleanderstöcke vor der weißen Mauer, der Blick läuft weiter und versinkt im grünen Grün des Septembergrases. Wie er jetzt wird auch der Junge dastehen und das sehen, bald schon, Gras smaragdgrün wie früher das Meer, edelsteingrünes Meer, das sich jetzt hebt, eine durchscheinende Wand, die näher gleitet, da …

Als er am nächsten Tag aus der Bewusstlosigkeit eines tiefen Schlafes zu sich kommt, findet er sich angekleidet auf dem Sofa liegen. Er kann sich nicht erinnern, wie er gestern Abend ins Wohnzimmer gekommen ist, aber es scheint ihm gut zu gehen, nur eine Schwere in seinem linken Arm ist geblieben und sein Kopf fühlt sich leer an und eigentümlich unbegrenzt, als wäre jetzt dort, wo sonst die Schädeldecke zuschloss, nun eine ungeschützte Offenheit.

Nebenan in der Küche hört er die Resi. Sie klappert mit den Töpfen und jetzt schließt sie geräuschvoll die Schranktür, damit er endlich aufwacht.

Er streckt sich noch ein bisschen auf seiner Liege. Alles in Ordnung. Ein neuer Tag hat für ihn angefangen.

Iststand

Als sie, sie war gerade siebzig Jahre geworden, das alte Haus bezog, das ihr neuer Wohnsitz werden sollte, hatte sie außer kindheitsgeborenen vagen Zukunftshoffnungen und albtraumgespeisten Ängsten keinerlei Vorstellungen, wie dieses neue Leben »auf dem Land« in einem weitläufigen Haus, hinter dem sich ein großer Garten breitete, Tag um Tag und Nacht um Nacht durchgestanden werden könnte.

Über die Nächte bekam sie zuerst Klarheit. Sie schlief noch auf einem Klappbett, das später Gästen als Notliege dienen sollte, und war umgeben von unausgepackten Kisten, in den Zimmerecken gestapelten Stühlen und Deckenleuchten, sie hatte die nötigsten Kleidungsstücke über eine Stehleiter gehängt, aber sie schlief gut und sicher ein in ihrem gewohnten Bettzeug, entgegen den Prophezeiungen ihrer Freunde, die sie vor Dieben, Räubern und Betrunkenen und vor nächtlichen Schlaganfällen und Herzinfarkten gewarnt hatten.

Es war gegen ein Uhr früh, als sie von einem stark fühlbaren Luftzug geweckt wurde. Er kam durch die fest geschlossene Tür am Kopfende ihres Notbettes. Sie stand auf, machte Licht und kontrollierte alle neu gestrichenen, noch von frischem Lack glänzenden Fenster in ihrem und den beiden Nebenräumen. Nichts. Keine zerborstene Fensterscheibe, durch die ein Dieb versucht hätte einzusteigen. Und die Eingangstür des Hauses war genau so gut verschlossen, wie sie sie am Abend hinterlassen hatte. Also legte sie sich wieder nieder und war bald eingeschlafen.

In der nächsten Nacht wiederholte es sich: Aufwachen von einem starken Luftzug, der nach einigen Sekunden verging, dann – nichts. Dasselbe erlebte sie in den nächsten Wochen, Monaten, Jahren immer wieder, in wechselnden Abständen und immer mit derselben Intensität.

Erst war sie darüber beunruhigt: Es war wie eine Botschaft, die von ihr eine Antwort zu verlangen schien – eine Botschaft, die sie nicht verstand. Sie begann, einige erklärende Theorien zu entwickeln: Vielleicht ein plötzlicher Wetterwechsel oder ein übersehener Riss in den alten, frisch gekalkten Mauern? Oder ein Geist, ein früherer Bewohner dieses sehr alten Hauses, der vor Generationen hier gestorben war und nun etwas von ihr verlangte oder sich ihr bemerkbar machen wollte. Dieser Gedanke gefiel ihr am besten. Die Verbindung zu dem Verblichenen, der hier Zeichen gab, schien von der freundlichen Art; sie nahm es als Gruß an die Nachfolgerin und dachte bald nicht mehr darüber nach.

Übrigens wurden diese Bekundungen, wenn es denn solche waren, im Laufe der Jahre immer seltener, hörten aber nie gänzlich auf.

Das alte Haus hielt für seine neue Bewohnerin immer wieder Überraschungen bereit. Die »Schwedenkugel«, die steinerne Kanonenkugel aus dem Dreißigjährigen Krieg, die in der

Hofmauer steckte, hatte sie schon vorm Kauf des Hauses entdeckt. Jetzt inspizierte sie nach und nach die vielen Nischen, die da und dort die dicken Zimmerwände aushöhlten. Sie stellte sich vor, zur Unterbringung welcher verschollener Geräte sie wohl gedient hatten, und betrachtete mit leisem Grausen in der ehemaligen Gesindekammer ein Loch, das wohl eine blecherne Waschschüssel aufgenommen hatte, denn ein Abfluss führte von dort direkt ins Freie – sie stellte sich vor, wie im Winter in dieser unheizbaren Kammer morgens eine Eisschicht das Waschbecken bedeckt hatte.

Aus dem gestampften Lehmboden des tiefen Weinkellers wuchsen ihr im Laufe der Zeit einige mundgeblasene Fläschchen entgegen, die wohl mit anderem Abfall zum Einstampfen hergebracht worden waren.

Überhaupt der Weinkeller! Sie liebte die Erwähnung, die sie in einem der Lokalgeschichtsbücher gefunden hatte – demnach war dieses Haus im Mittelalter die Expositur eines nördlicheren Nonnenklosters gewesen. Nichts ist geblieben von den mächtigen Eichenfässern, in denen die Nonnen wohl ihre Weinvorräte aufbewahrt hatten, geblieben sind die Gewölbe aus mächtigem Steinwerk und in der Öffnung vom oberen zum unteren Keller ein Eichenbalken als Türsturz, sie haben ihn damals aus einem Baumriesen zurechtgehauen. Als sie einmal hochgreift, um übers braungemaserte Holz zu streichen, versinken ihre Finger in der schwammigen Masse, zu der das feste Holz in Jahrhunderten aufgeweicht ist.

Wenn sie seitdem in den Weinkeller muss, um aus ihrem mageren Vorrat eine neue Flasche zu holen, fällt ihr jedes Mal das Märchen vom Katerlieschen ein. Das Katerlieschen, das mit dem Bierkrug nicht mehr aus dem Keller kommt, in der Stube sitzen sie um den Tisch und warten, aber das Katerlieschen kann nicht zurück, es sitzt im tiefen Keller und stiert auf die Decke, in der steckt eine Axt; bewegt sich das Katerlieschen, könnte die Axt fallen und ihr den Kopf spalten … So starrt auch sie, wenn sie im kühlfeuchten Weinkeller steht, hinauf zu dem Monstrum von Balken – wenn der Balken nachgibt und die Mauern zusammenstürzen, ist sie in diesem Keller verschüttet, gefangen. Vom morschen Balken erzählt sie ihren Kindern und Freunden nichts.

Es ist erstaunlich, wie rasch Haus und Garten und sie mit ihnen zu ihrer Geschichte gekommen sind: Zehn, zwölf Jahre haben genügt, damit sich eine Vergangenheitsdimension aufgebaut hat.

Schon sieht sie, wenn sie durch ihren Garten geht, die Schatten der gestorbenen Bäume neben dem kräftigen Grün der lebenden: den Nussbaum, der sich früher bergend über die eine Hausflanke gehoben hatte. Den Apfelbaum hinten an der Mauer; obwohl einige seiner Äste schon abgestorben waren und der Hauptstamm hohl, hatte er Herbst über Herbst schöne Früchte geschenkt, Gravensteiner. Die Frühlinge und Sommer durch, wenn der Baum überreich blühte und fruchtete, hatte sie um ihn gebangt, und als er dann plötzlich starb, war sie traurig gewesen, und jedes Mal, wenn sie auf den Platz hinsah, wo jetzt ein Sommerflieder Scharen von Schmetterlingen anzog, war da noch eine leise Trauer, bis endlich der verlorene Apfelbaum als frohmachende Erinnerung wieder auferstanden ist.

Und zu all dem Fliegenden, Schwebenden, Kriechenden, Schleichenden, das den Garten stündlich belebt, gesellen sich auch die Bilder der ehedem Anwesenden. Die Smaragdeidechse auf ihrem Sonnenstein, die der Enkel den »grünen Fisch« getauft hatte, und das kleine Maischlänglein, das als je neu geschlüpftes jedes Jahr um die gleiche Zeit sich in den Kellern verirrte und Jahr um Jahr gerettet wurde – aus einem Waschkücheneimer und im nächsten Jahr aus einem Flaschengefängnis. Und ihre Ringeltaube! Die sie ganz jung, gerade ein wenig befiedert, durchweicht von einem Platzregen im triefenden Gras gefunden hatte! Sie hatte die Winzige mit winzigen Grießknödelchen aufgezogen. Auf Anweisung der Tierärztin musste man ihr die Kügelchen tief in den Schlund stopfen, wie es eben eine Taubenmutter tut, und das war auch mithilfe einer Pinzette schwierig. Aber sie lernte es und auch die Taube, sie wuchs rasch und sollte wieder ausgesetzt werden. Zunächst widerwillig lernte die Hausgenossin, sich eine Heimstatt im Fliederbusch zu suchen, dann hoch im Ahorn. Sie blieb ihrer Ziehmutter treu, wenn die in der Abendstille durch den Garten ging, kam sie angeflogen und setzte sich auf den hingestreckten Finger. Die Taube ließ sich gern so mittragen; manchmal musste sie dabei ein wenig die Flügel heben, um ihr Gleichgewicht zu halten.

Dann kam die Taube nicht mehr.

Aber das schöne Gewesene gibt Hoffnung auf künftiges Schönes, auch das hatte sie erst vom Garten gelernt. Wenn sie im Spätwinter auf die hohe Schneedecke sah, wusste sie, unter welchem Strauch sie die Buntheit der Krokusse erwarten durfte, bald schon, dann die Leberblümchen unter der Forsythienhecke, und später im Rundbeet nahe am Haus die Tulpen, die rosenfarbenen zusammen mit den blassvioletten, denn ein bisschen Eleganz sollte gewahrt werden nach den langen Stadtjahren.

So viel ist ihr geblieben: Kinder und Enkel; sie kommen gern, bleiben ein wenig und fahren zurück in ihr eigenes Leben. Alte Freunde, dazu neugewonnene, schöne Gespräche, und fast schöner noch: stummes Miteinandersein. Feste, die sie ihr bereiten; Feste, die sie ihnen ausrichtet.

Und viel Alleinsein dazwischen. Nein, das Alleinsein nicht als Zwischenraum, sondern als Grundton dieser alten Tage. Tage wie Musik.

Glückliche Tage. Glückliche Stunden. Aber nicht Glück ist das Hauptwort, das Hauptwort ist: Heiterkeit.

Schon das tägliche Frühstück. Wie die geschickten, freilich langsam gewordenen Hände alles zurichten, die Teekanne anwärmen, die Dose herunternehmen und zwei Löffel Tee in die Kanne tun, Brot, Butter aus dem Kühlschrank holen und aufs Tablett stellen, den Honig dazu, sich umwenden, um die beiden Orangen zu holen und sie sorgfältig auszupressen, und nun das Lieblingsglas für den Saft.

So viele Bewegungen, sichere Bewegungen, alle in einem Einklang, aneinandergebunden in einem langsamen Tanz.

Es gibt freilich Tage, da versagt das rechte Knie, das Bein

knickt bei jedem Auftreten ein, der Stiegenaufgang ist nur mit akrobatischen Tricks zu schaffen. »Ist das der Anfang?«, fragt sie sich; sie weiß, wenn sie nicht mehr gehen kann, wird sie wegziehen müssen aus diesem Haus mit seinen vielen Stufen. Dann freut sie sich, wenn das Knie nach einer Weile wieder seinen Dienst aufnimmt, und weiß, dass es eine Freude auf Zeit ist, wie alles jetzt. Vielleicht ist gerade darum Gegenwart auf Gegenwart eine Abfolge von kleinen Ewigkeiten. Jetzt und jetzt und jetzt.

Sie hat eine Geschichte fertig geschrieben, die gerade so geschrieben werden musste. Es ist eine harte Geschichte, sagen die beiden, denen sie das Geschriebene zu lesen gab, und die beiden sind wie erschrocken über die Dunkelheiten, in denen die scheinbar so gelassene, durchsonnte alte Frau zu leben scheint.

Sie müsste den beiden erklären, dass sie auch nicht weiß, woher ihr diese Geschichte jetzt gekommen ist, und wahrscheinlich ist es für Jüngere schwer zu begreifen, dass das Dunkle, das ihr früher den Schlaf raubte, noch immer da ist, und dass es weiter gilt seine Anwesenheit zu ehren, dass es aber leicht geworden ist und manchmal durchsichtig im Licht von drüben her. Denn sie wartet ja, sie wartet in jeder Stunde auf das, was unverbrüchlich zu ihr kommen wird, sie wartet mit jener Mischung aus Furcht und Zittern und jener wortelosen, bilderlosen Hoffnung, mit der sie einmal auf die Geburt ihrer Kinder gewartet hatte.

Bald.

Altengerede

Ihre Träume sind jetzt weder prophetisch noch mystisch, wie es vielleicht dem nahen Lebensende angemessen wäre. Sie sprechen immer wieder von alltäglichen und oft von bedrängend schwierigen Umständen, denen sie sich nicht zu entziehen vermag.

Sie ist etwa beim Übersiedeln, steckt bis über den Kopf in Sortieren, hektischem Verpacken, Suchen und Nichtfinden, während die aufgeregten Kinder schreiend um sie herumwuseln und plötzlich ihr Mann aus dem Off auftaucht und mit Forderungen kommt. Gleich kommen seine Gäste und er verlangt ein komplettes Mittagessen – hat sie von der Einladung nichts gewusst oder sie vergessen?

Sie rennt allen Forderungen hinterher, schon atemlos, da taucht der Vater mit seinen Befehlen auf.

Sie wacht auf – ihr Herz rast, und wenn sie jetzt aufsteht, weil es ja Morgen ist, ist sie so erschöpft, knieweich, als wäre sie in ihr altes Leben zurückgekehrt, das sich jedoch in eine lebensbedrohende Wirklichkeit verwandelt hat.

Aber auch schöne Träume werden ihr beschert. Dann findet sie sich in einem Land, das sie nicht wiedererkennt. Jedoch diese Orangenbäume hat sie schon früher gesehen und diese Veilchenhänge, sie darf wohnen in einem gastlichen alten

Haus, einem weitläufigen, und darin entdeckt sie immer neue verwinkelte Gänge, erreicht, über dunkle Stiegen sich tastend, hohe Säle, leere. Sie ist geborgen, allein, und sie darf in der festlichen Stille alles erforschen. Sie streicht über ein schmiedeeisernes Türschloss, es trägt eine weit zurückliegende Jahreszahl und kunstvoll versteckte Initialen, über die sie lange rätselt.

Über einen Polstersessel ist ein mattglänzendes Gewand gebreitet – wohnt hier jemand?, und gehören dem die Bürsten und die Silberdosen und Kristallfläschchen auf dem Spiegeltisch? Sie schaut alles an und berührt keins der Dinge, die einen Besitzer haben müssen. Auf einmal ist eine schweigende Frau da. Die Dame ist sehr schön und schweigend steht sie plötzlich hinter ihr, sie folgt ihr lautlos, als sie in den nächsten Raum ausweicht, ihr Blick ist voll Hass – da flüchtet sie im Traum über eine Wendeltreppe in einen Garten, und es ist ein Limonengarten, und jetzt sieht sie zwischen den Baumkronen Hügel über Hügel herwellen, erst grün und dann blau und dort weit weg noch durchsichtigeres Blau, bis endlich Erde und Himmel verschmelzen, und jetzt fürchtet sie sich nicht mehr.

Manchmal nehmen sie die Enkelinnen mit ins Kino. Nachher haben die beiden viel zu lachen: in den beiläufigen Bemerkungen und nachher, als sie gelernt hat, auf der Hut zu sein im Kreuzverhör, entdecken die Mädchen, dass die Alte den schnellgeschnittenen Film ja gar nicht verstanden hat. Sie hat einen anderen Film gesehen als die beiden, weil sie aus den Dialogfetzen, die durch ihre Schwerhörigkeit drangen und aus den Bildern, die ihre trüben Augen zu erkennen glaubten, sich ihre eigene Geschichte zusammengedichtet hat, und diese Geschichte scheint den beiden lustiger und vertrackter als die eigentliche. Sie glaubt jedoch im Lachen der Mädchen etwas mitzuhören von jenem Einverständnis, mit dem sich die Heranwachsenden noch einmal der Tiefe der Märchen anvertrauen.

Was die Mädchen erheitert, macht jedoch der alten Frau auch Angst, wenn sie am Flussrand lange den großen Vogel beobachtet, der da reglos abwartet – ist also der Wintervogel, der Reiher, schon aus dem Norden gekommen?

Sie steht und schaut, und als sie endlich zwei, drei Schritte tut und sich ihr Blickfeld verschiebt, ist es ein schwarzer Baumklotz, der aus dem Wasser schaut.

Aber sie sieht auch Himmel in zarten Abendfarben, die sie so nie kannte, und sie sieht feinverwobene Nebelgespinste, wo früher Äste waren.

In einer neuen Welt, sie weiß nicht, ist sie eine Entfremdete? Oder eine Hineingeborene?

Und ihr helles Leben ist durchsichtig bis zum Grund, wasserklar in seiner Alltäglichkeit und durchatmet von einer ruhigen Heiterkeit.

Wasserklar.

So stört es nicht allzu sehr, dass an manchen Tagen die Knochen schmerzen und an anderen das störrische Herz nicht mehr recht will, dergleichen dringt nicht in die Tiefe. Und Wasser kann man nicht schneiden.

Kindersommer

Es regnet. Es regnet immer in diesem Sommer. Sie hatte vor der Abreise eine Angel bekommen, eine kurze Kinderangel, doch mit einem gefährlich scharfen Angelhaken dran. Das hatte sie bekommen, weil sie schon ein Schulkind war – für den viel kleineren Bruder gab es nur blechernes Sandspielzeug, Kübel und Schaufel, Sieb und Backformen.

Was ihr Cousin bekommen hatte, fand sie zunächst nicht heraus – er war ein Heimlichtuer; jedoch am übernächsten Tag hielt er es nicht mehr aus und zeigte ihr triumphierend seine Angel, die sah geradeso aus wie die ihre und war genauso lang, und das war gemein von den Großen – er war doch ein volles Jahr jünger als sie!

Es regnete und regnete, sie konnten nicht schwimmen gehen, und wenn sie genug von den mitgebrachten Spielen, dem Domino und Mensch-ärgere-dich-nicht hatte, und wenn die beiden Kleinen nichts mehr von den Geschichten wissen wollten, die sie ihnen aus ihrem »Ersten Geschichtenbuch« immer wieder vorlas, obwohl sie alle drei das in Großbuchstaben Geschriebene schon auswendig konnten, packte sie ihre Angel und ging über die Obstwiese und dann über den Holzsteg zum Bootshaus hinunter. Links und rechts von ihr rauschte und klapperte es im hohen Schilf, und manchmal hörte sie es drinnen piepsen.

Im Bootshaus war es sehr still. Leise schwappte das Wasser an die Pfosten. Sie setzte sich ins angekettete Ruderboot und steckte ein Knödelchen aus dem mitgebrachten Brot auf den Angelhaken. Und wartete.

Und schon waren die Fische da. Ein Schwarm kleiner silbriger Schwänzler. Gleich biss einer an und dann noch einer und schon wieder einer. Als es im Sandkübel, den sie ihrem Bruder entwendet hatte, nur so wimmelte und blinkte, trug sie den Fang ins Haus, zur Mutter, sie solle ihr eine Fischsuppe kochen.

Die Mutter ekelte sich und befahl ihr, den Kübel samt den Fischen, den lebenden und den toten, sofort zurückzutragen und in den See zu schütten.

Danach wollte sie nicht mehr fischen. Zwar nahm sie immer noch die Angel mit, wenn sie ins Bootshaus ging, weil sich das so gehörte, saß dann jedoch nur im Boot, das unter ihren Atemzügen oder denen des Sees sachte schaukelte. Der Regen rauschte aufs Dach, und draußen in der milden Helligkeit rillte sich die Wasserhaut unter dem Aufprall der Tropfen. Schön geborgen war sie hier, und langweilig war es auch.

Wie sie einmal vom Bootshaus zurückschlenderte, stolpert sie beinah über zwei Hände, die den Stegrand umkrallen. Sie schaut, da hängt ihr kleiner Bruder im Wasser, nur sein Kopf schaut heraus, stumm sieht er sie an mit großen Augen. Sie rennt ins Haus, da ist die Mutter, die stürzt die Wiese hinunter und zieht den Bruder aus dem Wasser und hält ihn aufrecht, das Wasser strömt aus seiner vollgesogenen Lederhose, auf die er so stolz war. Jetzt erst bricht die Lautlosigkeit, jetzt prasseln und knattern die Sätze.

Ja, es geschah manchmal auch etwas Besonderes. Es gab in diesem großen breiten hohen Bauernhaus auch einen Großvater, der anders war als die drei Erwachsenen hier. Der war interessant und unheimlich zugleich. Der saß zusammengekrümmt in seiner Ofenecke und sagte nichts, gar nichts. Speichel rann ihm aus den Mundwinkeln. Und als er einmal den Mund auftat, sah man drin zwei schwarze Zahnstümpfe vor einer schwarzen Höhle und auf einmal stiegen sonderbare Worte auf, Worte, denen sie nachher lange nachgrübelte. Und er schien Menschen, die er mit Namen ansprach, dort zu sehen, wo für sie nur die leere Luft war.

Seinetwegen schlich sie manchmal in die fremde Stube, die ihr verboten war, und lauerte auf seine Rufe, die nie mehr kamen.

An einem Regenmorgen war große Aufregung im Haus, und als auch sie, die Sommergäste, hinunterliefen, saß der Großvater im weißen Pfoad hoch oben im alten Kirschbaum und sah stumm auf sie alle herunter.

Der Bauer kam mit einer Leiter – ohne ein Wort holte er den Alten von seinem Ast und hievte ihn über die Leiter herunter.

Danach saß der Großvater nie mehr in seinem Ofenwinkel, die Mutter sagte, sie hätten ihn droben ins Bett gesteckt, weil er sich bei seinem Nachtausflug verkühlt habe. »Hoffentlich haben sie ihn nicht dort festgebunden«, sagte die Mutter, da grauste ihr.

Aber das waren nur Splitter, die die Regentage ritzten. Selbst das große Unwetter war nur ein Schlag in diese silbrige Eintönigkeit – mit dem nachtschwarzen Himmel am Mittag und mit allem Sturmheulen und Donnerbrüllen.

Die Mutter stand am Fenster und fürchtete sich, die Kinder durften jedoch nicht hinausschauen, wo es tobte und toste, wegen der Blitzgefahr, rief die Mutter.

Als es vorbei war und draußen eine Totenstille, lag da alles fahl vor ihren Augen: der aufgewühlte See mit den gischtig anbrausenden Wellen und die von Hagelkörnern zugedeckten Wiesen. Nur die Pappeln am Seeufer standen schwarz und entblättert, zwei, die höchsten, hatte der Sturm entwurzelt, sie lagen wie Riesen.

Die Erwachsenen wagten sich vor die Tür und sammelten die faustgroßen Hagelschlossen staunend in ihren Händen – die Kinder weigerten sich, die aus dem Himmel gefallene Kälte zu berühren.

An manchen Regentagen führte die Mutter ihre drei zum Mittagessen ins Gasthaus. Sie hatten dann alle ihre Lodenmäntel an, von den Kapuzen tropfte es auf die Nasen. Am Wegrand stand in Reihen das Zinnkraut, zu dem die Mutter auch Schachtelhalm sagte, wie eine Parade mit Silbertropfen im zarten Gezweig. Überall lagen die Nacktschnecken schwarz auf dem Sandweg, sie musste sehr acht geben, dass sie auf keine trat, und die Mutter schalt, weil sie deshalb nur langsam gehen konnte und alle noch nässer würden.

Aber manchmal schien ja auch die Sonne. Dann kamen zwei

Frauen, Freundinnen, die Mutter zum Segeln holen. Die kannte sie schon aus ihrer Mädchenzeit, deswegen hatten sie viel miteinander zu lachen.

Die eine der beiden war schön und groß und blond und beachtete die Kinder in ihrer Ecke gar nicht, obwohl die doch höflich gegrüßt hatten, die andere, die Braune, kam zu ihnen und sprach mit ihnen und sah sie dabei an, aber dann mussten die drei ja gleich zum Segeln, weil der Wind richtig war.

Die Kinder hatten ja ohnehin die Mizzi. Die Mizzi war das neue Mädchen, das sie von Wien mitgenommen hatten, die war lustig und gesprächig, wenn die Mutter nicht in der Nähe war. Mit der Mizzi sollten sie spazieren gehen, wenn die mit den Hausarbeiten und dem Kochen fertig war.

Meistens führte die Mizzi sie zum Obststand auf dem Dorfplatz, der den Hausleuten gehörte und für die Sommerfrischler schönes Obst feilbot – Birnen, Pfirsiche, Ringlotten und rote und grüne Äpfel … jedes der Stücke war ausgesucht schön und ruhte in seiner Holzsteige in einem schützenden Papierdeckchen – und wenn die Ware verkauft und die Seidenpapierchen unnütz geworden waren, durften die Kinder sie haben. Glücklich gingen sie heim.

Die kleinen Papierscheiben glänzten in allen Regenbogenfarben: gelb und rot und blassgrün und rosa und purpur auch, und manche waren sogar fein plissiert. Und zu Hause zeigte ihnen die Mizzi, wie man aus den Papieren Blüten falten konnte. Rosen konnte sie machen und Nelken und Margeriten. Sie drehte die roten Kreise zu Tüten, klebte sie aneinander und sagte: »Jetzt schaut, das ist eine Georgine, und solche wachsen bei mir daheim im Garten.«

Die Mizzi wusste Geschichten über Geschichten, die erzählte sie den Kindern, während sie schnipselte und rollte und klebte und ihre Meisterstücke hochhielt, damit die Kinder sie bewundern konnten. Sie erzählte von verirrten Geschwistern im finsteren Wald, die verhungern mussten, von Räubern, die sich in einsame Bauernhäuser schlichen und den Schlafenden die Kehle durchschnitten, dass das Blut nur so spritzte. Die Kinder schnitten und rollten die Tütchen, das hatten sie schon gelernt, und hörten atemlos zu und sagten kein Wort und fragten lieber nicht.

Es war in diesem Sommer, dass sie in einer Nacht aufwachte und aufs Klo tappte, dieses Plumpsklo, dessen schwarzes Loch so schaurig war, dass ihr gleich alle Räubergeschichten einfielen. Sie huschte ins Zimmer der Mutter, aber das Bett war leer. In der Kammer der Mizzi war auch niemand. Zitternd schlich sie zurück ins Kinderzimmer und rüttelte die beiden Buben, bis sie endlich wach waren, gleich hielt sie ihnen den Mund zu, damit sie sich nicht verrieten.

Was dann geschah, hat sie nachher, fünf oder sechs Jahre später, in einem Aufsatz gut verwerten können. Es ging um Ferienerlebnisse, und die Klasse lachte laut, als sie ihre Geschichte vorlesen durfte. Wie die drei Kinder den schweren Esstisch vor die Zimmertür schieben und wie das lange nicht gelingt, und dann die Stühle drauf und alles Schwere, was ihnen in die Hände kommt, Nachttischlampen, und Beistelltische, und wie auf einmal draußen ein schrecklicher Lärm ist, Schreien und Einschlagen auf die verrammelte Tür – das sind die Räuber, mit Schwertern und Gewehren.

Und im Aufsatz steht nicht, wie die Kinder sich im entferntesten Winkel aneinander drücken und sich die Augen zuhalten und schreien, und wie auf einmal der Tisch erst langsam ruckt und sich dann bewegt und weggeschoben wird und alles fällt herunter und einiges geht in Scherben, dass es nur so klirrt, sie schreien und schreien und wie da in der Tür die Mutter auftaucht und hinter ihr die aufgescheuchten Hausleute, aber keine Mizzi, die kam wohl erst, als die drei wieder in ihren Betten lagen und nicht einschlafen konnten vor Herzklopfen und Zittern. Und auch am nächsten Tag keine Mizzi und nie mehr, die Mutter schüttelte nur den Kopf, als sie einmal nach ihr zu fragen wagte.

Es ist aber, als hätte dieses Ereignis mit dem Regensommer nichts zu tun. Dieser Sommer war eben Regen und Regen, manchmal freilich auch Sonne mit Schwimmen im See, wo die Mutter sie einmal quer auf ein Holzbrett legte und ins tiefe Wasser stieß und dort ließ, damit sie, die doch schon schwimmen konnte, endlich die Angst vor dem Bodenlosen verlöre, und ein anderes Mal eine Ruderpartie über den See in einem kühlen Nebellicht und der Regenweg und das Bootshaus – und keine Geschichte.

Die Scheune

Sie waren weggetrottet, weggedriftet, über die Dorfstraße, wo der Schnee glattgewalzt lag, es war ja Sonntagnachmittag, da würde ihnen keiner nachrufen und ihnen eine Arbeit auftragen, wie sie Pflegebuben zukam, schaff Scheiter für den Küchenherd, hilf beim Streubreiten; jedoch aus Gewohnheit zogen sie trotzdem die Köpfe ein und schauten nicht rechts und links. Dann waren sie schon auf dem schmalen Pfad bergwärts, wo die Fußstapfen im knöcheltiefen Schnee so weit auseinander lagen, dass sie ihre kurzen Beine gehörig strecken mussten, um hinein zu treffen, die letzten beiden Häuser jetzt und die Lehne hinauf, der Schnee rutschte ihnen in die Schnürschuhe, der Kleine immer dem Älteren nach, zwischen den Felsbrocken, die hier im Weiß standen.

Er hatte immer das Pusten, Keuchen des Kleinen hinter sich, ein-, zweimal musste auch er stehen bleiben zum Verschnaufen. Über den steilen Hang kam von oben jetzt Motorenlärm, er war ganz nah: sie hatten auf ihrer Abkürzung beinah die Passstraße erreicht, da würde es dann leicht sein.

Er dachte noch immer nicht nach, warum und wohin sie gingen, der Drang war ihm einfach so gekommen: davon!

Mit seinen bloßen Händen zog er sich höher am Gestrüpp, das ihm seine Schneelast entgegenwarf, er musste jetzt dem

Kleinen die Hand reichen und ihn hinaufziehen, aber jetzt standen sie auf der Passstraße, und die war geräumt. Sie standen eine Weile da und es war still. Die Straße ging vor ihnen so dahin, sie folgten den Kehren. Sie waren noch immer erschöpft vom harten Steigen. In der Kurve ergriff sie ein Wind, er pfiff schon von der anderen Talseite her. Sie gingen, wie die Straße es wollte, die hier oben beinahe eben dahinzog. Ein kleines Waldstück jetzt, und dann war offener Himmel da und rechts schob sich ein Schneeabhang hoch, und darauf schwarze Striche, Skifahrer, die sich auf der weißen Fläche langsam bewegten. Vielleicht waren bei den vieren, die jetzt ins Tal sausten, die aus seiner Klasse. Aber das war ihm gleichgültig, er hatte nichts zu tun mit denen, die Ski fahren durften.

Die fremde Weite und Leichtigkeit hier oben machte ihm einen leeren Kopf. In der Klarheit pfiff der Wind immer kälter, kam ihm vor, er stapfte weiter, zum Berggasthof hin, der hatte im Winter geschlossen, hatte er sie reden hören. Aber nebenan, in der angebauten Scheune, war das Tor einen Spalt breit offen, er schlüpfte hinein, der Kleine hinter ihm, so dicht, dass er dessen Furcht im eigenen Körper spüren konnte.

Hier ging kein Wind.

Er stand in dem dämmrighellen Raum, der keine Scheune war. Die hohen Wände waren mit fahlweißen Brettern bis obenhin verkleidet. Der graue Betonboden lag eisig unter seinen Schuhen, die Kälte stieg hinauf in seine nassen Socken. Drüben, an der Wand waren Bänke und Tischplatten gestapelt. Die Tür zu einem anderen kleineren Raum stand offen, dort drüben waren auf einer Schankplatte umgestülpte Gläser und Krügel dicht gereiht. Jetzt, wo der Wind ausgesperrt war, war es beinah zum Fürchten.

Da fiel ihm ein, dass er schon einmal in diesem Bergwirtshaus gewesen war, damals, da war er noch viel kleiner, da hatte ihn seine Pflegemutter an einem Sommersonntag mit den anderen auf den Traktoranhänger geladen, eng zusammengedrängt waren sie oben gesessen, es ging eine Straße hoch, lang, wo der Wald aufhörte, hatte ihn eine warme Sonne angeschienen. Nachher war er vor einem Haus, das eben dieses gewesen sein musste, auf einer Bank gesessen und jemand hatte auch vor ihm ein großes Glas hingestellt, als er vorsichtig trank, war es etwas gewesen, das er noch nie geschmeckt hatte, sauer zuerst und dann so süß, wie er's von seinen Alltagen nicht gewohnt war. Von jetzt an hatte er gewusst, dass es so Süßes gab …

Es war still hier und hoch. Er ging langsam hin und her. Die aufsteigenden Bretter mit dem unregelmäßigen Astmuster gefielen ihm jetzt. Und so sauber war es hier. In einer Ecke lagen Zeitungen aufgestapelt. Er griff sich die oberste und begann einen Tschako zu falten, wie er es dem fremden Malergesellen abgeschaut hatte, der im Vorsommer die Kapelle frisch ausgemalt hatte. Das Falten gelang ihm, ohne dass er's geübt hatte, nur zu der einen Ecke hin geriet ihm der Papierhut schief, vielleicht, weil seine Hände schon kalt und darum ungeschickt waren. Er stülpte dem Kleinen die Papierkappe über den Kopf, der war barhäuptig gegangen, er selbst hatte ja eine

Art Wollstrumpf am Kopf, den er einmal von der alten Frau bekommen hatte, zu der die Bäuerin »Mutter« sagte, seinen bergenden Wollstrumpf trug er im Sommer und Winter. Es fiel ihm auf, dass das Gesicht des Kleinen genauso weiß war wie darüber das Zeitungspapier, während er selbst seine Wangen noch immer vom Eiswind glühen spürte.

Auf einmal konnte er von dort, wo er gerade stand, hinter der Schank in einen anderen Raum schauen. Als wäre dort gerade eine Tür aufgegangen. Dort drinnen war es nebliggrau, wie von Rauch, er hörte ein Radio dudeln und dazwischen Geschirr klappern. Rasch trat er zur Seite, aber da kam schon eine Frau, die musste ihn bemerkt haben oder den Kleinen, der mit seinem Papierhut in einem Winkel hockte und die Knie zum Kinn hochgezogen hatte.

Die strenge Frau, die schwarze Frau war in die Schank gekommen und war dort umgekehrt, aber jetzt war sie wieder da, sie hielt jedem von ihnen einen Ranken Brot und ein Stück Rauchkäse hin, die sie zögernd nahmen. Sie ging und kam wieder mit zwei Hafen, Milchkaffee war das. Sie stellte die Hafen vor ihre Füße. Im Hinausgehen, sie war schon beinah durch die Tür, sagte sie: »Ihr müsst jetzt gehen. Gleich wird es Nacht. Aber bis zu den Waldhütten geht sich's leicht aus.« Dann war sie fort, die Tür zur Küche zu. Er sagte ins Angstgesicht des Kleinen: »Sie glaubt, dass wir von drüben gekommen sind«, und musste lachen.

Sie tranken den Milchkaffee, der angenehm heiß hinunterrann. Dann stellte der Große die leeren Tassen sauber auf eine der Bänke, er nahm den Kleinen bei der Hand und zog ihn ins Freie, wo der Wind jetzt heulte unter dem blanken Himmel. Der Schneehang drüben lag leer und beinah dunkelblau. Die beiden Autos, die vorher vorm Haus geparkt hatten, waren nicht mehr da, er sah ihre Radspuren im Schnee, wo sie gewendet hatten.

Nebeneinander gingen sie die Passstraße hinunter. Weil der Sturm so grausig pfiff und ihm kalt war unter der kurzen Windjacke, versuchte er an Sommerdinge zu denken. Ihre Spiele am Bach. Auf der heißen Felsplatte hatten sie einander die Kieselsteine zugeschoben und dazu die Namen der Kühe aufgesagt: Braunli und Sefa und Scheckin und Dem Hofer Seine. Auch der Kleine, der sonst stumm schien, konnte jetzt reden, aber auf einmal war es ihm, dem Großen, entkommen: »Alfred«, hatte er gerufen, jäh war ihm dieser Bub, der Doktorssohn, eingefallen, der in der ersten Bank saß, ganz nah bei der Frau Lehrerin.

Aber gleich hatte er den Fehler bemerkt und rasch gerufen »die Zwei« und »die Drei« – obwohl das eigentlich nichts galt, denn das waren ja die Namen der Ziegen und »die Zwei« gab es nicht mehr, die war einmal nicht heimgekommen von der Weide hinterm Dorf, und sie hatten sie nie gefunden, nicht einmal die Knochen waren später in einer Bergschrunde aufgetaucht. Vielleicht war das der Alfred dort oben auf dem Skihang gewesen, er mit seinen Freunden.

Sie gingen. Der Wind hatte den Papiertschako schon lang vom Kopf des Kleinen gerissen. Und es war auch viel finsterer geworden. Eigentlich war es schon Nacht.

Sie hatten sich an den Händen gefasst und er zog den Kleinen nach, der kaum noch weiterkonnte. Und das musste jetzt die Kehre sein, wo sie die Straße aufgeben mussten und den Abstieg zum Dorf beginnen. Er war froh, dass es jetzt immer nur bergab und bergab gehen würde.

Jetzt kam zuerst das Gestrüpp. Aber da war keines. »Noch besser«, sagte er zum Kleinen, der manchmal leise wimmerte, »der Wind kommt da auch nimmer her.« Und der Schnee war jetzt gut gefroren, sie sanken nicht mehr ein.

Auf einmal kamen sie in ein langsames Gleiten, leicht ging es dahin, wie Skifahren war das. Dann wurde das Gleiten rascher, noch rascher, er fiel hin und spürte über sich, unter sich im Finstern den Körper des Kleinen kollern. Der Kleine – weg – sich überschlagen, schneller, schneller fliegen. Das laute Pfeifen.

Wunderkind

»Wie der junge Mozart«, sagt eine von den vier Müttern, die am Rande des Geburtstagstrubels Kaffee trinken, sie hat es genau gehört nebenan, in der großen Küche, wo ihre Säfte vorbereitet sind, »mit einem ganz kleinen bisschen Alkohol, weil ihr schon bald erwachsen seid«, und wo sie jetzt still und starr um den Küchentisch sitzen, weil der Georg nebenan bei den Erwachsenen Klavier spielt. Hoffentlich hört er bald auf und sie dürfen endlich in den Garten, der viel größer ist als ihrer daheim und hinten ganz wild, wo die gepflegten Beete in einen alten Obstgarten übergehen. Und wo zwischen den Apfel- und Kirschbäumen das Gras kniehoch steht und die Halme sie an der Nase kitzeln, wenn sie sich beim Versteckenspielen hinhockt. Denn in diesem Garten spielen sie immer Verstecken, obwohl das kein passendes Spiel für Zwölfjährige ist: das spielt man eben in einem verwilderten Obstgarten.

Drüben spielt der Georg immer noch. Er macht jetzt nicht seine Mätzchen, als wäre er ein Fernsehstar, sondern hat ein fremdes, trauriges Gesicht. Als wäre er auf einmal anderswo. Wo es streng zugeht, da darf einen die schöne Musik nicht täuschen.

Sie weiß gar nicht, ob sie sich aufs Versteckenspielen freut. Weil das letzten Monat beim Gabi-Geburtstag war. Wo es keinen Garten gibt und wo die Mutter sie für zwei Stunden allein ließ: »Ihr seid ja schon groß und vernünftig.« Die Gabi hat eben eine moderne Mutter. Da hatten sie sich im Kleiderkasten der Gabimutter umgeschaut, »nur schauen« hatten sie der Gabi versprochen, aber dann musste die Vroni doch das schwarze Etuikleid anprobieren, und im zweiten Schrank fanden sie diesen großen Hut, da hatte sie sich die gestreifte Strandhose gegriffen, »pass auf«, schrie die Gabi, »die ist reine Seide!«, und dann doch anerkennend gesagt, »schaut ursüß aus, direkt sexy«, und die Hanni hatte auch etwas an und dann mussten sie sich rasch rasch das Zeug vom Leib reißen, weil es schon spät war, sie hatte der Vroni geholfen, das Etuikleid über den Kopf zu kriegen, auf einmal standen die beiden Gabi-Brüder im Zimmer und natürlich auch der Georg, die hatten oben Videospiele gespielt, und auf einmal war der Georg hinter ihr und hatte ihr unter den erhobenen Armen von beiden Seiten auf die Brüste gegriffen, die sie sowieso seit einiger Zeit mit Argwohn betrachtete, und der Georg flüsterte, »da schau her, die wachsen ja schon«. Jetzt hatte sie sich endlich umgedreht, da hatte er wieder das traurige Gesicht, aber sie stieß ihn zurück, dass er taumelte. Er ging ganz langsam aus dem Schlafzimmer, den Brüdern nach, und die Vroni tauchte endlich aus dem schwarzen Kleid auf und war feuerrot im Gesicht und es war ein Glück, dass sie jetzt das Zeug notdürftig zusammenlegen und zurückordnen mussten, sodass man die andere nicht anschauen konnte.

Endlich hört drüben der Georg zu spielen auf. Sie muss zugeben, dass er sehr gut gespielt hat. Zum Schluss hatte sie vergessen, dass sie in der Küche sitzt und die verlockenden Drinks auf sie warten. Georg steht auf und hat noch immer sein anderes Gesicht, als wäre er ganz woanders. Aber als jetzt die Mütter rufen, »bravo«, und die Gabi-Mutter »genial!«, was eigentlich *ihr* Wort ist, macht Georg lächerliche Verbeugungen und legt dabei die Hand aufs Herz. Das hat er neulich in der Musik-Show gesehen, aber ihr kann er jetzt nichts mehr vormachen.

Nachher beim Versteckenspielen ist Georg wieder bei ihr. Wie sie sich gerade hinterm Gartenschuppen ducken will, kommt er von der anderen Seite geschlichen. Jetzt!! Sie packt ihn bei der Hand, sie zieht daran und sagt atemlos: »Was ist, wenn du spielst? Wo bist du dann? Vielleicht in einer Anderswelt oder so? Oder so, wie sie uns in der Religionsstunde erzählt, du weißt schon.« Er schaut sie an mit weit offenen Augen. Aber dann fängt er zu blinzeln an, langsam zieht er seine Hand aus der ihren. Er sagt: »Ich spiele halt sehr gut. Wenn ich so weitermache, sagt mein Professor, gebe ich nächstes Jahr mein erstes kleines Konzert.« Dann dreht er sich um und springt in den Schubkarren, den einer am Weg stehen gelassen hat, er taucht auf mit Kasperlgebärden und ist wieder weg und ist wieder da und schreit und lacht »gefangen, gefangen« und etwas, das klingt wie »trovesi trovesi«, und dann von weitem »gefangen«, aber da ist er schon hinterm Vorhang der Himbeersträucher verschwunden.

231

Der Kirtag

Wie sie sich auf den Kirtag gefreut hat. Schon tagelang. Da war nämlich eine Kleinkinderinnerung geblieben, eine buntwolkige, und drüber laute Pfeiferl und Trommeln und Rufen und Lachen, viel Lachen. Und über alldem das laute Stoßen und Stampfen einer Blasmusik.

Jetzt, wo sie beinahe schon groß ist, ist sie neugierig auf diesen Kirtag, auf das Neue daran, das sie sich nicht vorstellen kann und von dem sie trotzdem träumt.

Es wird, ja es muss anders sein als damals, denn jetzt gehört sie beinahe schon zu den Erwachsenen und hat eine Arbeit wie die. Morgen schon wird sie am Gutshof, beim Onkel, bei der Heumahd helfen. Und nicht mehr im Großelterngarten stundenlang lesen oder schwimmen gehen oder Schwammerl suchen, wenn es geregnet hat.

Und nicht die blinden nackten Mäusekinder, die der Dackel Loki schon wieder ausgebuddelt hat, vom Feld heim tragen und sie mit Tropfen verdünnter Kuhmilch atzen und viele Tränen weinen, wenn sie am nächsten Morgen tot in der Schuhschachtel auf ihrem Heubett liegen. Dieses Jahr wird sie mit den anderen arbeiten, Heu wenden und zusammenrechen und es aufschöbern … Aber heute ist ja Kirtag und das Morgen muss warten.

In der Frühe liegt das Dorf ganz still unter ihrem Fenster. Das ist, weil Sonntag ist: kein Schweinequieken aus dem Hof des Fleischhauers, kein Schmiedehämmern, nur die Hähne krähen und die Schwalben ziehen ihre lautlosen Kreise. Und jetzt Trompetentöne aus dem Bäckerhaus, da übt schon einer für heut Nachmittag.

Sie zieht das weiße Kleid an, das mit den grünen Ranken und ganz kleinen rosa Rosen, das ihr die Mutter aufgedrängt hat. Als die Mutter es obenauf in ihren kleinen Koffer packte, hat sie sie ausgelacht und gesagt, dass sie für die Feldarbeit nur die Turnhose brauchen wird und das Turnleiberl und meinetwegen noch einen Kittel, weil die am Land vielleicht noch keine Hosen an Mädchen gewöhnt sind, nicht die Knickerbocker, die gerade fürs Wandern und Skifahren in Mode gekommen sind und die sie sich glühend wünscht, und schon gar nicht die kurzen Hosen.

Aber dann muss sie am Vormittag zuerst mit den Großeltern in die Kirche gehen, wo die Messe heute besonders feierlich und darum auch besonders lang ist, und dann kommt Besuch und sie muss dabeisitzen, und dann ist Mittagessen und soll eine Stunde Ruhe sein und sie etwas lesen und dann kommen endlich Onkel und Tante und erlösen sie und nehmen sie mit zum Kirtag.

Von den Großeltern hat sie eine Fünf-Schilling-Münze bekommen und ein bisschen Taschengeld hat sie auch gespart. Während Onkel und Tante gleich im Dorfwirtshaus verschwinden, beginnt sie erwartungsvoll die Reihe der Stände abzugehen. Das Kinderspielzeug auf den Holzbrettern schaut immer noch bunt und verführerisch her, Papierpfeifchen, die sich wie Krampuszungen entrollen, wenn man hineinbläst, hölzerne Baumkraxler und Spielzeugtrommeln und Blechautos und die Reihe lächelnder Zelluloidpuppen mit aufgemaltem Haar – sie haben ihr erklärt, dass die Bauern kein Geld haben für die porzellanenen mit den echten Schöpfen … Aber das heiße Wünschen ist ihr schon vergangen – sie merkt, dass sie aus all dem bunten Zeug herausgewachsen ist, auch wenn das Habenwollen noch ein wenig nagt.

Der Türkische Honig ist zu süß, das weiß sie schon länger, und die Riesenschaumrollen schmecken nach Luft. Der als Türke verkleidete Verkäufer versucht mit seinem langen Messer die Fliegen wegzuscheuchen, die schwarz über die Kokosbusserl und Nusskipferl krabbeln, während er laut seine Ware anpreist.

Zur Schießbude traut sie sich nicht so allein, dort regieren die Burschen, und die Kleiderreihen mit roten und blauen Kittelschürzen und dunklen Stoffröcken gehen sie nichts an und die Wollsocken und Hauspantoffel schon gar nicht.

Aber da kommt ihr der Onkel entgegenmarschiert und kauft ihr ein Kopftuch für morgen, fürs Heuen. Das weiße Kopftuch hat ein zartblaues Muster und eine blitzblaue Borte und schaut genauso aus wie das, das die Miaz, die Dirn, trägt. So werden sie morgen alle gleich wissen, dass sie dazugehört.

Der Onkel zieht sie mit ins Wirtshaus, wo man vor lauter Musik sein eigenes Wort nicht versteht. Den anderen am Ehrentisch scheint das Dröhnen nichts auszumachen, sie überschreien einfach die Trompeten. Und die Tante sitzt da in ihrer ganzen Fülle, die ihrer städtischen klapperdürren Nichte manchmal Angst macht, die Tante ist eine lachende Königin zwischen den anderen.

Sie schleicht sich bald davon, denn nebenan ist der Tanzsaal, dort drückt sie sich unter die Zuschauer. Die Tänzer, alte und junge, walzen mit ernsten Gesichtern an ihr vorbei.

Sie kann doch auch tanzen!, und gerade die Tänze, die die Kapelle spielt, Walzer und Ländler und Polka, kann sie doch gut! Denn in jeder großen Pause stürzt ihre Klasse ins Musikzimmer, die Traude ist schon am Klavier, und sie tanzen und tanzen, immer die wilden Tänze, eine Springpolka, oder einen schnellen Gestampften, die sie im Nachmittagsturnen gelernt haben; aber es ist selten, dass die Franzi, die junge Turnprofessorin, so gut aufgelegt ist, dass sie die richtige Schellackplatte mitgebracht hat.

Für Foxtrott und Englishwaltz haben die Schulmädchen nichts übrig, die kommen erst in zwei Jahren in der Tanzschule dran. Von Foxtrott und Tango wissen sie, weil ihre großen Schwestern von nichts anderem reden als von der Tanzschule und den Tangofiguren, die kompliziert klingen und verrucht wie einer der nicht jugendfreien Marlene-Dietrich-Filme, in die sie sich manchmal einzuschleichen suchen.

Wer nur einen großen Bruder hat, ist nicht so gut dran. Die schweigen sich über die Tanzschule aus, denn das ist etwas, wofür man sich eigentlich schämen muss. Aber neulich haben sie nach seiner Tanzstunde den Fritz eingehängt in ein fremdes Mädel von der Straßenbahn heraufspazieren gesehen – eingehängt!, wie man's in der Tanzschule beim Promenieren machen muss.

Wie sie jetzt den Tänzern zuschaut, muss sie aufpassen, dass ihre Füße Ruhe geben. Sie kann doch tanzen! Und möchte es so gern! Sie hätte der Mutter folgen sollen, dann hätte sie jetzt nicht diesen dummen Zopf, auf dem sie so bestanden hat, sondern eine erwachsene Kurzhaarfrisur. Für einmal hat die Mutter recht gehabt, als sie gemeint hatte, »Mit dem Zopf schaust du so kindlich aus und bist dabei schon größer als ich!« Das hat sie jetzt von ihrem Eigensinn!

Vor lauter Zuschauen steht sie plötzlich in der ersten Reihe der Beobachter, und auf einmal ist der Onkel neben ihr, jetzt schauen sie beide ins immer dichtere Wirbeln.

Und jetzt drängt sich ein kleines Manderl zu ihnen durch und der ist auch ein Wichtiger, weil er der Kommandant vom Veteranenbund ist, das sind die mit der schwarzen Uniform und den vielen Medaillen auf der Brust und mit den langen Federn auf ihren Tschakos. Der steht jetzt vor ihnen und schreit mit seiner hohen Stimme: »Gestatten!« und dabei blinzelt er dem Onkel zu und der Onkel lächelt zurück, sie hat es genau gesehen. »Aber bitte!«, sagt ihr Onkel. Verrat!! Die beiden behandeln sie, als wäre sie ein Volksschulkind, dem man etwas vorspielt, damit es endlich Ruhe gibt.

Sie schüttelt so heftig den Kopf, dass sie den Zopf fliegen spürt, und dreht sich weg und schaut verbissen auf die Tanzfläche, obwohl sie nichts mehr sehen kann, so zornig ist sie und so sehr schämt sie sich. Sie möchte sich einen Weg durch die Gaffer erzwingen und davonrennen – nur weg! Aber sie darf sich nichts anmerken lassen. Ganz starr steht sie, als wäre sie vom Kopf bis zu den Füßen aus hartem Holz, und versucht, ein hochmütiges Gesicht zu machen. Und die Musik spielt und spielt und sie wird durchhalten.

Da spürt sie die Hand des Onkels auf ihrem Arm. Er packt sie einfach und zieht sie in den Tänzerkreis, er nimmt sie in den Arm, noch ehe sie begriffen hat, drehen und drehen und drehen sie sich. Ein Walzer!

Zuerst versucht sie ganz unbeteiligt dreinzuschauen, wie sie es von den anderen Tänzerinnen gesehen hat. Das ist schwer, denn gleichzeitig muss sie auf ihre Schritte acht geben. Nur den Takt nicht verlieren oder gar dem Onkel auf die Zehen steigen! Aber der Onkel führt sie sicher und sie hat keine Angst mehr und das Erhaben-Blicken vergeht ihr und schmilzt in einem Lächeln.

Der Onkel ist ein gewichtiger Mann – noch gestern, bei der Jause, haben ihn Nichten und Neffen auf gute 100 kg geschätzt, da hat er gelacht. Jetzt dreht er sich sicher um seine eigene Achse und sie wirbelt wie ein kleiner Mond um ihn.

Sie dreht sich und der Onkel dreht sich und alle die Paare drehen sich. Sie drehen sich und tanzen miteinander, umeinander und stoßen in allem Dahinwirbeln nie zusammen. Sie hat alles vergessen, da ist nur das Tanzen zu einer Musik, einer pochenden und befeuernden, die sie durchströmt.

Sie tanzen und tanzen, weil die Musikanten immerfort spielen, wie sie es halten, wenn sich nach den Ehrentänzen ein wichtiger Mann auf die Tanzfläche traut, bis der Onkel stehen bleibt, da hört auch die Musik auf.

Die Leute rundherum klatschen und der Onkel muss sie festhalten, weil ihr schwindlig ist. Über dem Hemdkragen hat der Onkel einen hochroten Kopf, aber er lacht übers ganze Gesicht und keucht: »Du tanzt ja wie ein Federl; das hast du von deiner Mutter, von deinem Vater hast du es sicher nicht!« Aber das ist jetzt gleichgültig. Sie lässt sich vom Onkel zu seinem Tisch führen, setzt sich aber nicht hin und vergisst das Verabschieden und rennt zum Wirtshaus hinaus und in einem den Kirchberg hinauf, obwohl sie noch immer außer Atem ist. Niemand ist im Großelternhaus, sie steigt hinauf in ihr kleines Zimmer und macht die Türe zu und zieht die Sandalen aus und dann das Rosenkleid und legt es vorsichtig über einen Stuhl und dann schlüpft sie ins Bett und liegt da und kann nicht einschlafen und ist selig, selig, und durchs offene Fenster kommt noch immer die Musik.

Lichtspiele

Der alte Vorführapparat surrt im verdunkelten Zimmer, über die Zimmerwand gleiten im Vorüberwischen hellgraue Schemen und schwarze Schatten. Das ist faszinierend, man kann kaum wegschauen – als kämen Botschaften. Unlesbare Botschaften.

Aber trotzdem muss ich am Einstellknopf drehen, bis die Konturen schärfer werden und die schwarzen Tümpel zu Figuren zusammenlaufen. Eine Frau taucht auf, eine junge, sie stößt eine Gartenschaukel an, das Kind darauf ist vier, fünf Jahre alt, seine Haare fliegen, man weiß, dass es schreit und dabei lacht, und die Frau lacht auch, das sieht man, wenn man es auch nicht hören kann, weil es ja ein Stummfilm ist.

Das Schaukeln, das Lachen, der Wind in den Haaren, das geht weiter und weiter, als wäre dem Filmer der Film hängen geblieben und also eine technische Ursache, aber vielleicht hat der Mann auch nicht genug bekommen können vom Schaukeln und Lachen oder ist in der Langeweile des Langdauernden untergetaucht und hat immer weiter gemacht.

Aber auf einmal ist da ein anderes Bild, es ist so grell aufblitzend und schon wieder abgeschnitten, dass es nur die Erinnerung einer Erinnerung festzuhalten versucht: die weit aufgerissenen Augen, der im Schreien klaffende und doch stumme Mund. Das Schreckgesicht der Frau – so dem Schrecken preisgegeben, dass man nicht weiß, ob es sich um dieselbe Frau handelt wie in der Schaukelszene.

Dann muss es etwas wie einen Schnitt gegeben haben, wieder das Kind, das jetzt älter ist; das Kind hockt vor einem kleinen Fahrrad und putzt die Speichen, es ist in seine Arbeit vertieft. Schräg im Hintergrund sitzt die junge Frau an einem Gartentisch, man sieht sie im Profil, sie hat den Kopf geneigt und entstielt etwas in eine Schüssel, das wohl Johannisbeeren sind. Wenn man ein gewisses Alter hat – etwa dasselbe wie dieser auf einem Flohmarkt erstandene Film –, weiß man, dass diese Schüssel weiß und blau gemustert ist. So weiß man auch, dass das Hängerkleid des Mädchens hellgrün und weiß war und das wadenlange der lachenden Frau von zuvor war entweder blau und weiß oder eher hellrot und weiß, der Stoff auf jeden Fall in zarten Linien.

Und es könnte sein, dass auch die schreiende Frau auf dem Blitzbild ein solches weiß-hellrotes Kleid angehabt hat.

Und jetzt kommt natürlich das Auto-Porträt. Es ist ein Vehikel aus den späten Sechziger- oder frühen Siebzigerjahren, so eines, auf das wir damals alle stolz waren, weil es unser erstes Fahrzeug war. Der Filmer hat es von allen Seiten aufgenommen, auch mit geöffneten und geschlossenen Türen, und der Blick in den Kofferraum darf nicht fehlen.

Nicht vergessen, das Auto ist übermorgen zum Service zu bringen!

Die Sonntagsausflüge zum Kaffeetrinken oder zum Vetternbesuch – da war doch auch das Grün-Weiße dabei …

Jetzt Landschaften. Wohl aus dem Zugfenster aufgenommen. Geht das schon lange so? Über diese Eintönigkeit ist der andere, der Filmer, beinahe eingedöst, Wiesen und Kühe und Wäldchen und Wiesen. Oder hat dieser andere die Langeweile festhalten wollen? Die Langeweile von damals …
Jetzt aber eine Kirche und ein paar Häuser – das wird – und schon wieder Wiesen …

An welches Ereignis kann ich mich aus diesen Jahren erinnern? Eine lange Kette von Weihnachten und immer die gleichen Urlaube, heißer Strand, heißes Quartier, ein quengelndes Kind.

Das grün-weiße Kleid? Nein, das war früher.

Wiesen und Wäldchen.

Endlich! Das ist jetzt so was wie ein Betriebsausflug. Die Frau von vorhin scheint nicht aufzutauchen, obwohl – andere Gattinnen (»Gattin« haben wir damals gesagt!) sind dabei.

Ihre Kleider sind nachher noch lange im Kasten gehangen. Auch die von der Kleinen, aus denen sie herausgewachsen war.

Wie lang ist sie jetzt schon tot? Sechs Jahre. Nein, sieben. Ich hätte sie gern noch einmal gesehen. Warum wollte sie das nicht? Das versteh ich bis heute nicht.

Schon wieder das Flimmern.

Was fehlt, ist die Szene auf dem Balkon. Aber ich habe es doch gut gemeint. Und jetzt ist die Spule leer.
Die andere funktioniert wenigstens besser.
Ah, jetzt ist eine andere Frau da. Sie sitzt unter Palmen an einem Korbtischchen. Langsam steigt sie ins blaue Meer. Hübsche Frau. Vielleicht kokett … So sagt man heute auch nicht mehr.

Morgen ist Donnerstag-Klubtreffen. Ich werde wieder nicht gehen.

Exotische Gegenden. Von der zweiten Frau keine Spur. Brasilien vielleicht, und das wohl Südafrika. Der Mann war wirklich unternehmend – und immer allein unterwegs –, ah, eine grinsende Männerpartie.
Hoffentlich nicht Thailand.

Die Kleine … Wenn sie mir heute auf der Straße entgegenkäme, würde ich sie mit ihren sechzehn – oder achtzehn? – Jahren nicht erkennen. Vielleicht ist sie mir ja schon über den Weg gelaufen, vielleicht die gestern, die mit den braunen

Haaren. Als sie mir auf der Kreuzung entgegenkam, hat sie mich angeschaut, als müsste ich sie kennen.

Ich habe nie gewusst, was sie wirklich gedacht hat, wenn sie abends in der Küche stand, wenn sie den Tisch deckte. Am ehesten noch, wenn sie mit der Kleinen spielte. Irgendwo müssen noch ihre Briefe sein, die, die sie mir in den ersten Jahren geschrieben hat. In der untersten Schreibtischlade? Aber wahrscheinlich hat sie sie mitgenommen. Oder zerrissen.

Zebras und Löwen. Es reicht.

Ruhe auf der Flucht

Die Tage sind sicherer geworden, das ist jetzt so gekommen. In den Nächten wagt sie auf ihrem Deckenlager zu schlafen, aber sie bleibt auf der Hut: wenn ein Balken kracht, in der Finsternis ein loses Brett knirscht, eine Maus piept, fährt sie gleich hoch: schleicht da einer oder ist es ein ganzer Trupp? Aber dann ist es wieder still, sie lässt sich zurückfallen und liegt eine Weile mit offenen Augen, fluchtbereit.

Vom Kind kein Laut.

Wenn sie ans Kind denkt, ist es noch ein Baby. Sie hat es in einem Papiersack versteckt, einem weißen. Darin liegt es mit geschlossenen Augen. Sie hat das Kind in ein Flanelltuch gewickelt, das sie irgendwo auf dem Weg gefunden hat. Den Sack hat sie drüben in einen dunklen Winkel hingelegt. Keiner wird sich drum scheren – wer vermutet schon in einem Papiersack, der, ohne sich zu blähen, in einer Ecke gammelt, ein Wickelkind? Ein lebendes?

Sie darf nur nicht hinüberblinzeln, wenn die Männer wiederkommen.

Ein Wickelkind, das in einen Sack gesteckt wurde, kann nichts sehen und nichts hören.

Und der Offizier hat das Wickelkind, das Mädchen oben in der Dachkammer, auch noch nicht entdeckt. Sie meint, dass er ein Offizier ist, denn er hat rote Schulterklappen und seine Uniform ist aus feinerem Stoff als die holzgroben der zornigen Soldaten, die ihr die Haut aufgeschunden haben.

Das Kind hat gesagt, dass es nicht mehr will. Nicht mehr sich verstecken will, nicht mehr stumm sein. Das Kind will hinaus. Wahrscheinlich will es nicht spielen, das Spielen ist dem Kind vergangen, seit es immer müde ist und hungrig dazu. Vielleicht will es unter einem der noch übrig gebliebenen Bäume sitzen zwischen den Hausruinen, auch wenn die Granaten alle Bäume entlaubt haben.

Das Kind will nur weg, weg aus der dunklen Stube, weg aus der finsteren Dachkammer, fort von der Mutter.

Dort oben kann das Mädchen ja hören – und manchmal durch die Bodenluke blinzeln und sehen, was unten mit der Mutter geschieht. Aber man kann sich die Ohren zuhalten und die Augen zukneifen, dann ist man fort, weggezaubert, oder ein Wickelkind in einem Papiersack.

Hoffentlich läuft das Mädchen nicht hinaus. Gestern hat es gesagt, dass es heim will und endlich mit der Schule beginnen, wie es ihr alle versprochen haben. Erklärungen haben nicht geholfen, das Kind hat weiter gequengelt. Da hat sie dem Kind zwei Ohrfeigen gegeben und es zurückgeschickt auf den Dachboden, wo es sowieso sicherer ist – und nachher war sie nicht einmal erschrocken über sich, jetzt gelten eben andere Gesetze, jetzt geht es um nichts als ums Überbleiben.

Der Offizier ist ihre Rettung. Zwar kommt er selten, jedoch wenn er geht, bedeutet er ihr, dass er wiederkommen wird.

Manchmal zeigt er auch auf der goldenen Damenuhr, deren Gliederband sein Handgelenk einschnürt, sein Wiederkommen an. Und auch wenn er fort ist, scheinen die anderen Soldaten begriffen zu haben, dass sie ihm gehört, ihm allein; sie kommen nicht mehr. Aber sie traut dem Frieden nicht, sie weiß jetzt, dass das Böse, das einem geschieht, wie ein Blitz aus dem Himmel fährt.

Aber für jetzt ist sie vielleicht ein wenig sicher in dieser windschiefen Keusche, in die sie hineingefallen ist, als sie mit dem Kind an der Hand zwischen Schüssen und dann den immer näheren Granateinschlägen herumirrte. Und das Wunder ist geschehen: die Keusche steht. Sie blieb stehen zwischen geborstenen Mauern und geköpften Bäumen, selbst die Kirche hat es erwischt und die Schule, die wohl das größte Gebäude in diesem fremden Dorf gewesen ist. Die Geschosse haben ihr mannsgroße Löcher herausgeschlagen.

Keine Schule für ihr Kind. Schule, das ist jetzt eine lächerliche Vorstellung. Ganz kurz ist sie wieder in ihrer eigenen, geht sittsam durch linoleumspiegelnde Gänge, steht im hohen Turnsaal mit all den Geräten, den Ringen und Körben und Böcken, jedes schwer von seiner Wichtigkeit!

Sie muss endlich aufstehen! In einer Lade hat sie noch ein wenig Mehl gefunden, das rührt sie jetzt an mit Wasser aus dem Krug, der noch halbvoll ist vom Abend.

Sie wagt es und schleicht in den verwilderten Garten und findet noch eine Handvoll halbverdorrter Johannisbeeren. Dazu noch zwei überständige Rüben, die müssen die anderen

Hungernden übersehen haben, die wird sie aufsparen für den Notfall. Zwar ist Holz unterm Eisenherd, Scheiter, die einmal andere zugerichtet haben, aber auch heute traut sie sich nicht, Feuer zu machen, Rauch ist ein Verräter.

Sie rührt die Beeren unter den Mehlbrei. Es ist ein anderes Mehl als das, das sie zu Hause kannte. Grob gemahlen und dunkel, aber es schmeckt nicht schlecht, auch wenn sich allerhand Graues und Schwarzes unter das Mahlgut gemischt hat. Sie gibt acht, dass sie den für das Mädchen bestimmten Teil nicht anrührt.

Der Offizier tut immer, als ob er manches nicht sähe, auch nicht die blauen Male an ihrem Körper. Die schmerzen fast nicht mehr, weniger als ihr böser Fuß, der macht, dass sie noch immer hinkt. Sie hofft, dass er nicht gebrochen ist, damals, als sie die beiden … Dann wäre sie auf immer behindert beim Laufen.

Der Offizier lächelt spöttisch, weil sie so gierig isst. Er lacht sie aus, wenn sie die Speckbohnen hinunterschlingt und dazwischen das stumpfe Messer in das geborstene Glas mit der Kirschmarmelade versenkt. Was kann sie dafür, dass er diesmal kein Brot mitgebracht hat?

Manchmal schleppt der Offizier unter beiden Armen Würste und Speck an. Aber wenn er geht, lässt er ihr nichts da, keinen Brocken. Weil er will, dass sie auf ihn warten muss. Und dafür hasst sie ihn, noch mit ihrer schwachen Kraft.

Der Offizier tut, als sähe er nicht, wie sie beim gierigen Essen Brocken für Brocken vom Brot und dem sperrigen Kuchen in die spaltbreit geöffnete Tischlade schiebt, für später, fürs Kind. Vielleicht bemerkt er es auch wirklich nicht.

Jetzt ist sie beinahe satt nach dem Brei. Sie sitzt da, und auf einmal kommt ihr alles sehr schön vor, die klebrigen Wände, die jetzt weiß leuchten, drüben der dunkle Herd, und dass einige Sonnenstrahlen durchs verkrustete Fenster gedrungen sind und über ihr Deckenlager tanzen ... Und dass es still ist, still! Sie zieht die Beine auf die Bank und sitzt da und schaut zu, wie die höhersteigende Sonne die Stube mit erwartungsvollem Licht füllt.

Aber wieso rührt sich das Kind nicht? Wenn es sich weggeschlichen hat, als sie noch schlief ... und jetzt draußen zwischen den Trümmern und Balken ... jedem gierigen Blick ausgesetzt. Das Mädchen schaut jetzt manchmal so verschlossen, ja beinah heimtückisch, wenn sie sich zu ihm auf den stickigen Dachboden schleicht.

Hastig steht sie auf und holt von draußen die kurze Leiter, die sie hinter den Brennesseln an der Hausmauer versteckt hat. Sie lehnt sie an und steigt die drei Sprossen zur Luke hinauf und klappt sie hoch.

In der hintersten Ecke ist es noch immer ganz dunkel und sie kann nichts unterscheiden. Aber dann endlich ist da in all dem Schwarz der weiße Kinderarm. Sie muss das Mädchen wecken, ehe es draußen unruhig wird.

Wie sie noch auf der Leiter steht, hört sie weit weg etwas: Motorenlärm. Näher, näher. Kreischendes Bremsen, Schutt und Sand fliegen gegen die Mauer.

Sie hofft, hofft mit ganzer Kraft, dass es der Offizier ist. Die Holztür wird aufgerissen, es ist zu spät hinunterzusteigen und die Leiter zu verstecken. Und oben schreit das Kind: »Mama! Mama! Mama, komm!«

Die Andere

In den zähfließenden Stunden im Wartezimmer aus der Welt gesaugt und jetzt wieder zurückgespieen – da holen die schwerfüßigen Versuche zu einer Rückkehr ins Alltägliche sie auch nicht gleich heim.

Durch die Seitengasse, in Glasskulpturen versenkte Lilien, wie Marmor unverwelklich. Die Tür zur Kleiderboutique steht weit offen, so tritt sie ein. Niemand da. Sie wühlt zwischen Haremskleidern und Pumphosen die Ständer entlang, manchmal klappert ein Kleiderbügel. Aneinandergepresst geben die frechen Stücke nichts von ihren Schockfarben frei. Niemand kommt, sie geht.

Ist sie hungrig? An Cafés und Bistros ist sie vorbei, das nächste nennt sich »Zur Kapelle«. Heranwehende Erinnerungen an eine bergende Stille, in der alles Rennen und Stoßen aufgehoben ist. Und schon wieder eine offene Tür. Sie späht hinein: Höhle, die in einer Düsternis untergeht. Atemraum verheißend ist jedoch die hohe Decke. Als sie eintritt, sind alle Elemente einer Wirtsstube da, holzvertäfelte braune Wände, Regal für die Spezialweine, die bis auf drei verstaubte Flaschen leer sind, spärliche Tische und Stühle. Dort hinten im Dunkeln ist vielleicht die Schank zu ahnen. Sie setzt sich, sie ist der einzige Gast. Warten.

Später ist im Düsteren hinten eine Bewegung, einer kommt, der im Gegenlicht nicht auszumachen ist. Dann wird es eine Frau, eine vierschrötige. Leeres Gesicht, streng zurückgebürstetes Haar. Rock und Pullover von unbestimmter Fellfarbe, Kleider, die zwei Jahre alt sein können oder zwölf oder zwanzig.

Die viereckige Frau ist an den Tisch getreten und schaut ihr starr ins Gesicht. Auf einmal ist sie sicher, dass sie diese Andere kennt, ja, gut kennt. Aber woher? Aus der Schule vielleicht oder aus frühen Berufsjahren? Oder ist es eine entfernte Verwandte, die sie bei einer Familienfeier ein einziges Mal getroffen hat? Diese Andere sieht sie wartend, ja auffordernd an, als wüsste sie viel über den Gast und will ihn jetzt zwingen, dass auch er diese Nähe zugibt.

Ich habe es doch oft und oft gesehen, sagt sie zu sich, dieses eckige Gesicht, die wie von einer schweren Hand eingedrückten Augen, den aus dem Versteck hervorstechenden heimlichen Blick! Aber sie sagt nichts, greift nach der hingehaltenen Speisekarte und wählt von den alltäglichen Speisen die alltäglichste aus.

Warten.

Während sie dasitzt und sich müßig umsieht, sie ist noch immer der einzige Mensch hier, ist kein Laut zu hören, auch von dort hinten aus dem Düsteren kein Töpfeklappern, kein Tellerklirren. Stille, atemeinsaugende Stille, da bemerkt sie, dass dieser Raum doch etwas von einer Kapelle hat. Eine Lourdes-Kapelle von vorgestern? Dafür sprächen die gewölbte Decke und die Randbögen, als bewachten sie Nebenaltäre. Und dort hinten im Schwarzen, wo die Frau untergetaucht ist, war es einmal grellhell. Glühbirnen zum Stern verschweißt, die weiß und süßblau angemalte Gipsfigur einer Himmelmutter, vor ihrem Altar starre Lilienbündel in zwei mit Vergissmeinnicht bemalten Vasen, und über dem allen der Geruch von modernden Sträußen, von abgestandenem Weihrauch und Altfrauensäure. Unter der vergrauten Decke hängt es schwer von dem, was da einmal war, und legt sich auf die Lunge. Wie sie das von früher kennt!

Sie wird aufstehen, einen Geldschein hinwerfen und rasch gehen. Aber sie gehört ja hierher, das weiß sie. So bleibt sie. Wenn nur die Andere ihr schon zu trinken gebracht hätte!

Irgendwann kommt die Wirtin mit zwei Tellern und ihrem Wein. Die Kartoffeln schmecken wie gekochte Kartoffeln und der Salat wie grüne Blätter. Das Fleisch lässt sie in seinem roten Saft liegen, vom anderen zwingt sie sich, Bissen um Bissen zu schlucken.

Einmal wischt etwas an ihren Knien vorbei: es ist ein Hund, er muss durch die immer noch offene Eingangstür gekommen sein. Es ist kein Spitz, kein Terrier, kein Dackel, es ist ein Hund, wie die andere Frau eine Frau ist, und er ist dort untergetaucht, wo sie im Schwarzen die Küche vermutet, und noch immer hört sie von dort hinten kein Geräusch. Sie schiebt die halbleeren Teller fort und wartet. Es dauert lange.

Irgendwann schlurft ein Mann herein. Der Alte schiebt ein aus Rohren beiläufig zusammengefügtes Fahrgestell vor sich her, darauf ist ein schwarzer Plastiksack gebunden, am Ellenbogen hängt ihm ein prall gefüllter Plastiksack.

Wie vorher den Hund zieht es den Alten wie auf einem eingefahrenen Gleis nach hinten. Dort kann sie jetzt Umrisse der Frau ausmachen. Wurde etwas gebracht, wurde etwas zum Mitnehmen übergeben? Kein Wort ist dort hinten zu hören. Nicht das kleinste Geräusch. Dann zieht der Alte mit seinem Gefährt an ihr vorbei und zur Tür hinaus. Und sie ist mit der unsichtbaren Anderen wieder allein.

Sie schaut auf die kaltgewordenen Essensreste. Sie ist nicht satt, wie sie vorher nicht hungrig war. In der Geräuschleere mag sie nicht ums Zahlen rufen und sitzt so da.

Auf einmal steht die Andere ganz nah vor ihr, sieht ihr wie vorhin starr ins Gesicht, als müsste sie endlich die Frage, dann das Erkennen aus der hereingeschneiten hervorzwingen. ›Aber ich werde nicht fragen. Du klebst mich hier nicht fest.‹

Schließlich nennt die Frau eine Summe, die lachhaft gering ist. Wortlos zahlt sie, ohne Trinkgeld zu geben, schwerfällig steht sie auf und geht.

Auf der Straße fällt ihr gleich ein, dass sie zum Abschied nicht gegrüßt hat, ihr ist, als müsste sie schon deswegen noch einmal zurückgehen – sie hätte die Andere auch fragen müssen, was sie von ihr wisse, sagt es ihr im Weitergehen.

Was für lächerliche Gedanken sie doch denkt.

Nur heim! Es ist nicht weit zur Haltestelle. Der kurze Weg kommt ihr lang vor, so müde ist sie und weiß nicht warum.

Auf der Bank an der Haltestelle sitzt schon jemand, sie lässt sich am anderen Ende nieder.

Als sie nach einer Weile hinüberschaut, ist drüben eine Frau, sie weiß gleich, dass es eine Obdachlose ist, sie erkennt es nicht nur an den drei unförmigen Plastiktaschen, die die drüben zu ihren Füßen abgestellt hat, nicht nur an der starren, jeden Blick, jede leiseste Berührung abwehrenden Haltung der in sich Eingeschlossenen – es ist vor allem das leere Schauen eines Menschen, der nichts mehr sehen will und doch in seinem Versteck auf den einen Blick des Anderen lauert, das eine Wort, von dem er weiß, dass es nie kommen wird.

Schnell schaut sie wieder weg.

Und jetzt kommt einer die Straße heraufgezogen und stößt sein Klappergefährt vor sich her, und es ist der alte Mann aus dem Wirtshaus von vorhin, und jetzt ist er herangekommen, an ihr vorbei, die er nicht ansieht, er steht vor der anderen Frau dort drüben, er zieht die Kordel des Plastiksacks auf, die er an seinem Wagen festgebunden hat, und hält den Sack offen, damit die drüben hineinschauen kann, und die beugt sich nicht vor, bewegt nicht einmal den Kopf und wirft einen einzigen Blick in das Tascheninnere, und schon verschließen sich die Augen wieder, auch wenn sie offen scheinen, und der Alte zieht die Kordel zu und nimmt die Schiebestange und zieht weiter, ohne dass ein Wort, ein Blick gewechselt wurde, und die Andere sitzt drüben und schaut dem Abziehenden nicht nach, und auch sie sieht ihm nicht nach, als ob auch sie sich dem fremden Gesetz, das hier gilt, fügte. Aber als sie jetzt einen verstohlenen Blick auf die Frau dort drüben wirft, ist es, als säße da die Wirtin aus der »Kapelle«. Im Sichverstecken der gleiche Versuch, den Anderen zu sich zu zwingen, und gleich darauf ist es, als hätte sie jäh in das immer verschlossene Gesicht ihrer Mutter gesehen und dann, wie in einer jähen Drehung, als sähe sie ihr eigenes Spiegelbild, die starre Linie des Profils – von der steinernen Stirn zu den zur Unbeweglichkeit erstarrten, einst weichen Wangen –, wie es ihr unversehens an einem fremden Ort entgegensah, nein, an ihr vorbeisah.

Ein Rauschen, ein heller Bremston, es ist ihre Straßenbahn. Die Türen öffnen sich, rasch steigt sie ein. Im Anfahren zeigt ihr ein Blick aus dem Wagenfenster, dass die Andere ohne aufzuschauen weiter auf ihrer Bank sitzt – und dass sie selber frei ist, frei!

Inselfahrt

Die ersten Urlaubstage sind genau so, wie es sich in einem griechischen Touristenort gehört: Strandvormittage, benommen von Licht und Hitze, lange Siestas in einem dämmrigen weißen Zimmer, und wenn dann der Nachmittagswind kühlt, Erkundungsgänge im hügeligen Hinterland. Die Stille nach den Urlauberschwärmen am Kai.

Und Abende in einer Taverne am Wasser, das Anplatschen der Wellen an der Kaimauer, wenn drüben ein Fischerboot angelegt hat.

Morgen aber das Fremde. Als bläulichdunkler Schatten im hellen Meer liegt drüben die Insel und schaut herüber. Den Namen der Insel hatte sie früher noch nie gehört, aber das bedeutet nicht viel: sie war immer schwach in Geographie.

So ist sie ins Reisebüro am Hafen gegangen und ein bärtiger finsterer Mann hat ihr den Fahrplan der Fähre aufgeschrieben, er hatte nicht viel zu schreiben, weil es da hinüber nur eine Morgenverbindung gab. Dann wurde es schwierig, weil sie auf einer Reservierung in einem Hotel dort drüben bestand und keiner das Englische des anderen verstand, aber schließlich hatte der Mann missmutig grummelnd zum Telefonhörer gegriffen, hineingerufen, war unterbrochen worden, hatte, jetzt zornig, nochmals gewählt, jetzt schon geschrieen, und ihr endlich einen Fetzen Papier hingehalten, auf dem in schweren Blockbuchstaben ein Name stand: OLYMPIC. Dann hatte er ihr den Rücken zugewandt und wieder in eine schmuddelige Sportzeitschrift zu starren begonnen, die dort hinten auf einem Resopaltisch lag.

Kein Grund, sich zu fürchten, sagt sie sich immer wieder, nichts als ein Abstecher ins Blaue. Dennoch büßt sie ihren Entschluss mit einer fast schlaflosen Nacht, im Zwischenreich Schemen von Überfällen, und als Ostinato wiederkehrend ein qualvoller Ertrinkungstod im leeren Meer.

Am frühen Morgen ist sie die einzige Touristin unter den schwarz gekleideten alten Frauen mit ihren Gemüsekörben. In der Morgenkühle sitzt sie auf der schmalen Holzbank, sie hat die Füße gegen die Reling gestemmt und hört den heiseren Stimmen der Frauen zu, die sich rechts und links eifrig miteinander unterhalten wie Leute, die sich lange nicht mehr gesehen haben.

Sie hält die Augen geschlossen und genießt die Morgensonne und den leichten Fahrtwind; als sie wieder schaut, sind sie schon über der Meerenge und fahren langsam am Ufer der Insel entlang.

Mit zusammengekniffenen Augen betrachtet sie alles Unbetretene: die sich hebenden Hügel und die Senkungen dazwischen, auf manchen der steileren Höhen leuchtet eine weiße Kapelle, ein einzelnes Haus, umgeben von lebendigerem Grün. Sie glaubt dort drüben eine Frauengestalt zu erkennen, die dasteht und hinausblickt aufs Meer, auf die vorbeiziehende

Fähre, und ihr ist, als würde sie morgen an eben dieser Stelle stehen, die Augen beschatten und hinausschauen aufs blaue Meer, wo gerade die Morgenfähre vorbeigleitet.

Dann ist sie nicht mehr allein: Zwei Mädchen haben sich zu ihr gesetzt, sie haben städtische Kleider an und beginnen ihr Schulenglisch an der Touristin zu üben. Sie begreift, dass die beiden aus Athen sind, Junglehrerinnen, die ihr erstes Jahr auf dieser barbarischen Insel abdienen müssen – so weit von Athen, von ihren Bars und Discos und Freunden und allem, was ihr Leben bisher ausmachte! Und da drüben nichts, buchstäblich nichts als die Sonntagsmessen und Abweisung von allen hier. »They are only stupid ›fishermen‹.«

Als das Boot jetzt um ein Vorgebirge biegt, liegt da eine weiße Stadt, den Hügel hinauf in Steinkuben hochgestaffelt, beschützt von den Kuppeln der Kirchen und Kapellen.

Die neuen Gefährtinnen wollen sie noch nicht ziehen lassen. Sie versprechen, ihr die beste Taverne zu zeigen und die beste Bar und werden für sie auch die abgelegene Kapelle erfragen, deren alte Fresken das Buch der Touristin so lobt. Sie schultert ihre Umhängetasche und folgt den beiden über Stufen und nochmals Stufen zwischen den engstehenden Hauswänden hinauf und immer hinauf, dazwischen manchmal ein Atemort: im Steingeviert ein steinerner Brunnen, ein wenig Grün und Blumenbunt in Kanistern und Dosen drumherum.

Wie sie so die Stufen hinaufsteigen, heben die alten Frauen, die vor ihren Häusern sitzen, nicht den Blick. Kein Gruß wird getauscht, denn auch die beiden Athenerinnen schauen mit

Augen, die nicht sehen wollen, und als jetzt ein Trupp kreischender Buben die Stufen hinunterstürmt, sind sie beim Anblick ihrer Lehrerinnen plötzlich still und schleichen mit gesenktem Kopf vorbei.

Und sie ist mit ausgeschlossen: die behütende Freundlichkeit, vermischt mit Neugier, die sonst in den griechischen Dörfern die alleinreisende Fremde, die alternde Frau umgab, vor allem, wenn sie die erste Frage geklärt hatte, dass auch sie eine Mutter ist, gibt es hier nicht, nicht das spontan hingereichte Glas Wasser, nicht das Geschenk einer vollkommenen Orange, geboten in der ausgestreckten Hand.

Dann sind sie auf einem platanenbestandenen Platz, im Laubschatten Taverne an Taverne, Bar an Bar. Aufgeregt deuten die Athenerinnen auf die mit den grellsten Glühlampenketten und das schreiendste Schild, und auf einmal kann sie nicht mehr. Sie bedeutet den beiden anderen, dass sie müde sei und gleich in ihr Hotel wolle. Ein brüsker Abschied, schon geht es wieder die vielen Stufen hinunter, im Rücken spürt sie die Enttäuschung der beiden Führerinnen, die gewiss gehofft hatten, beim Kaffee die Ausländerin nach ihrem Wie und Wo auszufragen.

Am Kai leuchtet ihr das neue Schild des ›Olympic‹ gleich entgegen. Schon von weitem hört sie Hammerklopfen und Schleifgeräusche.

Als sie in die Lobby trat, waren Männer am Werk, Feilen und Schleifen hörten nicht auf, keiner schien sie zu bemerken. Sie tupfte einem Hämmernden auf die Schulter, als er sich widerwillig umsah, hielt sie ihm den Zettel des Reisebüros hin. Er zögerte, ehe er endlich durch einen Gang verschwand, sie stand mit ihrer Tasche dort, wo der Block des Rezeptionsdecks schon erkennbar war, es war noch stumpfer Kunststoff, das bunte Verkleidungsmaterial lag in Rollen am Boden.

Sie wartete lange. Endlich erschien der Mann wieder, er packte seinen Hammer und klopfte fiebrig weiter, wieder nach einer Weile tauchte ein anderer auf mit ihrem Zettel in der Hand. Dann ging es durch niedere Gänge, dabei mussten sie den am Boden liegenden Möbelteilen und Lampen ausweichen.

Endlich wurde eine Tür aufgestoßen, sie war erleichtert, als sie wieder im Hellen stand. Das Zimmer war fertig eingerichtet, sogar das Bett überzogen, und nebenan im spartanischen Bad tropfte kaltes Wasser aus der Dusche. Es steckte kein Schlüssel an der Zimmertür.

So steckte sie Geld und Pass zurück in ihre Tasche und nahm auch das Proviantsäckchen mit, das sie beim Hotelfrühstück eingesteckt hatte. Wie lange war das her? Es schienen ihr Tage vergangen.

Sie ging wieder an den verbissen arbeitenden Männern vorbei, die jetzt wie Ameisen an einer mächtigen Teppichrolle schoben und zogen. Sie war also wohl der erste Gast in diesem neuen Haus, wahrscheinlich würde morgen oder übermorgen erst seine Eröffnung gefeiert werden.

Schon von der Fähre aus hatte sie ein Kloster entdeckt, das sich weiß vom Profil des Vorgebirges abhob, und hier begann ja ein Weg, der vom Hafen dort hinauf zu führen schien.

Der Weg ging durch lichten Kiefernbestand zwischen Felsbrocken zielgerade weiter, er war über große Strecken mit abgetretenen Steinen sorgfältig ausgelegt, dann kamen wieder Abschnitte, wo als Pfad nur die staubige Erde geblieben war. Sie ging und ging, die stehende Luft zwischen den Stämmen war sehr heiß, Siesta-Zeit. Sie musste sich zwingen, nicht umzukehren.

Dann ging es um eine Felsnase und plötzlich waren auf beiden Seiten des Pfades Büsche, solche mit hartem Laub, der Name der Büsche fiel ihr nicht ein, obwohl sie sie wiedererkannte.

Ein kleines mit Steinen eingefasses Feld, das brach lag, und da ein Tor, aus schweren Steinen gefügt, und jetzt im kühlen Klosterhof, Wasser rieselte aus einem Eisenrohr, sie hielt die Hände darunter und trank. Gleich darauf trank sie noch einmal und noch einmal.

Sie setzt sich auf die steinerne Brunneneinfassung und beginnt zu schauen. Jetzt erst entdeckt sie den Emailbecher neben sich. Sie hält ihn lange in der Hand und betrachtet sein Weiß und Blau, dann trinkt sie daraus noch einmal.

Sie schaut sich das Blühen an, das um den Brunnenrand und in den Ecken des Hofes aus Blechkanistern und Konservendosen quillt, es ist noch nicht lange her, dass die Pflanzen gegossen wurden.

Die Tür zur Kirche ist versperrt, aber gegenüber entdeckt sie in der festen Mauer des Klostergebäudes eine kleine Pforte – und da ist auch ein Glockenzug.

Sie zieht fest daran und hört drinnen das scheppernde Bimmeln sich fortbewegen wie durch dunkle Gänge. Nichts. Sie wagt es und zieht noch stärker am Glockenstrang und weiß schon, dass keiner ihr öffnen wird.

So setzt sie sich wieder an den Brunnen und zieht den Proviant heraus, weißes Brot und ein Käsestück, eine Orange finden sich auch noch in ihrer Tasche. Sie sitzt da und isst langsam, neben ihr rieselt das Wasser.

Einmal ist es, als wäre da hinter einem der geschlossenen Fenster eine winzige Bewegung gewesen, der Webvorhang hängt jedoch gleich wieder ruhig. Sie sieht rasch weg, es ist nicht wichtig, ob dort oben einer ist, der hier wohnt und ihr zuschaut, wenn es auch schön wäre, im Zuschauen eines anderen hier hineingenommen zu sein.

Sie sitzt noch eine Weile da und sieht zu, wie der Schatten des einzigen Feigenbaums langsam über die Hausmauer wandert, den Schnabelblüten der roten Pelargonien sieht sie zu, sie wird dann ein wenig schläfrig, ist vielleicht auch weggedöst, ehe sie sich zusammennimmt, aufsteht, ihre Tasche packt und, ohne sich noch einmal umzublicken, durchs steinerne Tor geht und wieder den Pfad hinunter, den sie gekommen ist.

Es war noch immer heiß zwischen den Kiefern, aber das Grelle des Meeres dort unten war sanft geworden und das Weiß der Hauskuben, die drüben den Hang hinaufstiegen, blendete nicht mehr.

In einer Bar am Hafen bestellte sie ein Sandwich und Wein und trank Gläser voll Wasser, sie redete nicht und wurde nicht angeredet, manchmal traf sie ein verstohlener Blick vom Ecktisch her, wo eng aneinandergedrängt die Fischer saßen.

Sie ging ins Hotel zurück, wo es jetzt sehr still war, kein Mensch zu sehen. In der Lobby war es aufgeräumt und alles an seinen Ort gebracht, der rote Läufer lag langhin in der hallenden Leere. Sie fand ihr Zimmer, noch immer fehlte der Schlüssel. So schob sie wenigstens den einen Stuhl unter die Klinke. Als sie ans Fenster trat und den Vorhang zurückschob, sah sie vor dem ebenerdigen Fenster dürres Ödland liegen, von Abfällen gesprenkelt.

Während sie sich flüchtig wusch, beschloss sie, sich nicht zu fürchten, und wusste doch schon, dass sie die Angstbilder die ganze Nacht wach halten würden.

Aber kaum hatte sie sich hingelegt, war sie schon eingeschlafen, und als sie aufwachte, schien hell die Sonne ins Zimmer. Draußen wird es laut, und als sie in die Lobby kommt, sind dort schon alle versammelt, Männer in schwarzen Anzügen, ein Trupp in Uniformen, der Haufen der Schulkinder, die Musikkapelle. Die Ehrengäste müssen bald kommen.

Endlich findet sich ein Zuständiger, er trägt eine Hoteluniform mit vielen Goldknöpfen. Sie versucht ihm klarzumachen, dass sie bezahlen will, er scheint sie nicht zu verstehen und hat es eilig. Schließlich hält sie ihm einige Geldscheine hin, mit einer unwirschen Geste wedelt er die weg, dreht sich um und ist unter den Schwarzgekleideten verschwunden. Nicht einmal als Hotelgast wird es sie hier gegeben haben.

In der Bar am Hafen schmeckt der erste Kaffee herrlich. Und sie hat Glück: am Kai wartet das Inseltaxi! Sie erklärt dem Fahrer, der, die Zigarette im Mundwinkel, an seinem klapprigen Auto lehnt, wohin sie will. Er hebt nur die Schultern und schaut an ihr vorbei. Sie versucht es mit der Landkarte, und jetzt versteht er und ist wie sie erleichtert.

Sie sitzt neben ihm, wie er die engen Kehren hochfährt, die weiße Stadt bleibt zurück, vor ihr, neben ihr gleitet so viel Neues vorbei, dass sie es gar nicht aufnehmen kann: leuchtende Mohnblüten im Grün, ein von Feldsteinen eingefasstes Feld, auf dem zwei gebückte Frauen irgendein Gemüse ernten, lehmiges Erdreich, winzige pickende Hühner, und überall Hitzeversengtes, zwischendurch Dürre, hie und da spärliches, kostbares Grün. Und immer wieder die kleinen weißen Häuser und die gedrängte, geordnete Unordnung vor ihren Türen. Dann hält das Auto so jäh, dass Erde spritzt, über die steile Böschung deutet der Mann lachend hinunter, wo die Bläue ist. Sie vergleichen ihre Uhren, in vier Stunden wird er sie an diesem Platz wieder abholen. Während sie hinunterklettert zum Strand, hat sie Angst, dass der Fahrer auf sie vergessen wird oder dass sie diesen einen Ziegenpfad unter den vielen nicht wiederfindet.

Aber dann vergisst sie aufs Fürchten, weil der feinkieselige schwarze Strand sich zu einem so umschließenden Bogen rundet und weil Meer und Himmel eine so durchsichtige edelsteinleuchtende Tönung haben und weil sie hier ganz allein ist. Mutterseelenallein.

Sie sitzt da und schaut den anlaufenden kleinen Wellen zu. Sie steigt manchmal ins Wasser, gewichtloses Schweben. Sie sammelt die vollkommensten schwarzen Kiesel in ihrer Hand und lässt sie wieder zurückkrieseln – das ist kein Ort, von dem einer auch nur das Kleinste wegtragen und behalten darf.

Stille. Nur das Nachrieseln der Steinchen hinter den andrängenden und wieder zurückweichenden Wellen. Stille.

Da durchbricht dringendes Hupen die gläserne Leere – der Fahrer! Sie hat jede Zeit vergessen!

Sie packt ihr Zeug und läuft den Ziegenpfad hinauf, und als sie atemlos oben ankommt, lehnt der Mann mit seiner Zigarette an der Wagentür und schaut ihr lachend entgegen. Er deutet hinunter, woher es heraufglänzt, und sagt »Kalo« und »ok?«, dann wendet er ihr den Rücken zu und fixiert einen verkrüppelten Wacholderstrauch, während sie sich den Strandkittel über den Kopf zieht.

Nachher im Auto reden sie beide auf den anderen ein. Sie preist auf Englisch die Bucht und das hiesige Meer, er ruft in seiner Muttersprache ebenso begeistert Sätze, die sie so wenig versteht wie er die ihren, manchmal drehen sie einander die Köpfe zu, sie schauen einander an und müssen beide laut lachen.

Und schon sind die hinunterführenden Kehren vorbei, sie sind in den engen Gassen der Stadt und jetzt schon am Hafen – und der Fahrer ist wieder fremd und sieht sie nicht an, als sie ihm die ausverhandelte Summe in die Hand drückt und noch etwas dazu, und sich dabei schämt, er sagt gerade noch »bye-bye«, steigt in sein schepperndes Auto und ist fort.

Und schon sitzt sie wieder an Deck der Fähre und die Motoren laufen, die Rückfahrt beginnt, die Hügelstadt verschwindet hinterm Vorgebirge und dicht vor ihr zieht wieder die Insel-flanke vorbei.

Sie ist jetzt müde und schläfrig, es war ein heißer Tag und in der Bucht kaum Schatten.

Sie versucht, aufmerksamer hinüber zu schauen, sie wird diese Insel nie mehr sehen, es gelingt ihr nicht, und vielleicht hat sich auch das, was dort drüben liegt und sich immer weiter entfernt, abgewandt. Sie ist allein mit ihrer Müdigkeit.

Jetzt fährt das Schiff schon über die Meerenge, am Ufer des Festlandes sieht sie ihr Hotel liegen und die Lauben der Taver-ne, wo sie an den Abenden sitzt.

Der Abendwind ist aufgekommen, die Luft wird kühler. Sie spürt jetzt ihren Hunger, sie wird gleich nach der Landung essen gehen.

Und morgen früh schon Kinder und Freunde. Und dann wie-der das Gewohnte.

Am Abend

Wenn sie am Morgen, noch ehe sie unter die Dusche geht, zum Terminkalender greift und die schwarz und rot geschriebenen Eintragungen prüft, kommt ihr vor, dass die übereinandergreifend sich zu einem heillosen Gewirr verschlingen, einem Dschungel, den bis am Abend zu durchqueren ihr nie gelingen wird. Die roten Notizen stehen für ihre Familien-, die schwarzen für die Geschäftstermine; sie sieht, wie die roten mehr und mehr die schwarzen überwuchern. Denn die Klavierstunden und Ballettstunden der Ältesten und die Judotermine und Basketballturniere des Sohnes und die Zahnregulierung der Kleinen halten sie mit Chauffeurdiensten ganz schön in Trab.
Wie sie so ihren Tag durchgeht, tröstet sie sich mit der Erfahrung, dass noch jedes Mal das Andrängen der Forderungen sich auflöste, sie weiß nicht wie. Und damit geht sie ins Bad.
Und wie jeden Abend liegt sie auch an diesem ausgesaugt und lange schlaflos in ihrem Bett und fragt sich, was sie den Tag über getrieben hat. Nichts ist geblieben als ein Nebelwabern – und wenn sie jetzt genauer hinschaut, dazwischen einige helle Augenblicke: der Haufen glänzender Äpfel am Marktstand, der gerichtete Blick der Kassierin im Supermarkt, als wäre sie ihre Vertraute oder hätte etwas verstanden, von dem sie selber nicht weiß.

Und neulich der Vortrag. Sie war auf der einen Seite des Saales gesessen, ihr Mann auf der anderen. Das hatte sich vielleicht so ergeben, weil ihr Mann zu spät gekommen war wie so oft – seine Arbeit hält ihn immer im Laufen.

Sie sind in den Vortrag gegangen, weil sie den Professor schätzen und weil sich das bei einem guten Bekannten so gehört. Und weil sie die beschriebene Gegend im Steirischen ein wenig kennen, von ihren ersten bescheidenen Urlauben her.

Jetzt ist es aber doch ganz interessant, was der Professor von den alten Hochzeitsbräuchen erzählt. Und wie er dann zu den Begräbnisritualen kommt, ein Totenlied zitiert, das er singen gehört hat, merkt sie auf einmal, dass ihr Tränen hinunterrinnen, sie kann sie gerade noch unauffällig mit dem Stecktuch auffangen. Warum ihr das geschieht, weiß sie nicht, freilich ist dieses Lied rührend, denn hinter seinen altväterlichen Gemeinplätzen zeigt sich Lebensfrömmigkeit. Als ob ein volles, ein bejahtes Dasein sich in der Beschränkung erschlösse, als behütet von rettenden Heiligen und nie hinterfragten Regeln und Geboten.

Wie sie die Kopfreihen entlang zu ihrem Mann hinüberblinzelt, sieht sie, dass auch ihm die Tränen in den Augen stehen. Wie jung sie beide doch in den steirischen Zeiten waren!

Nach dem Vortrag fahren sie jeder in seinem Auto nach Hause, trinken im Wohnzimmer das übliche Glas Rotwein und besprechen die kommenden Tage. Sie machen es kurz, sie sind beide müde.

Auch weil das Wohnzimmer kein Ort ist, um sich wohl zu fühlen. Als sie sich an seine Einrichtung machten, wusste keiner von beiden zu sagen, was er vom neuen wünschte. Sie und wohl auch der Mann hatten nur eine nebelhafte Vorstellung von etwas anderem, einem Ort, der beheimaten konnte – und dazu die Gewissheit, dass die Träume des anderen, wenn sie denn Gestalt annehmen würden, auf die entgegengesetzten Ziele zuliefen. Und jetzt saßen sie nebeneinander im kläglichen Kompromiss, den sich ein teurer Architekt für sie ausgedacht hatte.

Einmal im Jahr fährt sie allein auf Urlaub, das lässt sie sich nicht nehmen. Die Erklärung, die sie den hämisch lächelnden Bekannten und auch ihrer Familie dafür gibt, ist immer die gleiche: Dass sie sich so die Selbständigkeit in allen Alltagsdingen erhalte, auf die die Familie angewiesen sei. Eine Art Fitness-Training also. Dafür kann sie Beispiele anführen: die auf einem sehr exotischen Flughafen auf einer dreckigen Bank unter Zudringlichen ausgestandene Nacht – oder wie sie abends allein ein fremdländisches Restaurant betritt, dort auf einen guten Tisch besteht und, während sie eine Ewigkeit auf ihr Essen wartet, den Blicken der anderen Gäste standhält, die alle mit ihren Partnern dasitzen und sie alle anzustarren scheinen.

Für sich aber weiß sie, dass sie mit diesen oft mühsamen Allein-Tagen eine heimliche Hoffnung verbindet: dass endlich etwas Unerhörtes geschähe, eine Erleuchtung über sie hereinbräche, die sie herauswürfe aus dem falschen Leben. Sie am Haarschopf packte und dorthin versetzte, wo sie sein sollte. Und dass dann das ihr bestimmte Leben begänne.

»Aber nichts Genaues darüber weiß man nicht«, sagt sie dann spöttisch zu sich selbst. Wenn sie jedoch an solchen Tagen durch lichte Wälder geht und immer weiter geht und dann an einem Seeufer sitzt und aufs stille Wasser schaut, wartet sie und wartet und kann noch immer nicht sagen, worauf. Sie wartet.

Das sind so die Dinge, die ihr das eigene Leben sonderbar machen. Sie fragt sich manchmal, ob sie einem Psychologen davon erzählen würde, wenn sie ihm in einem dämmrigen Zimmer gegenübersäße. Manche Frauen in ihrer Umgebung gehen regelmäßig zum Therapeuten und reden gern darüber. Aber sie weiß ja, ein Seelenklempner ist nichts für sie. ›Durchhalten und das Beste daraus machen‹ – das hatte schon ihr Vater immer gepredigt.

Und überhaupt ist sie eingespannt in die stündlichen Verpflichtungen: keine Zeit!

Es ist gut, dass sie sportlich ist, so ergeben sich Freizeitunternehmungen, die sie mit ihren Kindern und manchmal auch mit ihrem Mann teilen kann, Segeln und Skifahren und das Bergsteigen, aber dabei beginnen die beiden Teenager schon zu murren, sie bestehen immer mehr auf ihren eigenen Plänen. Und auch beim Abendessen, das bisher die einzige gemeinsame Mahlzeit war und Zeit ließ fürs Miteinanderreden, haben es die beiden Halbwüchsigen eilig, sie wollen möglichst schnell zurück in ihre Zimmer, wo sie ausgiebig telefonieren oder Schallplatten hören – oder sie wollen noch fort und ihre Freunde treffen.

Sie weiß wenig von den beiden und hofft, dass es ihnen halbwegs gut geht.

Manchmal ist sie ja froh, dass sie die ruhigen Abendstunden immer öfter für sich hat, sie hockt dann auf der Wohnzimmercouch, das gewohnte Glas Rotwein, den sie immer öfter an solchen Abenden alleine trinkt, neben sich, und lässt den Fernseher laufen und nimmt kaum wahr, dass sie unter dem vorbeigleitenden Bilderfluss eingedöst ist.

Auch an diesem Abend ist sie unter einer Barockmusik trotz aller Flöten und Pauken eingeschlafen, da kommt ihre Tochter herein und sie schreckt hoch, eigentlich schleicht sie heran, baut sich vorm Sofa auf und steht stumm da.

»So setz dich doch«, sagt sie zu ihr und hofft, dass ihr Seufzer unhörbar geblieben ist, »dieses Herumstehen macht mich nervös!«

Darauf setzt sich das Mädchen, sitzt da auf seinem Sessel und schweigt weiter vor sich hin.

»Was ist los?«, fragt sie, und drängender: »Ist was in der Schule gewesen? Hast du die Mathe-Schularbeit zurückbekommen?«, und als auch jetzt keine Antwort kommt, nach einer Pause, »Oder ist es etwas anderes?« »Du bist doch nicht schwanger«, denn sie hat es natürlich bemerkt, dass die Tochter die verabredete Heimkehrzeit nicht mehr eingehalten hat … neulich war es fast vier Uhr früh, ehe sie sie über die Stiegen schleichen hörte. Aber was kann man heute einer Sechzehnjährigen schon verbieten? Das hätte sie wirklich gern gewusst! »Du denkst an nichts anderes als deine verdammte Ordnung!

Hast immer nur um dich Angst und dass du nicht noch ein paar Scherereien mehr abkriegst«, schreit die Tochter sie an: »Nie kannst du an uns denken! Aber mach dir keine Sorgen – es ist keiner von uns. Es ist der Tommy!«

»Der Tommy?«, fragt sie zurück und es fällt ihr so schnell kein Tommy ein unter den Schulkollegen und Tennis- und Tanzschulfreunden und denen aus der Disco, die sie aber nicht kennt, und denen vom Fußball- und Basketballklub, die aber zum Kreis des Sohnes gehören – alle die, die in ihrem Haus kommen und gehen und in ihrer Küche sitzen und sich durchs Auftauchen einer Mutter gestört fühlen.

»Ach, Tommy«, fällt ihr nun zum Glück ein, »der, mit dem du neulich den Radausflug gemacht hast?«

»Er hat Krebs«, flüstert die Tochter, »irgendeine Krebsgeschwulst sitzt in seinem Gehirn.«

»Und was geschieht mit ihm«, fragt sie möglichst ruhig, doch teilnehmend, denn das Gesicht der Tochter hat sich zu einer Schmerzgrimasse verzogen und sie presst krampfhaft die Hände zusammen, als müsste sie sich zwingen, nicht aufzuspringen und wegzurennen. »Ich glaube, die Hirnchirurgie hier ist bekannt und die Heilungschancen für Jugendliche sollen gut sein, das hab ich erst neulich gelesen.«

»Du verstehst nichts! Du verstehst gar nichts!«, schreit ihre Tochter. »Der Tommy spricht mit gar niemand darüber, schon gar nicht mit seinen Eltern! Die sind ja wie du und wollen alles schönreden! Und übernächste Woche ist sein Termin. Aber mir, mir allein hat er gesagt, dass er nicht weiß, ob er sich nicht vorher umbringen wird. Mit Drogen oder so. Einfach wegsein.«

»Seid ihr zusammen?«, fragt sie mit einem Ausdruck, den sie von ihren Kindern gelernt hat. »Aber nein! Mein Gott, bist du blöd! Er ist mein Freund! Mein Freund! Und mir, mir hat er alles gesagt.«

Schon lange hat sie sich aufgesetzt auf ihrer Couch. Sie sitzt da und – nichts spüren, nichts sagen können. Hilflosigkeit.

Da. Wie sie die Mia suchen geht und ruft und ruft und sucht gartenauf, gartenab. Und endlich hat sie die Mia gefunden. Unterm Flieder. Der kleine Katzenkörper von Krämpfen geschüttelt. Sie hockt sich hin und ist ganz klein und nimmt ihre Mia und streichelt ihr übers Fell, das auf einmal ganz rau ist und struppig, und weil das Krampfen nicht aufhört, nimmt sie die Mia und schüttelt sie und schüttelt sie immer heftiger, bis endlich der jetzt winzige Körper in ihren Händen ganz schlaff wird, da legt sie die Mia in ihren Schoß und streichelt sie, streichelt sie immer weiter, und endlich ist die Mutter da, die Mutter hat sie gesucht und gefunden.

Und dann hat sie geweint und geweint, daran kann sie sich erinnern, und dass sie dann traurig war, so traurig, aber das Schreckliche war fort.

Und jetzt muss sie auch weinen. Sie traut sich nicht, die Tochter herzuziehen, sie zu halten. Das tut man nicht in ihrer Familie, nicht mehr, seit die Kinder aus der Volksschule sind. Und wahrscheinlich würde sie es auch gar nicht zusammenbringen.

So sagt sie halt: »Ich mach dir jetzt einen Kakao. Und wenn vielleicht der Tommy kommt, also wenn er kommen sollte, lass ihn doch hier übernachten. Ich rufe dann seine Eltern an.«

Mein Gott, denkt sie, das ist alles so lächerlich, was ich da versuche – und ist gar keine Hilfe für mein Kind oder den Tommy.

Das Mädchen sitzt da und schaut ihr ins Gesicht. So sagt sie: »Wir haben ja noch ein bisschen Zeit. Vielleicht fällt uns noch etwas ein, wie wir's dem Tommy leichter machen können. Ich werde alles versuchen, das verspreche ich dir.«

Das Mädchen steht auf und geht langsam zur Tür. Über die Schulter sagt sie: »Ist schon gut. Aber ich glaube nicht, dass da einer helfen kann. Und einen Kakao hätte ich jetzt gern. Bringst du ihn mir zum Bett?«

Der verlorene Sohn

Der Sohn ist fort, von einer Stunde auf die andere. Und er wird nicht zurückkommen.

Sie hat es gleich gewusst – schon vom ersten Augenblick an wusste sie, dass er diesmal nicht nach zwei, drei Tagen wiederkommen würde, abgerissen und so ausgelaugt, dass er sich kaum auf den Beinen halten kann und gleich ohne zu essen ins Bett fällt und zwei Tage und zwei Nächte durchschläft. Vielleicht war es eine Überlandfahrt, vielleicht eine dieser Parties mit viel Alkohol und viel lauter Musik – sie fürchtet, auch mit Drogen.

Diesmal jedoch bemerkt sie gleich, dass das Telefonbuch fort ist, das rote, verschmierte, das in der Ablage unter dem Telefon liegt und das die anderen nicht mehr benützen, seit der Sohn es usurpiert hat mit wilden Kritzeleien, unleserlichen Eintragungen und Kringeln, die ihr wie fremde Codes vorkommen – wäre es ihr leichter, wenn sie die durchschauen könnte?

Das fehlende Telefonbuch ist ein Indiz. Sie wäre auch ohne Indizien sicher gewesen, aber nun muss sie ihrem Mann berichten, dass diesmal keiner der unbekannten Freunde des Sohnes, von denen sie manche schon an deren Telefonstimme erkennt, herrisch nach ihm verlangt hat.

Die Bücher und Skripten in seinem Zimmer scheinen alle da, im Schallplattenregal hat er gewühlt, fehlt da etwas? Dann entdeckt sie im Wust auf seinem Schreibtisch ihren zweiten Autoschlüssel – den hat er ihr also da gelassen. Seine Wohnungsschlüssel fehlen jedoch. Darüber ist sie froh, wenn auch ihr Mann noch sorgenvoller dreinblickt, als sie's ihm erzählt.

Sie verbietet sich die kreisenden Spekulationen, und in den folgenden Wochen geht die unbestimmte bohrende Unruhe allmählich in ein dumpfes Gefühl zunächst eines Verlustes, dann einer immerlauernden Drohung über. Jedoch bleiben ihre Tage und Nächte unter der Schwelle eines fühlbaren Schmerzes, wenn sie auch weniger und unruhiger schläft als früher.

Dann ist er plötzlich wieder da. Sie lässt gerade zum dritten Mal an diesem Nachmittag Kaffee durch die Maschine, da steht er in der Küche. Zuerst fährt sie zusammen, weil sie die fremde Gestalt im Gegenlicht nicht gleich erkennt. Dann begreift sie, dass er sich seinen wilden Haarschopf abgeschnitten hat, nein, weggeschoren; unter der Glatze sieht sein Gesicht sehr klein aus und der lange Körper noch dünner als sonst.

Er lässt die Wohnungsschlüssel an seinem Zeigefinger klappern und murmelt: »Ich hole meine Sachen.«

Sie reißt sich zusammen und fragt schnell: »Willst du Kaffee? Er ist gerade fertig. Und ein Käsebrot?«, er kommt ihr so ausgemergelt vor in der pludernden lila Leinenhose und dem verwaschenen T-Shirt, das sie noch nie gesehen hat.

»Nein, nein, nichts! Ich hole nur mein Zeug. Wo ist der große Koffer? Meinen Rucksack habe ich ja in meinem Schrank.«

Sie sitzt da und wartet. Sie hört den Koffer über die Stufen poltern und dann ist er wieder in der Küche. »Wenn ihr was zurückhaben wollt von dem Krempel, könnt ihr am Wochenende auf den Flohmarkt kommen – wir werden dort alles verkaufen – wir brauchen Geld.« »Was sollen wir denn von deinen Sachen brauchen?« »Na, vielleicht die Manschettenknöpfe von Großvater. Oder meine ›schöne‹ Uhr. Ihr habt ja damals gesagt, dass ich das gute Stück bis an mein Lebensende tragen kann, weil es so unverwüstlich ist. Oder gar noch meinen Kindern vererben.« Jetzt lacht er und sieht sie zum ersten Mal an. Sie bemüht sich, ihr Gesicht ruhig zu halten, und antwortet möglichst gelassen: »Das werden wir sicher nicht tun.« Nachher, in seinem Zimmer, sieht sie die offene Schreibtischlade. Darin hat er die ihm wichtigen Dinge aufbewahrt.

Am nächsten Samstag fahren sie doch sehr früh schon auf den Flohmarkt. Unterwegs bleibt ihr Mann stumm wie immer, wenn ihn etwas tief verwirrt.

Sie finden den Stand gleich, weil die drei, die dort stehen, sich mit den geschorenen Köpfen und den bunten Leinengewändern grell herausheben aus der langsam dahindrängenden Masse. In den Stapeln auf den Holzbrettern türmen sich die Besitztümer von Studenten aus »gutem Haus«, zwischen T-Shirts und Markenjeans liegen flauschige Winterjacken und einmal sorgsam gebügelte und jetzt zerknitterte Hemden; unterm Tisch stehen Lederschuhe und zwei, drei Pappkartons mit Schallplatten.

Die drei hinterm Brettertisch schauen den Eltern entgegen.

Ihr Sohn greift in eine kleine Schachtel und hält der Mutter die Manschettenknöpfe seines Großvaters entgegen: »Möchtest du sie wirklich nicht zurückkaufen? Die hat der Großvater doch immer getragen und du hast sie auch gern gehabt.« Und dann mit seiner neuen Stimme: »Extrapreis für dich! Nur dreihundert!« Sie schüttelt den Kopf und schaut auf die Goldknöpfe in der ausgestreckten Hand. »Nein«, sagt sie und der Sohn schließt die Finger und wirft die Stücke zurück in die Schachtel, ein leises Klimpern.

Einer von den Glatzköpfen, erst jetzt merkt sie, dass es eine Frau ist, zieht ein schwarzes Sakko aus dem Kleiderhaufen und fragt, eine schmeichelnde Verkäuferinnenstimme nachäffend: »Oder vielleicht diesen Ausgehanzug – passend für einen Tanzschulball? Oder die Oper!«

Ihr Mann, der schweigend neben ihr stand, packt sie am Ellenbogen und schiebt sie weiter. Dann sitzen sie wieder im Auto, sie reden auf der Rückfahrt nicht, wie sie auch auf der Herfahrt nicht geredet haben.

Beim schweigsamen Mittagessen sagt ihr Mann auf einmal: »Unser armer Bub!« Jetzt hätte sie gern über den Tisch nach seiner Hand gegriffen, aber die hält ja die Gabel, und außerdem hat sie gelernt, dass er in seiner Abschottung jede Berührung als heftigen Schlag empfindet. Und so sitzt sie auch abends beim Fernsehen neben ihm und schaut immerzu auf den Schirm, wo sich bunte Flecken hin und her verschieben und Stimmen etwas sagen.

Nachdem sie es aufgegeben hat, von Stunde zu Stunde auf ein

Zeichen des Sohnes zu lauern, vergehen die nächsten Tage, dann Wochen in einer stumpfen Routine. Ihr Mann kommt noch später als sonst aus seinem Büro heim, und bei den morgendlichen Anrufen von Baufirmen und Auftraggebern hat er noch mehr Mühe als sonst, seine Ungeduld und seinen schwelenden Zorn im Zaum zu halten.

Und sie sitzt wie immer hinter ihrem Schreibtisch, spricht mit den Antragstellern, mit einem nach dem anderen, untersucht sie manchmal, unterschreibt Kuransuchen und Unterstützungsanträge, lehnt manche ab und weist manche anderen Dienststellen zu, das geht so Tag für Tag.

Dann, an einem Samstagvormittag, als sie in der Küche steht und verbissen an einem zu lang stehen gelassenen Kochtopf schrubbt, steht auf einmal der Sohn da.

Im ersten Augenblick hat sie ihn nicht erkannt – das fremde Aussehen. Hinter ihm drängen zwei andere in die Küche, die auf einmal sehr eng ist.

»Was wollt ihr?«, fragt sie. »Na, ich komme dich besuchen«, sagt ihr Sohn und lächelt, und die gerade aufsteigende Vertrautheit, als sie ihm ins Gesicht blickt, vergeht bei diesem Lächeln. »Vielleicht laden Sie uns zum Kaffee ein«, sagt ein anderer, und sie begreift gleich, dass dieser Große der Kapo ist, »und gefrühstückt haben wir auch noch nicht, immer schuften ist unsere Devise!«

»Kein Frühstück. Es ist ja gleich zwölf!«, sagt sie lahm.

»Spaghetti ist gut«, sagt der Große, der Böse, »und vielleicht gibt's Salat dazu, wir achten nämlich auf ausgewogene Ernährung, wie man so schön sagt. Und den Kaffee möchten wir sofort, zur Belebung, verstehen Sie, gnädige Frau?«

»Sag ›Frau Doktor‹ zu ihr«, wirft ihr Sohn ein. Will er sie abschirmen? Der Böse fährt ihm über den Mund, »das weiß ich doch, du Lahmarsch, das steht ja in deinem Akt und ist noch dazu unterstrichen. Aber ich werde ›Du‹ zu ihr sagen – wir sind ja alle eine Sippschaft, sie mit.«

»Ich möchte beim ›Sie‹ bleiben«, sagt sie, »und Sie sind als Gast hier, vergessen Sie das nicht – ein Gast, den wir nicht eingeladen haben.«

Wo bleibt ihr Mann. Er muss drüben in seinem Arbeitszimmer alles mitbekommen haben.

Da fragt der Sohn schon: »Ist der Papa drüben?«, und zum Bösen sagt er »Bleib«. Und dann geht der Sohn hinaus und ist gleich wieder zurück und sagt mit seinem neuen Lächeln, »Der ist bei der Hintertür hinaus. Auf und davon! Wie immer.« Auch sie wundert sich nicht. Da muss ich jetzt allein durch.

Sie kocht Spaghetti und mischt den Salat. Den großen Topf, in dem die Spaghetti kochen, hat sie schon lang nicht verwendet, vielleicht früher an den Kindergeburtstagen – ihr Sohn konnte nie genug Freunde dabeihaben.

Nachher sitzt sie mit den dreien am Tisch, aber sie rührt die Speisen nicht an, zu denen da will sie nicht gehören.

Schweigend schaufeln die drei das Essen hinein. Sie müssen sehr hungrig sein. Sie steht auf und richtet noch einmal Kaffee, viel Kaffee, viel Milch, viel Zucker, dazu die Kekse, die sich noch finden, schließlich Apfelsaft und Soletti. Die drei essen und trinken das alles, sie reden wenig, nur manchmal eine Bemerkung zwischendurch, die sie nicht versteht, oder ein Name, dann lachen alle drei auf die gleiche Weise, ihr Sohn mit. Als stießen sie mit diesem Lachen etwas oder einen weg, hinunter.

»Jetzt muss ich Sie bitten zu gehen«, sagt sie schließlich, »ich habe noch etwas zu erledigen.« Zu ihrem Erstaunen stehen alle drei wortlos auf, sagen etwas wie »so long« und sind schon weg, so plötzlich, wie sie zuerst da waren. Sie starrt auf die schmutzigen Teller, die klebrigen Trinkgläser, als wären es Zeichen, dass sie von den Aliens nicht nur geträumt hat. Auf einmal packt sie Zorn. Sie rennt durchs Vorzimmer, reißt die Haustür auf und schreit den dreien nach, die in ihren schweren Arbeitsschuhen breit nebeneinander die Gasse hinuntertappen: »Und du komm mir nie mehr mit denen da ins Haus, hörst du?«

Die drei gehen weiter, aber der Böse dreht den Kopf zu ihr zurück und lächelt, während sie weitermarschieren.

Dann ist sie wieder allein mit dem, was das Jetzt war, das sie nicht hätte benennen können. Zorn war es manchmal, manchmal ein Brennen, als sei ihr etwas weggenommen, nein, von ihr abgeschnitten worden. Oft auch, als wäre sie mit verloren.

Ihr Mann war da anders. In seiner verschwiegenen Art trug er Informationen zusammen und berichtete abends mit unbewegter Stimme von den mageren Ergebnissen.

Ja, da gäbe es eine Gruppe. Eigentlich keine anarchistische, nicht einmal eine politische. Einige Frauen, mehr junge Männer. Alle schienen sehr hart zu arbeiten, in einer Entrümpelungsfirma, einer Art Kleidermagazin, Wohnung in einem Abbruchhaus, das ihnen vielleicht betroffene Eltern überlassen hatten. Darüber, wie es dort zuging, gäbe es nur wilde Gerüchte, die einem vernünftigen Menschen absurd vorkämen: Gruppensex, vielleicht Orgien, vielleicht Drogen – alles nur Vermutungen. Sicher nur, dass aus den streng abgeschotteten Fenstern trotzdem an den Abenden infernalischer Lärm käme, Gesänge, Grölen, Schreie.

Hier unterbrach sich ihr Mann, obwohl sie kein Wort gesagt hatte.

Als, nach vielen Wochen, ihr Sohn anrief und die Eltern zu einem Besuch einlud, war sie erleichtert. Sie war immer für klare Verhältnisse gewesen, und nichts konnte für sie quälender sein als diese Ungewissheit und unbestimmte Angst.

Und sie würde es dem Bösen zeigen!

Als der Besuchsabend da war, setzte sie sich ans Steuer, ihr Mann schweigsam daneben. Er hatte immer wieder versucht, ihr das Treffen auszureden, dieses Treffen »am falschen Ort«, wie er immer wieder gesagt hatte. Aber jetzt fuhr er mit, weil er sie dort nicht allein lassen wollte.

In diesem Stadtteil waren sie noch nie gewesen. Sie war erleichtert, als sie in die Gasse einbogen. Das war kein Slum, gewöhnliche alte Zinshäuser waren das, wie man sie überall in den Vorstadtbezirken antraf.

Und da war das Haus mit seiner dunklen Front. Das Haustor

war nicht versperrt. Wie es angegeben worden war, stiegen sie die ausgetretenen Stufen in den zweiten Stock hinauf. Dort öffnete sich eine Tür, noch ehe sie geläutet oder geklopft hatten.

Drinnen war es überhell, sodass sie zuerst geblendet war. Dann sah sie, dass es im großen Raum sehr leer und sehr sauber war. Dort drüben stand eine Gruppe von etwa zwanzig Menschen und sah ihnen mit fühlbarer Spannung entgegen. Als wären sie Exoten. Oder Feinde.

Dann Stühlerücken – wo waren die Holzsessel vorher gewesen?, es bildete sich ein Kreis, alle, die mit ihren geschorenen Köpfen und den hellen Leinenoveralls für sie zum Verwechseln gleich aussahen, standen hinter den Stühlen. Auch ihnen wurden jetzt Sitze angewiesen, auf ein unhörbares Kommando setzten sich alle, dann auch sie beide.

Unter den anderen war auch der breite, sehr große Mann, den sie den »Bösen« nannte, wenn sie an ihn denken musste – und sie dachte an jedem Tag an ihn – vielleicht dachte sie unter allen ihren anderen Gedanken immer und immer an ihn.

Jetzt erst erkannte sie ihren Sohn unter den anderen Gleichen, dort drüben saß er und hielt den Kopf gesenkt und sah auch nicht auf, als jetzt im Kreis eine Art Ratespiel begann. Fragen und Antworten gingen hin und her. Erst hörte sie nicht richtig hin, sie war froh, dass man sie in Ruhe ließ und sie zuhören konnte. Freilich richteten sich während des Spiels zwei-, dreimal alle Augen auf sie, als wäre sie gerade angesprochen worden, sie reagierte nicht, saß nur da, dann ging das Fragen und

Antworten weiter und sie saß da und ließ alles vorüberrinnen. Erst als ihr Mann mit seinem Vornamen aufgerufen wurde und er neben ihr mühsam lächelnd abwehrend die Hände hob, wurde sie aufmerksam, da merkte sie, dass der Ton der Fragen drängender geworden war und beinahe drohend, und sie unterschied jetzt Worte, unflätige, die sie nur selten gehört und niemals gebraucht hatte, und jetzt sah der Böse, der alle die Fragen wie ein strenger Zuchtmeister gestellt hatte, ihren Sohn an und fragte: »Wie oft hast du deine Mutter gefickt? Oder hast es gewollt und dich nicht getraut, Schlappschwanz?«

Ihr Sohn rührte sich nicht.

Sie stand auf und sagte: »Es reicht. Ich gehe.« »Wenn du willst, kannst du mitkommen«, sagte sie zu ihrem Sohn.

Im Raum war Spannung – ein elektrisches Feld –, Sekunden vor der Entladung. Sie schritt auf die Wohnungstür zu. »Sperren Sie auf«, befahl sie dem, der am nächsten saß. Mechanisch stand der auf und drehte den Schlüssel. Gleich würde es vorbei sein.

Hinter ihr war die Stimme des Bösen sehr leise: »Das war jetzt Therapie, gnädige Frau. Verstehen Sie, Therapie. Damit die den Familienscheiß loswerden und die verklemmte Verlogenheit!« Jetzt schrie er: »Ich zeige es Ihnen auch gerne! Das willst du nämlich, du geile Sau!«

Sie steht erstarrt unter den Worten, da packt sie ihr Mann und zieht sie zur Tür hinaus.

Irgendwie kommen sie heim. Irgendwann ist sie im Bett, liegt regungslos da neben dem stummen Mann. Das Toben in ihrem Kopf, in ihrem Körper ist kaum zu ertragen.

Irgendwann sagt ihr Mann aus der Finsternis: »Das war sehr raffiniert von diesem Kapo. Er ist wirklich gefährlich. Unser armer Bub!« Sie kann nicht antworten.

Wie es sein musste, Teil dieses Haufens zu sein. Sich einfach seinen Befehlen hinzugeben. Sich hineinfallen lassen, blind. Ohne Verantwortung, ohne Hemmung.

Sie setzt sich auf und beginnt zu lachen. Sie sitzt im Bett und lacht und lacht, das Lachen wird immer lauter, sie kann nicht mehr aufhören zu lachen, obwohl ihr schon die Tränen hinunterrinnen.

Der Mann neben ihr hat Licht gemacht. Er klopft ihr besorgt auf die Schulter und will sie zu sich ziehen. Aber sie stößt ihn weg und lacht weiter. Er braucht nicht zu wissen, wie ihr ist, die Angst um ihr Kind und der Zorn und das Verlangen, auch dort zu sein, wohin er sich geflüchtet hat.

Sie springt aus dem Bett und rennt ins Bad und schüttet sich Hände voll kaltem Wasser ins Gesicht und hält die bloßen Arme unter den Strahl, ihr Nachthemd ist schon ganz nass, das kühlt, endlich hört das Lachen auf.

Sie geht zurück, mitten im Schlafzimmer bleibt sie stehen, sie steht da und flüstert: »Ich könnte ihn erwürgen. Mit meinen bloßen Händen könnte ich ihn erwürgen.«

So steht sie noch eine Weile, starr. Dann schlüpft sie zurück ins Bett, nass, wie sie ist, unter die Decke.

Ihr Mann liegt lang und gerade ausgestreckt neben ihr. Nach

einer langen Zeit hört sie ihn sagen: »Ich werde zur Polizei gehen. Da muss etwas getan werden.«

Und wieder nach einer Weile: »Reg dich nicht auf. Das schadet dir.«

Und viel später, da ist sie beinahe in eine erschöpfte Bewusstlosigkeit gedriftet: »Er kommt zu uns zurück. Er kommt zurück.«

Der lange Schlaf

Wenn er aufwachte aus einem in Schüben stoßartig dem rettenden Morgen zudrängenden Schlaf, der von wirren Träumen durchzackt war, durfte er noch eine Weile die Augen geschlossen halten. Und behaglich auf das Schlagen der Pendeluhr warten. Er würde dann ihre Schläge zählen, erst die silbernen für die Viertelstunden, dann die bronzenen für die vollen. Und wissen, dass ihm noch immer Zeit blieb, bis er die unwilligen Beine hinüberschieben, die Füße auf den Bettvorleger stellen und endlich dastehen musste, um den Tag zu beginnen.

Auch heute zählte er mit, als die Schläge kamen. Danach war es dreiviertel drei. Jetzt öffnete er die Augen, die Kammer war taghell, es herrschte jedoch ein trübes Grau, das einen wolkenverhangenen Tag verkündete. Er setzte die Brille auf und sah aufs Zifferblatt der alten Uhr. Sie zeigte an, was ihre Schläge ihm schon verraten hatten. Dreiviertel drei! Er lag starr und überlegte. Es konnte unmöglich die Nachtstunde sein, die die Uhr gemeint hatte, und schon gar nicht die nachmittägliche. Die Uhr spielte verrückt, sie war ja auch sehr alt. Das bedeutete, dass wieder etwas seinen Tagesablauf störte, ein Ding, das zur Reparatur getragen, wochenlang vermisst und wieder heimgeschleppt werden musste. Von den hohen Kosten einer solchen Spezialreparatur zu schweigen.

Der Tag fing ja gut an. Seufzend stand er auf und schlurfte hinüber in die Küche. Dort zeigte die Wanduhr die gleiche Zeit, die die Biedermeieruhr angegeben hatte, nur waren inzwischen drei Minuten vergangen.

Verwirrt sah er zum Küchenfenster hinaus. Drunten lag die Hauptstraße mit ihrem den ganzen Tag dahinfließenden Strom von Fahrzeugen, schweren und leichten, hie und da eine rot dahingleitende Straßenbahn dazwischen, von der er wusste, dass sie in all dem Dröhnen und Schleifen, das gedämpft durch sein Fenster drang, so gefährlich lautlos daherkam, wie es die Stadtverwaltung versprochen hatte.

Aber dann sah er genauer hin und da waren zwei Kinder, Schulkinder, folgerte er aus ihrer Größe, die ihre Mutter wohl beim Einkaufen begleiteten, und dort noch ein Halbwüchsiger und dann noch einer: es konnte also nicht Vormittag sein, vormittags saßen solche Kinder in der Schule.

Er war stolz auf diesen logischen Schluss: Klares Denken war immer seine Stärke gewesen, und auch jetzt brauchte er keine Kreuzworträtsel oder die anderen Trainingsmethoden, die sich die Übergescheiten ausgedacht hatten, um alte Gehirne in Form zu halten.

Immer noch in einem Zustand lähmender Verwirrtheit ging er zum Telefon, suchte im großen Telefonbuch, das er ganz verstaubt aus dem Unterfach zog, nach der richtigen Nummer, fand sie endlich und ließ sich von einer Computerstimme die Normalzeit zwei-, dreimal aufsagen.

Seine beiden Uhren gingen richtig. Inzwischen war es 15 Uhr

35. Er hatte also bis in den Nachmittag geschlafen, daran war nicht zu rütteln. »Kein Unglück«, sagte er beruhigend zu sich, denn es war, als gleite der Boden unter seinen Füßen hin und her und höbe und senkte sich. »Kein Unglück, kein Mensch kann mich vermisst haben. Und umso schneller wird die Nacht kommen«, wollte er dazufügen, aber das verbot er sich rechtzeitig. Daran musste er ja jetzt noch nicht denken.

Aber warum hatte er so lang geschlafen? War er krank? Ein Schlaganfall, wenn auch ein leichter? Äußerte sich so eine verstärkte Herzschwäche? Als er das dachte, spürte er, wie sein Herz zu galoppieren begann, es klopfte in seiner Brust noch unruhiger als sonst, es klopfte, als wolle es die dünne Haut zerreißen. Er ging zurück ins Schlafkabinett und legte sich aufs Bett. Seine Beine hatten ihn nicht mehr tragen wollen und er fühlte sich benommen.

Ob es so anfing, das Ende? »Aber du sagst dir doch immer, dass du sterben willst, da gehört das alles genauso dazu, auch deine Angst«, redete er sich zu.

Dann lag er nur da. Es war still im Zimmer, von draußen kam gedämpft der Verkehrslärm, das war beruhigend in seinem gleichmäßigen Auf- und Abschwellen. Langsam stand er wieder auf und ging in die Küche, um das Frühstück zu richten, den Tee ließ er lange ziehen, bis er dunkelbraun in der Schale stand, schwarzer Tee sollte beruhigen.

Da fiel ihm etwas ein, was Jahre her war – nein, Jahrzehnte mochten schon darüber vergangen sein. Er hatte sich damals eine Jause in dem neuen Café geleistet. Und als er von der

Toilette zurückkam, hing zwar sein neues Jackett noch über der Stuhllehne (auf der Toilette war ihm plötzlich die Angst gekommen, dass es ihm einer stehlen könnte) – aber jemand hatte seine Melange ausgetrunken, die auf dem Marmortischchen auf ihn gewartet hatte, und ein großes Stück von seinem Kirschkuchen abgebissen.

Damals war er genauso verwirrt gewesen wie jetzt. Als wäre nicht nur seine Behaglichkeit aus den Angeln gehoben und hingeschmettert worden, sondern der ganze Kosmos mit – das ganze All samt seinen Sonnen und Sternen –, als wäre das Geschehene nicht der Streich eines dummen Teenagers gewesen, sondern das Menetekel des nahenden Weltuntergangs.

»Sich die Kugel geben«, das sagte sein verrückter halbwüchsiger Enkel oft. Sich die Kugel geben und weg sein. Unbelangbar – hieß das nicht so bei der Polizei? Und wieso ging ihm das nicht aus dem Kopf? Unbelangbar.

Als er das Frühstück richtete, ging ihm auf, dass die Unruhe des Morgens – nein, des Nachmittags – sich fortsetzen musste. Das konnte nicht anders sein, wenn man statt um halb acht sich erst um vier Uhr nachmittags zum Frühstück setzte statt zur Kaffeejause mit der Honigsemmel, die eigentlich verboten war. Das Telefon läutete – natürlich, er hatte doch in seiner Morgenpanik einen Termin vergessen! Schon wurde er gefragt, ob er wieder nicht zum Donnerstagtreffen kommen werde. Rasch fand er eine Ausrede, er sagte nichts von dem Chaos, das gerade über ihm hereingebrochen war, die beiden anderen hätten alles auf sein Alter geschoben, sie bildeten sich

etwas darauf ein, dass der eine fünf und der andere gar sieben-
einhalb Jahre jünger war als er … aber er steckte die beiden
noch lange in die Tasche, geistig sowieso und körperlich ging
es auch noch …

Es war 16 Uhr 15, als er endlich mit der Frühstückssuppe
beginnen konnte. Jeden Morgen schöpfte er sich einen Teller
voll aus dem großen Topf. Haferflockensuppe sollte unglaub-
lich gesund sein, und das stimmte sicher, auch wenn sie heute
schon ein bisschen sauer schmeckte.

Auf einmal war es wieder da. Ein Grauen, das ihn überwäl-
tigte. Das tiefe, bewegungslose Wasser, das ihn verschlang.
Das Bodenlose.

Er saß da, den Löffel in der Hand, und zwang die Erinnerung
näher. Das war doch so lange her. Damals, lang vor den Jahren
mit seiner Frau.

Als er mit der Schwarzhaarigen zusammen gewesen war, die
ein komisches Deutsch sprach. Und immer lachte. Eine Verrückte war sie gewesen! Jedes Mal, wenn er von der Arbeit
gekommen war, hatte sie in der Souterrainwohnung ihre wenigen Möbelstücke umgestellt und statt der fehlenden Tep-
piche ihre Sommerfetzchen auf den Holzboden gebreitet. Sie
zerrte ihn mit zum Tanzen und dann saß er an der Theke,
trank sein Bier und sah ihr zu, wie sie sich von einem Tanz in
den anderen warf.

Manchmal hatte sie gekocht und manchmal nicht, und
manchmal lachte sie ohne Grund und manchmal weinte sie,
und er kannte sich mit ihr nie aus.

Und einmal hatte sie ihn mitten in der Nacht wachgerüttelt, »komm« hatte sie erst geflüstert und dann gerufen, »komm. Jetzt. Gleich.« Gerade, dass sie ihn die Hose hatte anziehen lassen und das verschwitzte Leibchen, die von gestern über dem Stuhl hingen. Sie hatte ihn fortgezogen, zur Tür hinaus und die Gasse hinunter, in der rechts und links die Häuser dunkel lagen, und dann war sie ihm beim Schein der spärlichen Straßenlampen vorausgelaufen, bis es keine Lampen mehr gab, da waren sie auf den Lehmhängen, wo hie und da nur ein wenig Gestrüpp wuchs, in das sie manchmal beim Laufen gerieten, und jetzt wusste er, wohin es ging, zum Ziegelteich, dorthin zog es sie ja immer.

Jetzt sprang sie hinein wie sie war, in dem dünnen Kleidchen, das sie auch für die Nacht nicht ausgezogen hatte, und im Wasser tobte sie und strampelte und lachte, und dann jauchzte sie und schrie, vielleicht, weil das Wasser kalt war, und er hatte Angst, dass es die in den nahen Ziegelarbeiterhäusern hören würden und angelaufen kämen.

Aber dann ist ihm das gleich, er fängt auch an laut zu lachen, er singt auch und stampft und springt am lehmigen Uferrand mit bloßen Füßen, er kann gar nicht anders, und dann fängt er an sich im Kreis zu drehen, ihm ist schon ganz schwindlig, er singt immer lauter, und die im Wasser lacht laut und lacht ihn aus und dann streckt sie ihre Arme aus und schreit: »Komm! Komm!«, und er springt und strampelt weiter und lacht, aber auf einmal geht ihm das Wasser schon bis zum Mund und da fällt ihm ein, dass er nicht schwimmen kann, da schlägt er verzweifelt um sich und sie erwischt seinen Arm und zieht ihn ins Seichte und hilft ihm zurück aufs Trockene und ist erschrocken.

Nass, wie sie sind, liegen sie nebeneinander im spärlichen Gras … Er zittert, dicht neben sich hört er ihr Zähneklappern und doch bleibt er liegen, er liegt da und schaut hinauf, wo viele Sterne sind, helle Sterne, die näher und näher kommen, dazwischen viele kleine, die herleuchten, und auf einmal bewegen sich die großen Sterne langsam, ein jeder in seiner Bahn. Er schaut und schaut, auf einmal kommen die Sterne immer näher und sind schon sehr groß und ganz nah, Lichtwelten, da springt er auf und zieht sie auch hoch, sie wehrt sich nicht, und sie rennen nach Hause, wo sie aus den nassen Kleidern steigen und ins Bett fallen und aneinandergepresst unter der Decke liegen und immer noch zittern vor innerer Kälte.

Er saß noch immer mit dem Löffel in der Hand. Vielleicht war das auch gar nicht so gewesen. Und ist das, was ihm jetzt aufgestiegen ist, gar nicht seine eigene Erinnerung, vielleicht hatte er so etwas in einem Kinofilm gesehen, den er mit seiner Frau hatte anschauen müssen, widerwillig, aber es war ihr Geburtstag.

Und am nächsten Morgen war er dann nicht zur Arbeit gegangen. Sie war nicht da, und er wusste nicht, wo sie sich herumtrieb.

Er lag im Bett. Aber das war nicht so angenehm, wie es hätte sein können. Manchmal liefen auch jetzt noch Kälteschauer durch seinen Körper, und die herabstürzenden Sterne waren, jetzt als Drohung, immer wieder da, ehe sie endlich für immer verloschen.

Er versuchte der alten Erinnerung, die in seinem Körper aufgestiegen war, den Weg zu versperren. Dieses Schaudern und Herzrasen würde bald vergehen. Es war nichts als eine alte Erinnerung, was ihn jetzt bedrängte, und vielleicht nicht einmal eine Erinnerung, sondern eine Einbildung, genährt von einer Kinoschnulze.

Bald würde es Abend sein. Er wusste nicht, ob er das Mittagessen auslassen und nur zu Abend essen sollte – aber er hatte sicher so bald keinen Appetit. Und sollte er zur gewohnten Stunde schlafen gehen? Er würde ja hellwach sein! Er wusste sich keinen Rat.

Es half nichts, jetzt war er im Chaos versunken, es würde über ihn herrschen, morgen und übermorgen und so lang er noch da war. Während er in den noch immer ungeleerten Suppenteller starrte, wusste er, dass er sterben würde. Es war Zeit.

Der sonderbare Mann

Er war so anders als sie alle, die, Studenten der verschiedenen Fakultäten, wie Mückenschwärme umeinander, miteinander kreisten und jeden Tag, nein, jede Stunde sich von einem anderen Ziel anlocken ließen.

Er war ja auch älter als die anderen, die noch mitten im Studium standen oder sich gerade in einen Beruf hineintasteten, er hatte schon eine Anstellung und ein Gehalt, von dem er freilich das tägliche Leben nicht bestreiten konnte, aber »wissenschaftliche Hilfskraft« – das klang schon nach etwas!

Dabei war es, als sei er jünger als sie alle: mit seinen naiven Fragen, mit seinem Ungeschick bei den alltäglichsten Verrichtungen, seiner Abschottung gegenüber den erregenden Wirrnissen der Großstadt – ein Provinzler eben, mit mitgebrachten Gewohnheiten und ungeprüften Grundsätzen.

Und doch war er liebenswert, wenn er sie schwer keuchend in einem endlosen Walzer drehte und dabei Atem genug fand, um ihr den Inhalt seiner Doktorarbeit haarklein nachzuerzählen – sie war so schwindlig von dem Gekreise und dem Wortstrudel, dass sie nur jedes zehnte Wort verstand.

Und die Abendessen in ihrer Studentenbude – da saßen die vier oder fünf um den Küchentisch und sahen ihm stumm zu, wie er den Nudeltopf zu sich zog und ihn unter ihren Augen, ohne es zu bemerken, leer aß und wieder redete und redete. Worüber, hätten sie alle fünf nachher nicht zu sagen gewusst – war es etwas über den Investiturstreit gewesen und seine Auswirkungen auf die heutige Politik?

Auch damals war ihm keiner böse gewesen.

Später hatten sie einander aus den Augen verloren: Es kam nämlich für die meisten von ihnen die Zeit der fiebrigen, im Blitztempo ablaufenden Liebesgeschichten.

Irgendwann erreichte sie später das Gerücht, dass der junge Historiker immer öfter mit dem Käthchen gesehen wurde – das war eine plötzlich in der Stadt aufgetauchte junge Schauspielerin aus dem tiefsten Tirol, die in einem Kellertheater das »Käthchen von Heilbronn« so schrill und ungebärdig spielte, dass sich die Kritiker vor rasch aufflammender Begeisterung mit ihrem Lob beinah überschlugen und halb Wien die Vorstellungen stürmte.

Und dann hörte man, dass der Freund, dieser sonderbare Mensch, tatsächlich das Tiroler Käthchen geheiratet habe …

Auch sie war schon verheiratet und hatte in rascher Folge ihre zwei Kinder bekommen und war wie untergetaucht in den Anforderungen eines so anderen Lebens, als das Geschrei und der Streit um den alten Freund, den jetzt fernen, auch zu ihr durchdrang.

Dieser Mann, der sich bisher in seinem abgeschiedenen Gelehrtenwinkel still verhalten hatte, hatte ein unverbrüchliches Gesetz verletzt: In seinen Schriften und Vorträgen hatte er die beiden polaren Weltgegner, die nicht nur alle politischen und militärischen Kräfte, sondern auch alle Ideologen in ihrem jeweiligen von Waffen aller Art starrenden Lager versammelt hatten, zum Beginn eines Gesprächs mit dem anderen aufgefordert.

Endlich durchschaute man ihn: Der Mann war klug genug, nicht von Aussöhnung zu reden, aber schon das Aufmerken und Zuhören, das eine solche scheinbar naiv vorgeschlagene Auseinandersetzung erforderte, bedeutete Öffnung, eine »Bresche im Abwehrsystem«. Da drohten unvorstellbare Gefahren. Der Mensch war ein Verräter an der guten Sache, schlimmer noch, wahrscheinlich ein Agent des Feindes!

Jedoch bald schon begriffen die Schreier ebenso wie die Intrigenspinner, dass sie sich ihre Gegenstrategien schenken konnten. Dieser Verrückte nahm sich ja selbst aus dem Spiel: Seine gelehrten Abhandlungen gerieten ihm so lang, dass auch die Wohlmeinendsten nach einigen hundert Seiten in den Nebengeleisen und Faktenhaufen hängen blieben; und bei den Vorträgen und Diskussionen, zu denen der interessante Gefährliche nun immer seltener geladen wurde, verhedderte er sich so sehr in all dem Gewussten, das es auch aufzuzählen galt, dass sich ein Streitgespräch bald in ein klägliches Feilschen um Daten und Jahreszahlen auflöste.

Nun musste man diesem Mann nur noch einen Ehrenposten weitab von politischen und intellektuellen Kampfstätten verschaffen, und sein Fall war elegant erledigt.

Jahre später trat der Jugendfreund wieder in ihr Leben. Irgendwann war ihr Mann dem Zurückgezogenen begegnet, und anscheinend hatten die beiden Männer Gefallen aneinander gefunden. Die beiden Familien begannen, auf eine beiläufige Art miteinander umzugehen: Man besuchte einander gelegentlich, und manchmal gab es eine gemeinsame Unternehmung, etwa einen Museumsbesuch oder einen Ausflug.

Ihre Wiederbegegnung mit dem Käthchen aus Studententagen war, als lernte sie einen anderen Menschen kennen: Die Frau sprach noch immer ihren schweren Tiroler Dialekt, dessen Anflug damals die Zuschauer so entzückt hatte, und zeigte in Kleidung und Gesten, dass sie von anderswo herkam und nicht bereit war, sich den Umgangsformen der Großstadt einzufügen, aber jetzt war sie es, die sprach und sprach und sprach, über die Schwierigkeiten, die jeder Tag anschleppte, über die Schulprobleme der Söhne, die doch, wie sie hervorhob, Musterschüler waren, über die Sticheleien und Anspielungen, denen sie sich bei jedem Ausgang ausgesetzt fühlte. Und dabei röteten sich ihre hageren Wangen.

Ihr Mann, der früher so viel geredet hatte, saß dann schweigend daneben und schaute vor sich hin. Er sah dabei zufrieden aus und auch so, als hätte er sich in eine andere Welt zurückgezogen, die schalldicht von der hiesigen abgeschottet war. Vielleicht war es so – vielleicht auch nicht: Sie hätte nie sagen können, was dieser Mann fühlte oder für sich dachte.

Saßen die beiden halbwüchsigen Söhne mit am Tisch, so schwiegen auch sie beharrlich, aber es fielen der Besucherin die verstohlenen Blicke auf, die sie manchmal von der Seite auf ihren schweigenden Vater richteten, diese Blicke waren voller Verstehen und einer leisen Zärtlichkeit, die wohl nie Umarmungen oder die kameradschaftliche Ruppigkeit von Männerbalgereien gekannt hatte, wie sie oft zwischen anderen Vätern und Söhnen üblich ist.

Irgendwann riss der Umgang mit der anderen Familie ab, so jäh, wie er begonnen hatte.

Und dann, das war wieder Jahre später, ging sie an einem Sommerabend über den Wiener Graben und sah vor der Pestsäule ihren Jugendfreund stehen.

Sie erkannte ihn gleich, obwohl er ihr kleiner vorkam und sein einst massiger Körper geschrumpft schien, der schwere Anzug, von einer Art, wie er sie immer schon getragen hatte, schlotterte um seine Gestalt.

Als wäre er selbst eine Statue, stand er auf seinen Stock gestützt im Strom der drängenden und rufenden Touristen und der Heimkehrenden und sah mit in den Nacken gelegtem Kopf zu den steinernen Heiligen über sich hinauf.

Jetzt fiel ihr auf einmal alles ein, was im Lauf der letzten Jahre nach und nach zu ihr gedrungen war: dass die Frau es nicht mehr ausgehalten hätte in der so fremden Stadt, zurückgekehrt sei in ihr Bergdorf, nachdem auch die Söhne zum Studium weit weg gezogen seien. Und dass der einst so sehr Beachtete nun allein und zurückgezogen in seiner Wohnung lebe, wirklich allein, ohne das Umfeld von alten Bekannten,

Kollegen, wer weiß, auch Freunden. Sie hatte nicht gehört, ob der Mann diese Einsamkeit gesucht hatte oder ob die anderen sich zurückgezogen hatten, als er krank geworden war und nicht mehr viel aus seiner Wohnung kam. Denn das hatte sie ja auch gehört und gleich wieder vergessen: dass der alte Freund – Freund? – an Krebs erkrankt war, und später, dass es nicht gut um ihn stünde.

Jetzt trat sie von hinten an ihn heran und sprach ihn an. Ohne den Kopf zu wenden, ohne ihren Namen zu wiederholen, sagte er nur, während er noch immer zu den Steinmännern hinaufschaute: »Ich verabschiede mich.«

Sie tat, als sei sie dabei nicht zusammengezuckt, und fragte nur: »Willst du nicht mitkommen? Ich habe dort drüben den Wagen. Komm mit und iss mit uns auf der Terrasse, es ist ein so schöner Abend.«

Jetzt wandte er sich um und folgte ihr, ohne noch etwas zu sagen. Auch auf der Heimfahrt sprachen sie kaum.

Daheim führte sie ihn auf die Terrasse und ließ ihn ruhig sitzen, während sie in die Küche ging und die einfachen Speisen zusammenholte.

Sohn und Tochter waren aus ihren Zimmern gekommen und halfen ihr mit Gläsern und Tellern; draußen auf der Terrasse sahen die beiden, als alle zu essen angefangen hatten, halb neugierig, halb scheu auf den unvermuteten Gast.

Der aß und aß, und wie in seinen alten Zeiten hatte er zwischen den Bissen auch wieder zu sprechen begonnen. Ein Redestrom. Ihre Kinder mochten kaum essen, sie saßen starr, ohne zu hören sahen sie den Gast an, sein ausgemergeltes schneeweißes Gesicht, seine weißen Hände, wie eiskalt dem Mann sein musste, der, während er sprach und immerfort sprach, den Teller mit Schinken zu sich gezogen hatte und schon beinah leergegessen hatte und sich nun über den Käse hermachte. Als hätte er die Erstarrung der beiden Jungen bemerkt, sagte er jetzt beiläufig, »ich muss essen und essen, ich habe ja Krebs, sogar zwei Arten von Krebs, ich muss den Krebs übertrumpfen, der mich aushungern will.«

Sie schweigen, der Gast redet. Jetzt ist er in der Vorkriegszeit angekommen, bei einem Mann ohne politischen Rang, der jedoch als Graue Eminenz an vielen Fäden gezogen hatte.

Sie horcht auf – die Familie dieses Mannes war auf mehrfache Weise mit der ihren verbunden –, ›das darf ich nicht vergessen, ich muss es morgen meinem Mann erzählen‹, denkt sie und hat es schon vergessen – und hört schon nicht mehr zu, weil es ihr jetzt plötzlich aufgeht, weil sie es plötzlich sieht: Der Mann, der da drüben spricht und spricht, sitzt, ihnen allen unsichtbar, ungreifbar hinter einer Mauer. Der Mauer, die er sich aufgebaut hat aus Historie und Zeitschau und Reden und Reden und Reden.

Wie eine sprudelnde Quelle, die fließt und fließt und immer höher das Sintergestein um sich türmt und schon dahinter verschwunden ist.

Sie kennt den nicht, der von drüben herüberredet.

Auf einmal ist es still am Tisch. Der Gast hat aufgehört zu essen, zu reden, sie sieht, wie erschöpft er ist. Sie schweigt ebenfalls und die beiden anderen schweigen noch immer. Vom Dach des Nachbarhauses hört man die Amsel singen.

»Komm, ich bringe dich jetzt nach Hause«, sagt sie. Schwerfällig zieht sich der Mann hoch und greift nach seinem Stock. Ihren Kindern winkt er nur von weitem zu, mit dem Blick eines, dem alles in weite Ferne gerückt ist.

Im Auto bleiben die beiden stumm. Dicht neben sich spürt sie, wie die Kräfte des Freundes ausfließen, sie hat Angst, dass sie ihn aus dem Auto heben und in seine Wohnung schleppen oder tragen muss.

Doch als sie angekommen sind, sagt er: »Bleib!«

Langsam wendet er sich zu ihr, die bewegungslos hinter dem Lenkrad sitzt, er sagt: »Leb wohl«, ehe er die Wagentür öffnet und mühsam herauskriecht. Bevor er sich zum Aussteigen abwendet, sieht er sie an mit seinem vollen Blick.

›Er hat mich ja in all den Jahren noch nie, nie angesehen‹ – das denkt sie, während der Mann sich langsam am Geländer die Stufen zum Haustor hochzieht, seinen Schlüsselbund sucht und in der Anzugtasche findet, aufsperrt, durchs Tor tritt, das sich langsam hinter ihm schließt.

Auch als er hinter dem Haustor verschwunden ist, sitzt sie noch da, noch lange. Es ist inzwischen dunkel geworden, kein Mensch auf der Gasse.

›Er hat mich angeschaut und ich habe ihn gesehen.‹ Das denkt sie und sitzt noch immer, ohne sich zu rühren, bis sie endlich den Motor anlässt und langsam losfährt, heim.

Kopfüber kopfunter

Nein, er konnte es nicht verstehen, nicht den Moment einfangen, an dem es angefangen hatte.

Und es war doch ein schöner Sonntag gewesen. Es war erholsam gewesen mit dem Freundespaar, sie hatten spät gefrühstückt auf der vom Nussbaum beschatteten Terrasse, waren dann faul herumgelümmelt, ohne Zeitgefühl hatten sie Zeitung gelesen, geraucht, hie und da war einer aufgestanden und hinübergeschlendert zum Pool. Mundfaule Unterhaltungen dazwischen. Er hatte bemerkt, wie die klebende Müdigkeit der letzten Geschäftsreise sich allmählich auflöste.

Und sie war ja mit ihnen dagesessen, mit halbgeschlossenen Augen, hatte sehr wenig gesprochen, aber sie sah gelöst aus, fast zufrieden. Und irgendwann hatte sie sich weit weg von ihnen der Länge nach in die Wiese gelegt und war eine ganze Weile dort drüben geblieben. Er gönnte ihr ihre stummen Einsamkeiten!

In einer guten Stunde hatte sie ihm einmal erzählt, dass sie diese Nullzeiten brauche, um wieder ins Lot zu kommen. »Du hast halt eine andere Art, dich zurückzuziehen. Du machst das rücksichtsloser, bist da und dann auf einmal mitten im Beieinandersein weg, lässt den anderen allein – auch wenn du noch dasitzt, wie ein Holzklotz dort, wo gerade noch du warst.«

»Du wirst schon recht haben«, hatte er damals geantwortet, obwohl er nicht wirklich wusste, wovon sie da sprach. Und es eigentlich auch gar nicht wissen wollte.

Wahrscheinlich hatte es wirklich mit diesem Weggehen, diesem Wiesenschlaf angefangen, obwohl ihr, als sie zu ihnen zurückkam, vielleicht, weil ihr der Kaffeegeruch dort auf der Wiese in die Nase gestiegen war, ein entspanntes Lächeln um den Mund lag, von dessen Schönheit er beim zufälligen Hinschauen noch immer entzückt war.

Sie waren an diesem Sonntag noch lange beieinander geblieben, die vier, hatten Wein getrunken und am verdämmernden Abend einander Geschichten erzählt. Die alten Geschichten aus ihrer Jugend, obwohl es da eigentlich nicht viel zu erzählen gab, weil sie nicht nur die Kindheit in der kleinen Stadt, sondern später auch die Studentenzeit miteinander geteilt hatten.

Die Frauen hatten mehr zu erzählen gehabt als die Männer, die warfen manchmal eine Anekdote dazwischen und lachten schon miteinander, noch ehe sie zur Pointe kamen, und konnten dann vor lauter Lachen nicht zu Ende erzählen – dann sahen die beiden Frauen einander verständnisinnig an und lächelten.

Die Heimfahrt war still verlaufen – er war jetzt ausgeruht und angenehm entspannt; so ließ sich die kommende Woche gut an.

Als er in der Nacht aufwachte, war sie nicht neben ihm. Er döste weiter, schien aber doch soweit dem Wachzustand nahegeblieben zu sein, dass er aufschreckte, als er sie nach einer, wie ihm vorkam, langen Zeit noch immer nicht neben sich spürte. Er stand auf.

Sie saß im dunklen Wohnzimmer, das nur die Straßenlampen ein wenig erhellten. Sie saß sehr aufrecht in einer Sofaecke und nicht in ihrem Lieblingsstuhl. »Was ist los?«, fragte er, »wirst du krank?« »Geh wieder schlafen«, sagte sie, verächtlich, schien ihm, »das verstehst du sowieso nicht.«

»Ich lasse dich nicht so allein dasitzen«, sagte er, »erzähl mir, was los ist«, und suchte unter der Schläfrigkeit seine Geduld zusammen.

»Erzähl schon!«, wiederholte er. »Da ist nicht viel zu erzählen«, sagte sie, »mir ist nur auf einmal alles so sinnlos vorgekommen, als ihr eure Geschichten erzähltet.« »Unsere Geschichten«, antwortete er, »du hast heute miterzählt und damals mitgemacht.« Sie schob seine Hand weg. »Ich habe eine andere Geschichte. Die kennst du nicht und keiner kennt sie.« »So erzähl mir jetzt deine Geschichte – fang wenigstens damit an!« Es würde eine kurze Nacht werden, dachte er. Aber es war wichtig, jetzt nicht wegzuschauen, wegzugehen – das hatte er in den Jahren mit ihr gelernt.

Sie starrte vor sich auf den Teppich. »Ich weiß gar nicht, was da zu erzählen ist.«

Er hätte jetzt gern gesagt, »Komm, gehen wir wieder schlafen. Morgen früh sieht dann alles ganz anders aus« – und das nicht nur aus gesunder Bequemlichkeit, sondern weil es seiner Erfahrung entsprach, dass in seinem Schlaf innere Kräfte am

Werk waren und das, was ihn am Abend als Ausweglosigkeit niedergedrückt hatte, so zurechtschob, dass er am nächsten Morgen zwar mit dumpfem Kopf wie bei einem leichten Kater aufwachte, aber doch seine Welt wieder anschauen und bewohnen konnte wie sonst auch: eben zurückgekehrt ins normale Leben.

So aber saßen sie einander schweigend im matten Licht von draußen gegenüber.

Plötzlich sagte sie vor sich hin: »Ich habe immer gewusst, dass es anders sein müsste mit mir. Schon, seit ich dreizehn war oder vierzehn. Da war schon alles falsch.«

»Was war falsch? Erklär es mir!« Seine Ungeduld war vergangen.

»Das kann ich dir nicht erklären. Weil ich's mir selber nicht erklären kann. – Aber jetzt, jetzt werde ich es ändern. Ich gehe nach Indien, nach Kerala. Da sucht eine Missionsschule eine Lehrerin für ihre Handelsklassen. Wenn ich schon nicht weiß, wohin mit mir, werde ich wenigstens nützlich sein. Und anderen helfen.«

»Sie werden dich nicht nehmen«, widersprach er. »Sie werden kapieren, wie unausgeglichen du bist, sie werden deine Motive durchschauen. Mach dir nichts vor!«

»Du wirst dich wundern«, erwiderte sie, »sie haben mich aufgenommen! Ich hatte die Aufnahmegespräche in der vorigen Woche, als du wieder einmal fort warst.«

»Dann ist ja alles entschieden«, sagte er, »und wir können schlafen gehen«, und erhob sich.

Die beiden nächsten Wochen verliefen ruhig. Er merkte, dass sie immer später aus der Schule kam. Und ihre in den Zimmern verstreuten Besitztümer schienen weniger zu werden. Im Vorzimmer fehlte ein Bild, das ihr gehörte, und die kleinen Silbergefäße, die Döschen und Vasen, die sie auf ihren Reisen gesammelt hatte, schienen eines nach dem anderen zu verschwinden. Das silberne Zeug hatte auch gar nicht zu ihr gepasst!

Die Freunde riefen an und waren beunruhigt. Sie hatte ihnen ihre neue Skiausrüstung angeboten. Er sagte, »haltet euch ruhig, reagiert nicht, ihr kennt sie ja.«

Später ließen die beiden Vertrauten nicht mehr von sich hören. Dann war sie einmal schon früh da, sie musste gleich nach der Schule heimgerannt sein. Noch ehe sie die Regenjacke ausgezogen hatte, trat sie an seinen Schreibtisch und stand da. Er schaltete den Computer ab und wartete.

Sie sagte sehr schnell und leise: »Ich werde nicht fahren. Ich habe Kerala abgesagt.«

Eine Weile blieb es still. Dann sagte er: »Du wirst viel Platz in der Wohnung haben. Ich ziehe wieder zu Lida und dem Kind.«

Dann nichts. Bis sie endlich sagte: »Vielleicht hätte ich dir öfter sagen sollen, dass ich dich liebe. Trotz allem. Ich hätte es das letzte Mal dazusagen müssen – und früher auch schon.«

Er antwortete: »Das hätte nicht viel geändert. Genauso wenig, wie dass *ich* dich liebe. Es geht nicht zusammen, du bist, wie du bist, und ich bin, wie ich bin, und so wird es immer sein.«

Zwei Jahre später hatten sie sich für einige Wandertage verabredet.

Es war ganz leicht gewesen: obwohl sie dazwischen nur selten miteinander telefoniert hatten, und dann immer nur, um praktische Dinge zu klären – ein Konzertabonnement, das zu kündigen war, die Postnachsendung –, doch war dieses gemeinsame Wochenende gleich klar vor ihnen gestanden.

Die zwei Wandertage ließen sich schlecht an. Sie waren beide müde, ausgelaugt. Beim schnellen Gehen fehlte die Luft zum Reden, und am Abend hatten sie sich so erschöpft, dass sie nach dem Essen gleich nebeneinander einschliefen.

Es ist gut, dass sie am nächsten Abend in die Kreisstadt müssen. In den Stadtkleidern, die sie miteingepackt haben, stehen sie in der von ihm geplanten neuen Gemeindehalle, die das Stimmengewirr der Gäste als Dröhnen wiedergibt.

Mit dem Sektglas in der Hand sucht sie sich eine ruhige Ecke und schaut zu, wie er seine Begrüßungstour absolviert, Hände schüttelt, den Kopf zurückwirft in einem Lachen, das ihr zu laut vorkommt, es dringt bis zu ihr. Dann ist er wieder da. »Gehen wir!«, sagt er, »ich zeige dir noch das Alte Rathaus, dort ist jetzt kein Mensch.«

Sie gehen über den von Autos zugestellten Platz, Fahrzeug an Fahrzeug und keine Menschen. Im Alten Rathaus sind die gewölbten Räume behütend und in sich verschlossen zugleich. Der alte Hausmeister sperrt hinter ihnen ab und dann fahren sie durch Nachtland im Auto, das sie noch bergender umschließt, als es draußen zu regnen beginnt. Regenbäche auf der Windschutzscheibe und die leisen Windgeräusche, die Scheibenwischer her und hin.

Er hat begonnen vor sich hinzusummen, nach einer Weile summt sie mit. Und jetzt singen sie. Sie singen lauter und lauter, alles, was ihnen so einfällt und von dem sie meinen, dass es auch der andere kennt. Die Schubert-»Forelle« und dann den »Jäger aus Kurpfalz« und jetzt das Soldatenlied, da kann sie nicht mit und er hört gleich wieder auf. Die Schubert-Messlieder von vorn bis hinten, die kennen sie aus ihrer gemeinsamen Schulzeit, und das »Non, je ne regrette rien«, aber da scheitern sie bald, und das »Yellow submarine« und »We shall overcome«, wie sie es auch viel früher gesungen haben.

»Wie alt wir sind!«, sagt er einmal dazwischen und sie lächeln beide. Das Wageninnere ist erfüllt von ihren Stimmen und ihrem warmen Atem.

Sie singen, bis sie in ihrem Gasthof angekommen sind, das Singen bleibt bei ihnen die Nacht durch.

Am Abreisetag war noch Zeit für einen ausgiebigen Spaziergang. Der Regen von gestern hatte aufgehört, aber der Himmel hing noch niedrig und grau über ihnen, und als sie dem lebendigen Bach folgten, schwebte Dunst zwischen den Bäumen. Der feuchte Boden federte unter den Schuhen. Sie gingen, ohne zu sprechen.

Da geschah es.

Sie hatte vor sich hingeschaut ohne zu sehen. Da drehte sich plötzlich die Welt vor ihren Augen. Die Fichten drüben standen den kopfüber auf ihren Wipfeln und streckten die Wurzeln zum Himmel. Der Bach floss schwefelgelb und nicht mehr zu ihren Füßen. Es war eine Schwärze, in der sie doch alles sah. Es war ein Dröhnen in der gläsernen Luft, die kaum zu atmen war. Und sie war allein, ganz allein in einem All, das vor ihren Augen ausfloss in immer dunklere Dunkelheit.

Dann war es auf einmal vorbei, die Fichten standen wie immer, das Rauschen des Baches war ein Lied, das sie hätte mitsingen können. Und er geht dicht neben ihr und schaut mit frohen Augen.

Beim Mittagessen saßen sie in der Gaststube. Sie hatte von seinem Hasenpfeffer gekostet, obwohl sie diese Speise nie gemocht hatte und er von ihrem Rehbraten. Sie hatte mehr Rotwein getrunken als er und jetzt einen leichten Kopf. Da fing sie von dem aberwitzigen Augenblick im Wald, vom Zeichen zu erzählen an – versucht es wenigstens, weil sie die richtigen Worte nicht finden konnte.

Schon nach dem ersten Satz wusste sie, dass das kein guter Einfall gewesen war, aber sie sprach weiter. Er sah sie an und hörte zu.

Nachher war es still. Nach einer Weile schaute er über den Tisch zu ihr hinüber und sagte: »Jetzt weiß ich, warum du nie bei mir bleiben wirst. Wenn alles sich umkehren kann, wirst du dir und mir immer verloren gehen.«

»Es macht aber nichts, es macht nichts«, sagte er, »wir können ja miteinander singen«, und er griff über den Tisch hin nach ihrer Hand, die neben dem halbleeren Rotweinglas lag.

Anderswo

Vom schöngebauten kleinen Ort, dessen Häuser sich zum Ganzen schmiegen, dem Strom den Rücken kehrend, zuerst auf dem breiten Weg, hügelwärts dann auf dem schmäleren, der sich hinter schöngeschichteten Steinmauern hinzieht.

Immer bergan. In den Fugen des Steinwerks blühen Kräuter, erster Duft in der Morgensonne. Der Sommerhimmel ist sehr blau und scheint hoch, ehe die Mittagshitze ihn in eine niedere Bleidecke verwandeln wird. Der Bach hüpft entgegen, erst als sich die ersten Bäume auf den Wegseiten heben, wird er lauter. Weiter unten schlüpfte der Bach über Steine, hier springt er schon über kleine Felsenstufen.

Schon ist Wald zu ahnen, aber noch begleiten auf der einen Wegseite schmale, schon verfallene Terrassen den jetzt steileren Pfad. Die Obstbäume darauf dürfen schon wachsen, wie es ihrem Altersstarrsinn gefällt.

Jetzt jedoch wirklich Wald, ein leichter, laubiger, nur hie und da eine ernste Fichte dazwischen, die alles Blätterwehen übersteigt.

Auf einmal sind sie so nah, dass die ausgestreckte Hand sie berührt, haushohe Felsen auf beiden Seiten des Wegs bedrängen ihn. Die in Steinwulsten abgesetzten Granittürme sind schwarzglatt.

Der Bach hat sich in einer kleinen Schlucht versteckt, aber sein Rauschen ist lauter geworden und bedroht die von weither kommende Stille.

Jetzt, hinter dem Durchschlupf zerfleddert der Wald. Nur einzelne ruppige Fichten auf trockenem Boden, der nichts Zartes nähren kann.

Es kommt jetzt der Eindruck, im Wilden zu sein, in einer befremdenden Fremde …

Ginge einer jetzt den Weg, der schon lang ein Pfad geworden ist, immer weiter und immer bergan, so käme er, so sagen die Leute hier, nach einer zweiten Felsklamm zu einem Steintor, das mitten in der Waldwildnis steht und von dessen starken Holzflügeln schon lange kein Span mehr geblieben ist.

Die Einheimischen glauben, dass ihre Vorfahren vor hunderten von Jahren solche gemauerten Tore quer über die talwärts führenden Wege gesetzt haben, um feindliche Truppen am Einfallen in ihr fruchtbares Stromland zu hindern.

Ob das wahr ist, weiß keiner, jetzt jedoch, beim Hinuntersteigen, kann man dran glauben, denn immer verheißungsvoller zeigt sich im gezähmteren Wuchs, im besänftigteren Dahinschnellen des Baches, in immer lebendigerem Goldgrün alles Grünenden ein Versprechen. Ein Versprechen von Fruchtbarkeit, von Geborgenheit, von Wohlsein.

Zaghaft ist eine herbe Süße in der Luft. Erst der Duft, dann das Finden: unter den Blättern verstecken sich die ersten Zyklamen.

Dann, plötzlich, sind die Häuser da, die das Laubwerk zuerst verborgen hat. Sie sind erst da als Dächer, dann als festgefügte Körper unter den Dächern, Quader und Quader zwischen mauernumgrenztem Grün.

Als hätte eine über Jahrhunderte planende Hand eine Ordnung vorgezeichnet, die Auflösung von Widerspruch im Kleinen in ein besänftigtes Ebenmaß. Als wäre alles später beiläufig Eingefügte von Anfang an mitbedacht worden: der Hühnerstall da, der Brunnen mit seinem Holzschwengel, und alles Staudige, Fliederbüsche, Hortensien und die alles überlebenden Rosen.

Ich wohne nicht hier. Und doch bin ich hier zu Hause. Mir gehört der zierende Stuck, der als steinerner Blätterkranz ein barockes Fenster umschließt, mir die vollkommene Wölbung eines granitenen Torbogens, mir erst recht der von einer Hortensienhecke umfriedete Garten, der sich der Donau verschließt und doch ihr Fließen und Kieselgesirr einlässt und dessen Wiesengrün ich nie, nie betreten werde.

Glück des Zuhauseseins auch morgen noch und viel später, wenn vom schönen Anblick und von der Berührbarkeit des Angeschauten nur noch Erinnerungsschemen geblieben sind, die sich beim Näherkommen abwenden. Was bleibt.

Zu Hause dort, wo die Gedichte wohnen, deren Wortlaut weggeflossen ist, und die Musiken, von denen ihr Anhauch blieb. Und meine Toten.

Vom Reisen

1 Diesseits

Viele Jahre früher, als ihre Kinder schon erwachsen waren und sie noch immer abenteuerlustig, fährt sie in jedem Frühling nach Griechenland.

Kreta ist damals noch nicht Touristenland – nur wenige Hotels in den zusammengeballten Ferienzentren an der Nordküste –, es ist noch Kleinstbauern-, Hirten- und Fischerland. Wenn sie auf den schmalen Straßen allein unterwegs ist, bleibt jedes Auto, das sie überholt hat, jäh stehen und lädt sie zum Mitfahren ein. Dann kommt die erwartete, weil immer wieder gestellte Frage, ob sie einen Mann habe? Und auch Kinder? Wenn sie beide Fragen bejaht hat, ist sie für die ansässigen Männer wie Frauen eine Frau, wie die griechischen auch, freilich sonderbar, weil allein unterwegs.

Bei diesen Aufenthalten weiß sie sich immer als die Beschenkte. Im Bus, als einzige Fremde unter den anderen Frauen, wo sich in jeder der engen Kurven alle vor der dort wartenden mahnenden Ikone bekreuzigen und verneigen. Und dann beim Aussteigen, an immer neuen Haltestellen in der scheinbar leeren Gegend, als eine Frau sie mit Gesten auffordert, die Hände zur Schale zusammenzulegen, und dann aus ihrer Hand in diese Schale einen Rosinenstrom rieseln lässt. Da kommt schon die Nächste mit der gleichen Aufforderung und der gleichen Gabe, alle Taschen der Touristin sind schon voll mit der unerwarteten Gabe.

Ein anderes Mal, da ist sie in einem Leihauto unterwegs, fragt sie den jungen Mann am Wegesrand nach einem Bergdorf, schon schwingt sich der auf sein Fahrzeug, einen aus Einzelteilen zusammengestückelten Motorroller, das ein begehrtes italienisches Modell imitiert, er winkt ihr, ihm zu folgen, und fährt ihr wegweisend voraus, Kilometer um Kilometer, bis er endlich hält und stolz auf die gesuchte Kapelle zeigt. Die steht blendend weiß mitten in ihrer frisch grünenden Grasinsel, weit unten ist nichts als die tiefe Bläue des Mittelmeers.

Nachher stehen sie nebeneinander am Straßenrand, sie zückt das Päckchen amerikanische Zigaretten. Daheim hatte man gesagt, die seien noch immer gesuchte Mangelware bei den Griechen. Mit spitzen Fingern öffnet der Junge die hingereichte Packung und steckt eine Zigarette in den Mund, dann zieht er aus seiner Hosentasche eine Papiertüte und sie muss als Gegengabe einen seiner selbstgerollten Glimmstängel versuchen. Einträchtig lehnen sie dann rauchend nebeneinander an ihrem Auto, sie unterdrückt einen Hustenanfall, den das scharfe Aroma der griechischen Zigarette auslöst.

Zwei, drei Jahre später, auf Lesbos, hatte sie das Auto am Straßenrand stehen lassen und war einem Pfad hügelauf gefolgt. Er führte durch eine wüste Macchia, die um diese Jahreszeit von blühenden Pflanzen durchzogen war, als wüchsen aus dem graubraunen Gestrüpp unzählige bunte Sterne.

Manchmal stieß sie auf einen Flecken bebautes Land, dort standen aneinandergelehnt zwei oder drei einstöckige Häuser, Fenster und Eingangstüren waren fest verschlossen, dass ein Haus Bewohner hatte, erkannte man an der Reihe dicht aneinandergedrängter Plastikeimer und großer Blechdosen, aus denen alles wuchs und spross, was Frühling und Frühsommer zu bieten hatten.

Dann sah sie das Haus, dessen drei Bewohnerinnen an der niedrigen Zementmauer des Vorgartens lehnten, mit aufgestützten Armen, und der Vorbeigehenden laut lachend entgegen sahen. Zwei der alten Frauen hatten unter ihren Kopftüchern schmale Vogelgesichter, das breite Gesicht der Dritten wurde beim Lachen noch mehr in die Breite gezogen.

Als sie grüßend vorbeigehen wollte, packte die eine mit dem schlauen Vogelgesicht ihren Arm und zog sie durch die geöffnete Gartentür, erst durch den kleinen Garten mit seinen in wirren Reihen wachsenden Gemüsen, jetzt schon ins Haus, in eine dunkle Küche, vor deren Fenster ein hoher Strauch seine Blätter hängen ließ. Der Gast – das war sie wohl? – erkannte einen großen Herd, Pfannen und Siebe und anderes aus Metall und Holz, das die Wände der Küche bis oben bedeckte, da wurde sie schon an den kleinen Ecktisch und auf die Bank geschoben, die mit dem breiten Gesicht holte vom Herd, von dem es heiß herüberkam, einen Topf, eine andere hatte zu den drei Blechlöffeln, die schon auf dem Tisch warteten, einen vierten geholt und lud sie mit einer knappen Geste zum Mitessen ein.

Das Gelächter war verstummt, ernst und stumm tauchten die drei Alten ihre Löffel in den Topf, in dem eine Gemüsebrühe schwamm. Sie tat es den Dreien nach. Nur selten traf sie jetzt ein beiläufiger Blick, als wäre sie eine Mitbewohnerin mit allen Rechten, hier zu sein und das Essen zu teilen.

Als der Topf leer ist, erheben sich die drei von ihren Plastikstühlen und auch sie ist aufgestanden. Gerade kann sie noch der Versuchung widerstehen, einen Geldschein auf der Tischplatte liegen zu lassen; was wohl als Gabe gemeint war, will sie als Gabe annehmen.

Schon ist sie im Vorgarten und schon schließt sich die Gartentür. Wieder hängen die drei Alten über dem Zementmäuerchen und lachen, lachen. Das Lachen folgt der Fremden, die sich nicht mehr umsieht, eine ganze Weile noch hängt es in der im Sonneneinfall vibrierenden Luft.

2 Venedig

Als ihr ältester Enkel Philipp mit dem Lesen und Schreiben begonnen hatte, war es Zeit für seine erste Reise mit der Großmutter. Also Venedig.

Sie kommen in düsterer Frühe am Hauptbahnhof an, der noch vor Menschenleere klirrt. Draußen breitet sich die Lagune aus, Hochwasser, und als sie in die kleine Pension nahe der Accademia kommen, steht das Pult der Rezeptionistin knietief im träge durch die offene Tür hereinschwappenden Wasser. Die Stiege jedoch hinauf zu den zwei Essräumen und in ihr italienisch-karges Zimmer mit den beiden Messingbetten in je einer Zimmerecke ist trocken.

Sie liegen beide schon im Bett, als die Großmutter ein leises »Danke, Oma« aus der andere Ecke erreicht.

»Wofür bedankst du dich«, fragt sie zurück in die Dunkelheit.

»Na, für das Hochwasser halt«, kommt die Antwort aus der Nacht.

Am nächsten Morgen üben sich die alte Frau und der kleine Bub im Balancieren auf den Turnbänken, die jetzt über die Fluten des Markusplatzes führen. Sie sind dabei nicht so geschickt wie die eleganten Italienerinnen vor ihnen, die in Seidenstrümpfen, gekonnt ihre hochhackigen Sommersandalen in der einen Hand schwenkend und mit der anderen in flinken Bögen die Balance ausgleichend, sicher wie Ballerinen über die Bänke tanzen. Der Markusplatz liegt noch verlassen. Hier schwankt die Erinnerung und springt hinüber zu dem kleinen Mädchen, ihrer jüngeren Enkelin, die bald nach ihrer Ankunft das Café Florian als Frühstücksort für sie beide entdeckt hat. Jetzt, zwischen halb elf und zwölf, sind die Tische noch nicht von gaffenden Touristen umdrängt, sie gehören noch den Stammgästen. Drüben sitzt ein Mann, dessen greisenhafte Züge denen eines kleinen Buben gleichen, der sich im Spiel eine schlohweiße Perücke aufgesetzt hat. Stilsicher ist er in einen den Körper eng umschließenden Frack gekleidet, der ebenso gut aus einer venezianischen Maskerade stammen könnte, so schimmert die längst verblichene Seide am Revers noch immer. Neben ihm sitzt seine noch ältere Tochter, im hochgesteckten Haar glänzen wie Tautropfen kleine Juwelen, das Gesicht ist tief unter Puderschichten begraben, die Augen schon lange tot.

An einem anderen Tischchen sitzt starr wie eine Statue die, die sie die Marquesa nennt. Sie ist über und über in Fransentücher und Seidenstolen und Spitzenschleier gehüllt, die in einem Farbenspiel aus Aschgrau und Fliederfarben und Puderweiß changieren.

Das schon längst allen Zeitläufen entzogene, wie zur Gipsmaske erstarrte Antlitz hoch aufgerichtet, würdigt die Marquesa die Großmutter und das kleine Mädchen, die so dicht neben ihr sitzen, mit keinem Anzeichen eines Berührtseins, als wären diese beiden Hereingeschneiten nicht wirklich, sondern Teil eines längst vergangenen Larvenspiels.

Und auch die lautlose Bedienung behandelt die beiden aus ihrer Zeit hier Hereingefallenen wie Kinder und Kindeskinder der einzig zählenden Bewohner der Stadt. Wie belanglose Kinder werden sie zwar schnell versorgt, doch weder mit einem freundlichen noch einem unfreundlichen Blick zur Kenntnis genommen. Zu dieser frühen Stunde gibt es sie einfach noch nicht.

Und jetzt ein neues Bild:

Der weite Markusplatz, vor den Türen des Cafés, ist jetzt ohne Wasser. Er ist erfüllt von einem Flirren und Aufsteigen, als höbe sich Vorhang um Vorhang. Taubenschleier über Taubenschleier, Lichtzonen über neuen Lichtzonen. Alles drängt nach oben, dem offenen Himmel über dem Geviert des Platzes entgegen, und jetzt fallen von den Glocken des Campanile dunkle Töne, die die leichte Luft beschweren und dann mit sich hochheben, als zöge ein Samtvorhang alles Gewesene und Seiende mit sich und löse es in Töne auf.

Das ist DAS VENEDIG, das Ziel aller Reisenden, das keiner findet, denn dort, wo er einmal teilhatte an diesem Venedig, ist jetzt nichts mehr als leere Schale, und wenn er morgen weitergeht und drüben, am anderen Ende der Stadt, in einer kleinen Bar sein Venedig wiederfindet, mit den Nachbarn, die einander ein freundliches Ciao zuwerfen und einige Worte des Rates oder der Auskunft, wenn der Espresso-Dampf hier riecht wie nirgends sonst, so wird er übermorgen, wenn er Venedig sucht, es auch in dieser Ecke nicht mehr finden. Das Venedig, das der Reisende sucht, gibt es nämlich nicht, es ist seine aus Versatzstücken von Erinnerungen und Versprechungen gebastelte Chimäre.

3 Die Feststiege

Die inzwischen längst erwachsene, langbeinige, langhaarige Enkelin sagt heute: Nicht Venedig war die Reise wert, sondern Salzburg. Der Salzburger Hof mit seiner Doppeltreppe, die sich herunterschwingt aus dem ersten Stock in zwei Zwillingsbahnen und beim Portier landet, der rotgewandet, goldbetresst im Hoteleingang steht und so tut, als sähe er unter den halbgeschlossenen Lidern die beiden nicht – die ganz alte Frau und das Kind, die jetzt in gemessenem Schritt im Einklang ihrer Bewegungen jede für sich ihre Treppe hinabschreiten, mit einer Hand die Brokatröcke schürzend, damit die Seidenschühchen ja auch die nächste Stufe ertasten, während sie in der anderen Hand einen Fächer führen, ihn tanzen lassen in winzigen Bewegungen, in einer Sprache, die sie noch nicht gelernt haben. Als die beiden glücklich unten angekommen sind, wo das Treppenpaar sich vereint, springen sie so rasch sie können, jede wieder ihre Bahn zurück hinauf, wobei der Portier verächtlich bemerkt, dass die Alte Mühe habe, mit dem Kind Schritt zu halten. Einander zulächelnd mit einem Blick des gegenseitigen Einverständnisses, steigen sie nun mit dem festen Tritt selbsternannter STARKER Frauen, wie sie das Kind aus vielen »Tagesschauen« kennt, die Treppe wieder hinab, und dort unten bleibt die Alte zurück, während die Enkelin ihre Treppe nochmals in leichten Sprüngen hinaufrennt und jetzt oben steht und die Arme hochreißt und das Triumphgeschrei einer indianischen Häuptlingstochter anhebt, in die sie sich eben verwandelt hat.

4 Vom Träumen

Etwas ist anders geworden. Erwachend steige ich nicht mehr wie früher aus dem Traum der Nacht heraus, dessen Land noch immer in Helle dalag und sich wieder betreten ließ.

Jetzt ist es so, dass das Traumland unbetretbar geworden ist, nur sein so anderer Anhauch lässt sich noch ahnen. Fremd und vertraut zugleich.

Ob, wenn sie noch reisen könnte, wieder an ihr geschähe wie damals unter den hohen Bäumen? Erst ihr nächster Blick erkennt an den frühlingsgrünen gefiederten Blättern, dass es Edelkastanien sind, die zu einem lichten Wald zusammengefunden haben. Gleich darauf weiß sie, hier war sie schon einmal, und es war in einem Traum.

Die chinesische Muschel
Eine Novelle

Der Vater hat gesagt, »das ist eine Zaubermuschel, und sie kommt aus China«. Das bräunliche Rund mit seiner Dreiecksspitze liegt geheimnisvoll in ihrer Handfläche. Doch dann läuft sie in die Küche und holt ein Glas und lässt die Muschel ins Wasser gleiten.

Danach sitzt sie mit aufgestützten Armen am Fensterbrett und wartet und wartet immer noch und die Zaubermuschel liegt still in ihrem Wasserbett und nichts weiter geschieht.

Schritte sind hinter ihr und Stimmen, jemand fragt, ob sie den Kellerschlüssel gesehen oder gar genommen habe, er sei schon wieder einmal verschwunden. Gleichgültig verneint sie und starrt weiter auf die versenkte Muschel, bis ihre Augen brennen. Ihr ist, als bewege sich das Wasser unter ihren Atemzügen leise.

Auf einmal glaubt sie zwischen den Muschelhälften einen winzigen Spalt zu sehen. Nein, es war eine Täuschung. Aber dann steigen langsam zwei Luftblasen hoch, und jetzt ist es sicher: Der schwarze Spalt ist breiter geworden! Sie schaut noch angestrengter, nichts verändert sich, und da!, auf einmal, ist etwas wie ein winziger grüner Finger herausgekrochen.

Es dauert sehr lange und es geschieht beinahe unmerklich, bis aus dem Finger ein grüner Faden geworden ist, reglos am Boden des Glases, aber dann und jetzt rasch beginnt der Faden Sprossen auszutreiben, wird kräftiger dabei, grünes Sprießen, der Stamm hebt sich mit einem Ruck, und Blattknospen tun sich auf und winzige vollkommene Blätter treiben aus, und dann wiegt sich ein Unterwassergewächs in seinem Element gerade so, wie sie es manchmal im klaren Wasser ihres Sommersees gesehen hat.

Wieder steigen Luftblasen auf, etwas wie ein leiser Knall: »Rak«, haben sich die Muschelhälften ruckartig auseinander geklappt. Jetzt sieht sie, dass das Muschelinnere dicht bewachsen ist mit moosigem Grün, aus dessen Polstern ein hauchzarter, heller Flaum wächst, Sommergespinst. Und was liegt da im Moosigen und schimmert und glänzt herauf? Es ist eine vollkommene Perle. Sie ist es, die das Geheimnis der Muschel war, das kostbare, gehütete.

Während sie im matten Spiegelglanz der Perle versunken ist, hat sie beinah übersehen, dass sich an der Spitze der Wasserpflanze aus einer kleinen grünen Faust etwas Rotes zu schälen beginnt. Schon entfalten sich Blütenblätter zum Kelch, die goldgelben Staubgefäße zeigen sich, und die Seerose ist geboren, es ist jedoch eine Seerose, wie sie sie draußen in ihrem Sommersee noch nie gesehen hat, denn dort schwammen immer weiße oder gelbe Blumen.

Ja, jetzt ist das Wunder geboren. Sie darf schauen und sich freuen. Aber was ist das? Im Moos da unten im Muschelgrund ist wieder leise Bewegung, etwas Goldrotes blinkt auf und löst sich aus seiner Behausung, und jetzt ist es ein kleiner Goldfisch, der wiegend aufsteigt und seine Alge umschwimmen will und sich wiegt in den Wellchen, die sie erzeugt hat, als sie leise am Wasserglas gerüttelt hat. Die Wunderpflanze wiegt sich und ihre Blüte und das Fischchen, das goldene, lässt sich heben und senken, und da – ist dort hinten die Stimme der Mutter, die sagt: »Der Kellerschlüssel ist wieder aufgetaucht, die Mitzi hat ihn wieder einmal im Einkaufskorb vergessen.«

Das weiße Pferd

An jedem Werktag stieg der Mann in den Pendelzug, der ihn nach der Bahnfahrt und fünf Stationen mit der U-Bahn, schließlich noch sechs oder sieben Minuten Fußweg, pünktlich zur gewohnten Arbeit an seinen Schreibtisch bringen würde. Die Zugfahrt war angenehm ruhig nach der Aufsteh- und Frühstückshektik zwischen den beiden zappeligen Kindern und der übermüdeten, nervösen Frau.

Endlich kann sich der Mann in seine Morgenzeitung vertiefen. Nach einer heftigen Kurve, die er bis in die Hüften spürt, schaut er wie gerufen auf und zum Fenster hinaus, und schon erscheint die zu zertrampelter Erde verkommene Weide, auf der das weiße Pferd steht. Der Mann entdeckt es leicht, das klapprige Tier, das mit gesenktem Kopf immer am selben Fleck steht, manchmal muss der Mann sich ein wenig anstrengen, damit er das alte Tier im Schatten der schütteren Bäume am oberen Rand der Umzäunung wiederentdeckt.

Jetzt zahlt es sich nicht aus, nochmals in die Zeitung zu schauen, denn gleich darauf zieht sein Zug an dem gelben Haus drüben am Hang vorbei. An diesem Haus ist immer das linke Fenster im ersten Stock geöffnet, und dort wartet mit aufgestützten Armen eine Frau, und sie sieht seinem Zug entgegen. Auch in den Wintermonaten lehnt die Frau im offenen

Fenster, sie trägt dann eine Mütze und hat eine dunkle Jacke oder vielleicht einen Mantel an.

Dem Mann ist es, als spüre er im Vorbeigleiten den Blick der Frau durchs Zugfenster auf sich ruhen.

Das geht lange so mit dem weißen Pferd und mit der Frau, es ist eine der winzigen Sicherheiten, die einen leeren Tag punktieren.

Einmal, es ist gerade Frühling, als der Mann wie gewohnt den Blick von der Zeitung hebt, um nach dem Pferd zu sehen, ist der Schimmel nicht da. Gleich darauf lehnt die Frau aber wie sonst auch in ihrem Fenster.

In den folgenden Tagen späht der Mann vergebens nach dem weißen Pferd. Die Weide, dieses zertrampelte Stück Erde, ist leer.

Die früher so behagliche Zugfahrt wird für den Mann die Zeit einer unbestimmten Angst: So wie das Pferd nicht mehr da ist, wird irgendwann auch die Frau nicht mehr da sein. Als er an einem der nächsten Morgen dort, wo er gerade vorm Einfahren in die Station die Frau an ihrem Fenster stehen sah, seine Tasche packt und aus dem Zug steigt, ist es, als müsste es so sein. Und schon geht er den Weg zum gelben Haus hinauf, steht schon vor der Gartenpforte, mechanisch bemerkt er, dass das Holztor rissig ist und sein weißer Anstrich verwittert, jetzt erst schaut er hoch und hinauf zu dem Fenster, das jedoch geschlossen ist, aber da steht ja auf der anderen Seite des Gartentors die Frau, seine Frau. Aus der Nähe betrachtet ist ihr Gesicht breiter und auch älter, als er es sich im Zug ausgemalt hat. Die Frau hat das Gartentor geöffnet und steht jetzt dicht vor ihm.

»Kommen Sie zu mir?«, fragt sie.

Der Mann glaubt jetzt, die Körperwärme der Frau zu spüren, und im nächsten Augenblick weiß er, dass sie die seine ebenso wahrnimmt, obwohl sie doch beide in schweren Winterjacken eingepanzert sind. Endlich hat sich der Mann gefasst und murmelt etwas von einer falschen Adresse und einem Irrtum. Die fremde Frau steht vor ihm, sie sieht ihn an und sagt: »Schade«, und nach einer Weile, leiser, nochmals, »schade«. Dann wendet sie sich jäh um und geht zurück zum Haus. Von weitem sieht der Mann einen Zug heranrollen. Zögernd macht er kehrt und läuft dann die Straße hinunter zur Bahnstation, die jetzt menschenleer ist.

Wieder hält ein Pendelzug. An der Endstation steigt der Mann aus, geht die gewohnten Straßen entlang, überquert an einer Ampel den großen Platz und betritt das Amtsgebäude. An einer Uhr in der Eingangshalle sieht er, dass er sich nur um eine halbe Stunde verspätet hat. In seinem Büro ist es ruhig. Es kommen nur wenige Parteien und er kann in Ruhe die Akten vom Vortag aufarbeiten.

Auf seinem Heimweg vergisst er nicht, die Schlaftabletten zu besorgen, die sich seine Frau am Morgen gewünscht hat.

In den kommenden Tagen befiehlt sich der Mann, nicht aus dem Zugfenster zu sehen, nicht nach dem weißen Pferd und nach der Frau am Fenster zu suchen. Ein-, zweimal fragt er sich noch: Hat sie wirklich »schade« gesagt? Mit der Zeit wird aus dem ausdrücklichen Verbot, nach dem Pferd und nach der Frau zu schauen, eine Gewohnheit. Wie selbstverständlich bleiben seine Augen am Zeitungsblatt haften.

Als er Wochen oder Monate später einmal doch wie zufällig aus dem Fenster blickt, steht gerade das gelbe Haus da und alle seine Fenster sind geschlossen, als hätte es die Frau am offenen Fenster niemals gegeben, und es ist richtig so, und der Mann weiß felsenfest, dass es von nun an immer so sein wird.

Das Spiel

In den Tagen, die ihr viel später als ihre verwirrten nacherzählt werden, sei immer wieder das Gleiche geschehen: Mitten im Sprechen habe sie sich plötzlich unterbrochen, habe stumm ins Leere gestarrt, auf die weißgetünchte Wand ihres Spitalszimmers, oder auf ihre Bettdecke, ihre Augen seien aber einer den anderen unsichtbaren Bewegung gefolgt, und sehr erregt sei die anwesend Abwesende dabei gewesen, als hänge von dem, was sich dort an der Wand oder am Pullover des Besuchers ereigne, das Heil der Patientin ab, die sich in ihrem Bett mühsam aufgerichtet hatte.

Und da weiß sie plötzlich: Braune Scheiben waren es gewesen, die sie damals gesehen hatte. Etwa spielmarkengroße – oder waren es doch runde kleine Käfer gewesen, die sich auf unsichtbaren Beinchen rasch fortbewegten, dahin und dorthin, wie auf einer Flucht, denn im Braunen, das Festland war, breiteten sich unversehens wasserblaue Flecken aus. Seen manche, die anderen Ausläufer eines tiefblauen Meeres, aus dem ebenso rasch und unversehens braune Inseln und Halbinseln wuchsen, gerade so wie die Wasserlöcher im Festland.

Da kommt es ihr wieder: Was sich dort, auf der weißen Wand des Krankenzimmers, abspielt, ist ein Spiel auf Leben und Tod. Im blauen Meer lauern sie, die schweren Raubkäfer, die sich als harmlose Spielmarken tarnen. Sie können nicht ans Land. Wenn jedoch einer der Guten, der braunen Landkäfer, keinen Fluchtweg findet und sich taumelnd im Untergang fallen lassen muss, in diese sich vor ihm plötzlich auftuende Tiefe des Meeres, das nach ihm herlangt, ist er in der Gewalt eines Schwarzen; der stürzt sich auf ihn und verschlingt ihn und zieht dann, aufs Doppelte gewachsen, wie triumphierend der weiten Bläue dort draußen entgegen.

Die Kranke, die in ihrem Bett die Verfolgungsjagd verfolgt hat, kennt ihren Part: Mit all ihrer Willenskraft beschwört sie ihren braunen Käfer – ist es denn ein Käfer? Jedoch zum Fragen ist keine Zeit! –, beschwört sie das bebende Ding, das fieberhaft die Flucht versucht, beschwört es mit schon heiserer Stimme, die sich ihm entgegenstreckende Halbinsel als Fluchtweg zu benützen und – jetzt! – den Sprung über den neu aufklaffenden Fjord zu riskieren.

Die Kranke darf sich erschöpft zurücksinken lassen, wenn ihr Käfer endlich sich geborgen weiß in dem unendlichen Kontinent, dieser von keinem Meer eingegrenzten Erdbräune, die sie, die jetzt Zuschauerin ist, bei sich »Russland« nennt oder »Sibirien«.

Manchmal ist diesem Spiel aber ein anderer Ausgang gesetzt worden: »Ich kann dir nicht mehr helfen«, flüstert sie dann und lässt sich zurücksinken auf den Polster und schließt fest die Augen. Wenn sie sie wieder auftut und nach dem flüchtenden Braunen schaut, ist der verschwunden, aufgefressen oder ertrunken im tiefen Meer. »Ich bin verloren«, sagt sie dann noch leiser vor sich hin und weiß, dass es in diesem Spiel um sie ging.

Der Spielplatz – oder ist es der Ort für ein auf Vernichtung oder Sieg ausgerichtetes Duell? – hat sich inzwischen auf den Linoleumboden des Krankenzimmers verlagert, und sie muss sich in ihrem Bett gefährlich weit hinauslehnen, wenn sie dem Fluchtweg bis in die Ecke folgen will, wo die medizinischen Geräte warten.

Einzig ihrer noch einmal zusammengeballten Willenskraft kann es jetzt gelingen, den Käfer zu retten, der vielleicht gar kein Käfer ist. »Schau die Landzunge, die sich nur für dich aus dem Meer hebt«, ruft sie ihm zu, »folg ihr und fürchte dich nicht vorm Wasser, das rechts und links auf dich wartet!«

»Gerettet«, sagt sie mit heiserer Stimme und dann, als vor dem Flüchtenden die Erde sich auftut und dort das tödliche Wasser hochsteigt und der Käfer gebannt vor dem neuen Hindernis steht, mit versiegender Kraft: »Ich kann nicht mehr. Ich gebe auf«, und noch später: »Ich bin verloren.«

Schwalben

In der Dämmerung hatten mich die beiden Freunde heimgebracht. Es war kühl geworden, ich zog die Rollos hoch und öffnete die Fenster, erst im Wohnzimmer, dann in meinem Schlafzimmer.

Die niedrigen Häuser gegenüber schimmerten in Opalfarben, als hätten ihre Mauern die Sommersonne eingefangen und atmeten sie jetzt wieder aus.

Vom Schlafzimmerfenster aus fiel ich in ein stummes Schauspiel, das knapp vor meinen Augen stattfand: Schwalben über Schwalben in spiraligem Flug, ihre Schar bewegte sich in haushohen Schleifen die enge Gasse entlang. Jede Schwalbe für sich und doch geeint in ihrer Bewegung. Bei manchen, den kleinen, war es, als seien sie des Fliegens noch nicht mächtig und ließen sich im Luftzug, den der Flügelschlag ihrer älteren Geschwister verursachte, mittreiben. Manchmal kam einer der dahinwirbelnden Vögel mir, die ich am offenen Fenster stand, so nahe, als müsse er gegen mein Gesicht klatschen, dann hörte ich ein leises erregtes Zwitschern, das erschrockene Schwalben auszustoßen pflegen, wenn sie erschreckt werden.

Dann sah ich es: Ein schwarzer Schatten schoss pfeilschnell der Schwalbenspirale entgegen, er durchstieß sie und war schon wieder verschwunden.

Ich begriff: Was ich sah, war eine Jagd. Ich wusste: Ein Falkenpaar hatte sich in der Nähe auf der Spitze einer hohen Fichte ein Nest gebaut und dort oben seine Jungen aufgezogen. Die waren nun auch flügge und die Jäger oder die Spielenden. Hoch oben am Himmel kreisten zwei schwarze Punkte. Waren es die Falkeneltern, die von weitem dem Treiben da unten zusahen?

Schon viele Male hatte ich die Vogelspirale vorbeirollen gesehen, gesehen, wie am Ende der Gasse die einzelnen Vögel nach rechts oder links hochstoben und sich nach einem Flug über die Dächer aufs Neue zur Spirale vereinten.

Endlich riss ich mich von dem Schauspiel los und ging ins Badezimmer, zu all den Abendverrichtungen, die mit dem Altwerden mehr und mehr werden.

Als ich zurückkam und wieder ans offene Fenster trat, lag die Gasse still im beginnenden Dämmern.

Anderswohin
Eine Liebesgeschichte

Er sagte: »Übernächsten Sonntag? Da bin ich schon nicht mehr hier. Ich verreise.«

Dann war es still in der Leitung. Er hatte aufgehängt.

Ich starrte auf das stumme Handy in meiner Hand. Wir Freunde wussten, dass die letzten Male die Reisen des Mannes nur vorgeschoben waren, um die Klinikaufenthalte zu vertuschen, die seine schwere Krankheit in immer kürzeren Abständen erzwang.

»Ich verreise«, hatte er damals gesagt, und ich hätte gern geantwortet: »Wir werden dich alle sehr vermissen.« Hätte ich das wirklich zu sagen gewagt? Der Satz hätte, aus unserem beiderseitigen Schweigen sich hebend, eine unheimliche Doppelbedeutung angenommen, und vielleicht wäre ich auf der nun schon eingeschlagenen Bahn weitergeglitten und hätte Fragen gestellt, Fragen über Fragen, und hätte auf Antworten gewartet, die nicht gekommen wären.

Konnte der Freund nicht über seine Lage, seine lebensbedrohende Krankheit sprechen? Konnte oder wollte er es nicht? Er war ja nie sehr beredt gewesen, wenn es um seine Person ging. Als gäbe es da nichts zu besprechen – die nackten biographischen Daten kannten wir ohnehin alle. Und diese Daten, wenigstens die uns bekannten, hatten nichts Außergewöhnliches: Arme Eltern, rechtzeitig erkannte Begabung. Ausbildung zum Maler und dann zum Restaurator. Ehe, später Trennung, zwei Kinder, jetzt schon erwachsen, die weit weg von ihm lebten und manchmal zu Besuch kamen; wir alle fanden, dass sein Beruf, er war ein geschätzter Restaurator von Renaissance-Ölgemälden, gut zu dem schweigsamen Mann passte, und wenn ich an ihn dachte, war mir, als ob er, wenn er Stunde um Stunde vor dem zu heilenden Bild saß, nicht nur in dessen andere Welt eintrat, sondern gleichzeitig auch in seine eigene Lebensmitte, in jenen Bereich also, den er uns, seinen Freunden!, niemals auch nur anzuschauen oder gar zu betreten erlaubt hätte. Ich war am frühen Abend aus meinem Büro heimgekommen. In der Küche aß ich die mitgebrachte Fertigmahlzeit, dann ging ich in mein kleines Wohnzimmer und setzte mich mit einem Glas Rotwein und dem halb gelesenen Buch in meinen Lehnstuhl. Später schenkte ich mir nochmals nach, mit dem Lesen hatte ich aufgehört, ich saß einfach da und schaute hinaus in den langsam verdämmernden Himmel. Vielleicht bin ich im Lehnsessel eingenickt.

Ich erschrak, als das Handy klingelte. Es war er.

»Komm zu mir«, sagte er, »und komm jetzt.« Es war kein Bitten in der fernen und doch nahen Stimme. »Komm jetzt«, sagte er nochmals und diesmal war es eine Forderung. »Es ist bald elf«, sagte ich, und dann: »Ich komme.«

Mein Auto kannte den Weg zu ihm. Schon zehn Minuten später klingelte ich an seiner Haustür. Als er öffnete, sah er aus wie immer: dass er immer magerer wurde und seine Hosen und Sakkos an ihm schlotterten, waren wir schon gewohnt. Sein Gesicht war freilich leichenblass, aber die Augen hatten den gleichen Ausdruck von Eigensinn und Unabhängigkeit wie immer. »Komm herein«, sagte er, und als wir in unseren gewohnten Stühlen am Küchentisch einander gegenüber saßen, sagte er: »Wein bekommst du nicht mehr. Du hast heute Abend schon genug getrunken.« Wir sahen einander an und schwiegen. Dann sagte er: »Ich gehe jetzt schlafen oder versuche es wenigstens. Du leg dich zu mir.« Und später: »Wir wissen freilich beide, dass es zu spät ist.«

Nebeneinander zogen wir uns aus, er schlüpfte in seinen Pyjama, der ordentlich zusammengefaltet auf der Decke lag, ich zog Rock und Bluse und dann die Strumpfhose aus. Er lag schon da und sah mir zu.

Ich schlüpfte unter die Decke, die er für mich hochgehoben hatte. Mein Körper hatte sich selbstständig gemacht, und mir war es recht so.

Mein Körper schmiegte sich eng an den seinen, ich begann über seine Seite zu streicheln. Mein Körper wollte nichts anderes, als dem seinen nah und näher und immer noch näher sein, und ich ließ ihn gewähren.

»Lass das«, sagte er schroff, und ein wenig später, »ich bin nichts mehr als Haut und Knochen – du musst es ja gemerkt haben.«

Wir lagen nebeneinander, einer dem anderen zugewandt, und dann suchte seine Hand die meine.

Wir lagen nebeneinander unter der ein wenig zu warmen Decke und hielten einander an den Händen. Auch jetzt sprachen wir nicht. Ich spürte an meinen Fingern seinen rasenden Puls und er wohl meinen viel langsameren, gesunden. Er nahm von mir und ich nahm von ihm.

Wahrscheinlich sind wir so verbunden eingeschlafen. Ich erwachte erst, als es vor dem Fenster schon hell war. Er lag mit offenen Augen neben mir und lächelte ein bisschen, als er mich von der Seite ansah, und entsetzt bemerkte ich jetzt die neuen tiefen Falten, die sich von der Nase zu den Mundwinkeln zogen.

Aber dann sagte er: »Es geht mir gut, das darfst du nicht vergessen, hörst du«, und ich glaubte es ihm.

Ich löste meine Hand aus der seinen und rückte ganz nahe zu ihm. Wir lagen Körper an Körper und Wange an Wange. Er ließ es geschehen, ich auch.

Jetzt spürte ich seinen Atem. Er kam in raschen Stößen und so, als käme er aus seiner Halsgrube und wäre knapp unter der Hautoberfläche entstanden. Ich setzte mein kräftiges Atmen dagegen – und dann war es auf einmal, als wäre unser beider Atem zu einem einzigen Atem verschmolzen, ein einziger Atem, der uns umschloss und verband.

◆

Es vergingen drei, vier Tage, ohne dass einer den anderen angerufen hätte. Dann hörte sie, der Mann habe sich in die Klinik einweisen lassen, seine Krebserkrankung habe sich zum

Bösen gewendet. An jedem der folgenden Tage fuhr sie nach der Arbeit ins Krankenhaus. Sie ging durch die jetzt menschenleeren, das Klappern ihrer Schuhe verschlingenden Gänge, sie stand eine Weile vor der Tür zu seinem Zimmer, ehe sie sie öffnete und leise eintrat.

Dann saß sie an seinem Bett und hielt die Hand des Dahindämmernden, manchmal, da war der Mann schon bewusstlos, sie hätte gerne, so wie damals, ihre Wange an die seine gepresst. Aber da waren die Schläuche und die Maske des Beatmungsgerätes. So strich sie ihm nur über die schweißnasse Stirn und streichelte sein feuchtes Haar. In ihrem Dämmerzustand begriff sie, dass die Pfleger sie als Gefährtin des Patienten betrachteten und ihr ihren Platz ließen, so wie auch die Freunde ihre neue Stellung hinzunehmen schienen.

Wenn sie so neben seinem Bett saß, hätte sie gerne gewusst, ob der Bewusstlose ihre Nähe als Tröstung spürte, aber auch das war jetzt gleichgültig.

Wenn sie spätabends heimkam, setzte sie sich mit ihrem Glas Rotwein und dem Handy in ihren Lehnstuhl und wartete. Endlich kam der Anruf, dass der Patient soeben verschieden sei. Als sie aufstand und sich ankleidete, um zu dem jetzt Toten zu fahren, dämmerte es schon. In den nächsten drei, vier Tagen fuhr sie nach der Arbeit wie selbstverständlich ins Krankenhaus. Sie ging wieder durch die leeren, jeden Schall verschlingenden Gänge, wenn eine Krankenschwester an ihr vorbeihuschte, grüßte sie mit abgewandtem Gesicht. Vor dem Eingang zur Krebsstation machte sie jäh kehrt, ging den langen Weg zurück und wunderte sich draußen, dass ihr Auto noch immer da stand, wo sie es stehen gelassen hatte, und fuhr heim, wo alles war wie immer.

Später führte sie ihr gewohntes Leben fort, ging sonntags wandern mit den Freunden oder mit ihnen gemeinsam ins Theater. Immer war da die gläserne Wand zwischen ihr und den anderen, die nur ihre Stimme durchließ.

Dann, als sie eines Morgens aus dem Bett stieg, wusste sie, dass von jetzt an alles anders war. Die Glaswand, die sie von allen anderen getrennt hatte, war nicht mehr da, und damit war auch die Klarsichtigkeit verschwunden, derer sie sich jetzt bewusst wurde. Die helle Heiterkeit blieb, sie hielt auch die nächsten Stunden, sie war immer in ihr, auch wenn sie – mit der Zeit immer seltener – verdeckt wurde durch einen jähen Ärger oder eine langlastende Niedergeschlagenheit, die Heiterkeit, die aus ihr bisher unbekannten Tiefen stieg, durchwuchs beide.

Als sie alt wurde, bemerkten die um sie die herzliche Zugewandtheit der Frau und manche liebten sie dafür. Sie nahm es hin. Nur manchmal, wenn ihr ihre glückliche Verfassung bewusst wurde und sie sich nach deren Ursache fragte, fiel ihr gleich der störrische Mann ein, an den sie sonst nur mehr selten dachte.

Das goldene Ei

Es war einmal ein armes Mädchen, dem waren Vater und Mutter gestorben, und so lebte es bei seiner Großmutter in einer alten Hütte, die dem Zusammenfallen nahe war.

Die Großmutter war eine alte böse Frau; hinter halbgeschlossenen Lidern betrachtete sie alle und alles, was sich um sie herum zu regen wagte, mit Hass und tiefem Abscheu.

Aber vielleicht liebte sie das Mädchen auf ihre Weise, sie ließ es keinen Schritt von sich, und wenn das junge Ding einmal in den Hintergarten schlich, um dort die armseligen Krautköpfe und Rüben und die wenigen Blumen zu gießen, so rief es die Großmutter gleich zurück, denn sie hatte Angst, dass die Nachbarn ihre Enkelin über den Bretterzaun weg erblicken könnten, und was dann dem Mädchen und ihr selbst geschehen würde, wagte sie sich nicht auszudenken.

Aber manchmal musste sie das Mädchen ziehen lassen, damit es auf den Wochenmarkt ging und dort das Wenige kaufte, was die zwei zum Leben benötigten: Kartoffeln, einen Laib Brot, einen Kohlkopf und manchmal sogar Knochen und ein wenig Fleisch für eine kräftige Suppe.

Einmal, als das Mädchen am Wochenmarkt gerade seine wenigen Einkäufe besorgt hatte, sah es vor sich ein altes Weib, das schleppte sich ab mit einem großen Korb, der bis zum

Rand mit guten Sachen gefüllt war. Das Mädchen trat an die Alte heran, nahm ihr den Korb ab und sagte: »Ihr seid sehr alt und ich bin jung, so werde ich Euch den Korb heimtragen. Ihr müsst mir nur den Weg weisen.« Ohne die neue Begleiterin anzusehen, nahm die Alte ihren Stock fest in die Hand und humpelte dem Mädchen voran durch Straßen und Gassen und noch einmal Gassen; das Mädchen hatte gar nicht gewusst, dass die kleine Stadt so ausgedehnt war.

Endlich jedoch standen sie vor einem winzigen Haus, das war gerade so baufällig wie das ihre zu Hause. Die Alte holte einen großen Eisenschlüssel aus der Rocktasche und brauchte eine ganze Weile, bis sie das Schloss aufgesperrt hatte. Dann drehte sie sich zum Mädchen um, sah ihm zum ersten Mal ins Gesicht und sprach: »Du hast mir deine Hilfe gegeben, ohne dass ich dich darum bitten musste. Dafür sollst du jetzt eine schöne Belohnung bekommen.« Und mit diesen Worten schlug sie die Brettertür hinter sich zu. Lange stand das Mädchen auf der Schwelle und wartete, bis die alte Frau endlich wieder erschien. In ihrer Hand trug sie etwas, das war so groß wie ein Hühnerei; es war aber ein goldenes Ei, dessen Leuchten weithin drang. Die Alte sagte: »Gib gut acht auf dieses goldene Ei, denn darin verborgen wartet auf dich dein Glück.« Das Mädchen nahm behutsam das seltsame Geschenk in die eine Hand und in die andere den Sack mit ihren Einkäufen und machte sich auf den langen Weg heim zu ihrer Großmutter, die schon voller Angst auf sie gewartet hatte.

In der Hütte angekommen, warf das Mädchen die Einkäufe

auf den Tisch, das goldene Ei aber legte es behutsam auf das Holzbrett über dem Ecktisch, wo zwei vom Alter schwarze Heiligenbilder standen. Von dort herab sendete das Geschenk seine goldenen Strahlen, sodass die finstere Stube ganz hell davon wurde.

Das Mädchen hatte schon begriffen, dass seine Großmutter dieses neue Ding hasste. So wartete sie an den langen Abenden, bis die Großmutter in die Kammer nebenan gegangen war und sich zu Bett gelegt hatte. Dann saß sie in der leeren Stube und wartete und wusste nicht worauf. Manchmal nahm sie das goldene Ei in die Hände, streichelte behutsam die goldene Schale oder hielt das Ei an ihr Ohr, und da war es, als ob drinnen ein leises Pochen wäre, wie von einem kleinen Herz. Aber das Ei hatte es so in sich. Es begann zu wachsen und immer rascher zu wachsen. Schon reichte es dem Mädchen bis an die Knie und jetzt bis an die Hüften, und sie hatte es schon lange von seinem Brett nehmen und in eine Stubenecke stellen müssen, wo es immer weiter wuchs und jetzt dem Mädchen schon bis zur Brust reichte.

Die Großmutter hatte noch nichts zu sagen gewagt, aber jetzt nahm sie sich ein Herz: »Dieses böse Ding wird wachsen und immer weiter wachsen; bald wird es an unsere Zimmerdecke stoßen und noch immer weiter wachsen, sodass diese alte Hütte über uns zusammenstürzen wird und wir beide tot sind. Ich sage dir drum: Roll dieses böse Ding zur Eingangstüre hinaus, solange das noch möglich ist, dann mag es den Abhang hinunterkollern und in den Bach dort unten fallen, und das Wasser möge es davontragen zu fremden Leuten, die es dann mit seinem frechen Glänzen erschrecken mag!«

Das Mädchen tat, als hätte es die Großmutter gar nicht gehört, und gab auf sein großgewordenes Ei nur noch besser acht. Einmal aber musste sie doch hinaus und auf den Markt. Darauf hatte die Alte nur gewartet: Sie trat vor das goldene Ei und wisperte: »Warte du, jetzt soll es dir schlecht ergehen!« Und dann hinkte sie zu dem Winkel, wo der Reisigbesen stand, nahm ihn und schlug mit dem Holzstiel auf die Schale des Eis ein, wieder und immer wieder, und murmelte böse Worte dazu. Schon hörte aber die Alte das Mädchen kommen. Das war den ganzen Weg zum Markt gelaufen und wieder zurück gelaufen, weil es um sein Geschenk fürchtete. Als es in die Stube trat, sah es gleich, dass das Unglück schon geschehen war: Die goldene Schale war übersät mit großen schwarzen Rissen, und es sah aus, als müsste das Ei gleich in Stücke fallen.

»Oh du mein zerbrochenes Glück!«, schluchzte das Mädchen und legte sein Ohr an die goldene Schale des armen Eis. Es hörte ein lautes Schlagen und dann etwas wie helle Trompeten, und dann musste das Mädchen ohnmächtig geworden sein.

Als es wieder zu sich kam und benommen an seinen Seiten hinunter strich, ertasteten die Finger nicht seinen alten Leinenkittel, und als es jetzt die Augen öffnete und an sich hinabsah, da war es gekleidet in weiche, weiße Seide, und überall auf dem schönen Stoff waren winzige Blumen und grüne

Ranken gestickt. Und dicht neben ihr stand noch jemand, und das war ein Prinz. Ja, es musste ein Prinz sein, denn so ein gelbseidenes Wams und so eine grünseidene Pumphose trug nur ein Prinz, und seine feinen Züge waren die eines Hochgeborenen.

Das Mädchen öffnete seine Augen noch weiter und sah, dass es in einem hohen Saale stand, dessen Verzierungen von überall her golden leuchteten. Im Kreise herum standen viele Hofdamen in schönen Kleidern, die lächelten und knicksten, und schwarz gekleidete Kammerherren waren auch da und verneigten sich mit ernsten Gesichtern vor dem jungen Paar. Und da, weit hinten, stand auch die Großmutter. Das Mädchen hatte sie gleich erkannt, nicht nur weil das schöne violette Samtkleid den krummen Rücken der Alten nicht verbergen konnte, sondern auch weil unter der weißen Perücke die halbgeschlossenen Augen noch immer hasserfüllt und voll Abscheu die neue Umgebung betrachteten. Aber jetzt nahm der schöne Prinz die Hand des Mädchens und führte es auf einem roten Teppich über drei Stufen hinauf zu einem goldenen Thron. Dort ließen sich die beiden nun nieder, und das Gefolge dort unten lächelte und applaudierte und der Prinz lächelte und das Mädchen begriff, dass es nun auch lächeln sollte.

Du und ich, wir waren damals im Thronsaal nicht dabei, aber wenn wir dort gewesen wären, hätten wir gewiss gesehen, wie das Mädchen noch immer heimlich suchend um sich schaute. Es suchte in allen Winkeln des Thronsaals, es suchte zwischen den Damen und Herren des Gefolges; es suchte noch immer nach dem großen Glück, das ihm versprochen worden war, und wusste nicht, wo es sein Glück nun suchen und wie sie es finden sollte.

Franz Schuh

HEITERE TAGE
Zu Ilse Helbichs Erzählkunst

»Diesseits« ist in meiner Lesart ein sehr starkes Wort. Neigt man dazu, ein Wort wie dieses auf die Probe des Exempels der Gegensätze zu stellen, dann positioniert sich das Diesseits so, dass es nichts Jenseitiges zulässt. Der Anspruch lautet: Auf Erden geht es in der Art und Weise zu, wie die Erzählungen Ilse Helbichs es beschreiben!

Die Beschreibung selbst ist keine glatte Sache, und wenn die Dichterin ihrem Buch schon eine Gebrauchsanweisung mitgibt, kann man sie ruhig im Nachwort zitieren: »Manche Geschichten sind wie Steine, die man aus dem Fluss fischt. Rund und glatt und schwer in der Hand.« Jedenfalls hat man nach dem Fischen etwas in der Hand, etwas, das dem Davonfließen entzogen ist, wenn man es nur richtig hält.

Die Metapher des Flusses ist vielsagend. Im Abendland steht dahinter das vorsokratische Match von Heraklit gegen Parmenides: das alles zum Verschwinden bringende Werden, das flüssige Element, gegen ein zum Stein erstarrtes, aber greifbares Sein. In Ilse Helbichs Gebrauchsanweisung sind beide Aggregatzustände zitiert, aber der Stein hat etwas Rundes und Schweres – er kann einem auch aus der Hand fallen.

Es ist eine merkwürdige Leistung dieser Dichtung, dass sie ihre Erzählungen einerseits in gar keine erhabene Metaphysik einbunkert, in keine mit einer Religion leicht verwechselbare Rhetorik, dass sie aber andererseits nie in das »Eh klar« der sarkastischen Alltagskommunikation fällt. Die Kunst ihres Stils, damit auch das Unnachahmliche daran, teilt sich mir durch einen »hohen Ton« mit, der gerade im Verfließen der Alltagsroutinen, im simplen »Weitergehen des Lebens«, diesem eingeübten Leerlauf, seine Plausibilität behält. Der Ton hat nichts Gekünsteltes, und das scheint mir schwer angesichts der ausgenüchterten Welt, die ihre Version des Diesseits rücksichtslos durchsetzt.

Dagegen schreibt Ilse Helbich sogar Märchen, und zwar eines, das auf wunderbare Weise das abgehärtetste Herz eines Germanisten in Wallung bringen könnte. Helbichs Märchen revitalisiert nämlich, was man »romantische Ironie« nennen kann. Besagtes Märchen heißt »Das Goldene Ei«, und es ist ein großes Pech, dass Paul Watzlawick, der Psychologe, es nicht gekannt hat. Watzlawick nämlich hat – ich glaube, in ehrlicher und nicht nur in gespielter Weise – für das Unglück der Menschen nicht zuletzt ihr Getrimmtsein auf die Glückssuche verantwortlich gemacht. Im Suchen nach dem Glück und in den vertrackten Hoffnungen, es zu finden, liegen die Ursachen für das Unglück, das man sich einbrockt, während man nach dem Glück zu greifen glaubt.

In Helbichs Märchen ist das arme Mädchen, dem Vater und Mutter gestorben sind, zusammen mit ihrer Großmutter in einer zerfallenden Hütte untergebracht. Die »böse Alte« ist ein Klischee, das Ilse Helbich virtuos einsetzt. Über die Alte heißt es: »… hinter halbgeschlossenen Lidern betrachtete sie alles und alle, was sich um sie herum zu regen wagte, mit Hass und tiefem Abscheu.« Und darauf folgt die Andeutung einer Wende: »Aber vielleicht liebte sie das Mädchen auf ihre Weise, sie ließ es keinen Schritt von sich …«

Diese verkrampfte Zuneigung kommt aus einer fatalen Mischung: aus Egoismus, aus »wahrer Liebe« und last not least aus einer Emotion, die sich nach meiner Lebenserfahrung stets empfiehlt: aus Angst vor den Nachbarn, »denn sie hatte Angst, dass die Nachbarn ihre Enkelin über den Bretterzaun weg erblicken könnten, und was dann dem Mädchen und ihr selbst geschehen würde, wagte sie sich nicht auszudenken.«

So viel zur Einstimmung, zur Ausgangslage. Erst als das Goldene Ei ins Spiel kommt, nimmt die Geschichte ihren absichtsvollen Verlauf: Das Mädchen bekommt als Dank für eine gute Tat ein Ei aus Gold zum Geschenk. Eine andere Alte gibt es ihr, eine – im Gegensatz zur Großmutter – »gute Alte«, die dem Mädchen die Losung auf den Weg mitgibt: »Gib gut acht auf dieses goldene Ei, denn darin verborgen wartet auf dich dein Glück.« Das Geschenk wird von der Großmutter gehasst. Sie schlägt mit einem Holzstiel auf die Schale des Eis ein: »Die goldene Schale war übersät mit großen schwarzen Rissen, und es sah aus, als müsste das Ei gleich in Stücke fallen.«

Das Märchen gibt eine Definition für das Böse: Das Böse

ist, einer armen Unschuld zu rauben, was diese für ihr einziges Glück halten muss: »›Oh du mein zerbrochenes Glück!‹, schluchzte das Mädchen und legte sein Ohr an die goldene Schale des armen Eis.« So ist die Armut gerecht an alles Zerstörte verteilt, aber es wird niemand wundern, dass der Inhalt des Eis sich als Prinz entpuppt, und dass das Böse im Märchen sogar Glanz und Herrlichkeit hervorbringen kann. Das Mädchen, über ihren Schmerz in Ohnmacht gefallen, erwacht in einem Thronsaal, wo sie mit ihrem Prinzen das junge Paar bildet, vor dem sich die Mitglieder der Hofgesellschaft verneigen.

Aber da fährt die Erzählerin in die Parade und spricht mich und dich an: »Du und ich, wir waren damals im Thronsaal nicht dabei, aber wenn wir dort gewesen wären, hätten wir gewiss gesehen, wie das Mädchen noch immer heimlich suchend um sich schaute. Es suchte in allen Winkeln des Thronsaals, es suchte zwischen den Damen und Herren des Gefolges; es suchte noch immer nach dem großen Glück, das ihm versprochen worden war, und wusste nicht, wo es sein Glück nun suchen und wie sie es finden sollte.«

Alles, was in Erfüllung geht, ist nie das Glück, das einem versprochen wurde und für das man gelebt hat. Die Erfüllung im Diesseits hindert sogar daran, wenigstens das Glück zu haben, es suchen zu können und vielleicht zu finden. Das, könnte man als Psychologe sagen, ist das neurotisierende Potential des Glücksbegriffs. In der Literatur ist es mehr die Ironie, die der Geschichte das Format gibt: Du und ich – wir strengen uns bis zur Rührung anderer Menschen an und erreichen endlich, was diese anderen für das Glück halten. Wir aber, »in einem hohen Saale«, dessen Verzierungen »golden leuchten«, haben kein Glück. Aber wir haben »alles« und wissen daher auch nicht, wo wir das Glück nun suchen und wie wir es finden sollen.

Zu geglückten Erzählungen gehört es, dass man sie gerne nacherzählt. Dazu enthalten sie – »zwischen den Zeilen« – eine Aufforderung. Aber ich muss zugeben, dass Helbichs Märchen nicht typisch für ihre Erzählkunst ist. »Das Goldene Ei« hat nämlich eine Pointe, und ich habe versucht, sie nachzuerzählen. Pointen am Schluss lösen zumeist alles Vorangegangene auf, sie sind eine Erlösung für die Spannungen, die die Geschichte bis zum Ende ausmachte. Genau zu solchen Erlösungen neigen die Geschichten in der Sammlung *Diesseits* nicht.

Jeder Schluss mag etwas von einer Pointe haben. Er beendet ja auf einmal, auf den Schlusspunkt genau, die Geschichte. Im Schluss sind aber die Motive, die zu ihm geführt haben, gut aufgehoben. Durch die Pointe werden sie jedoch endgültig relativiert, man sieht sie in einem ganz anderen Licht, als es ursprünglich schien. »Das stete Summen des verborgenen Lebens.« Es ist eine andere Geschichte mit diesem Satz. Die Geschichte heißt: »Ein heiterer Tag« und von ihr hat sich dieses Nachwort den Titel geliehen.

Es sind keine heiteren Tage, die Helbichs Erzählungen grundieren. Der Titel »Ein heiterer Tag« ist pure Ironie, wenn man unter Ironie nicht elegante Witzigkeit versteht, sondern schlicht das Vermögen der Sprache, etwas durch sein Gegenteil zu sagen. Der heitere Tag ist traurig, und die Ironie, mit der man ihn heiter nennt, verstärkt den Eindruck der Trauer, die sich der Protagonist der Geschichte zum Teil eingehandelt hat und für die er zu einem anderen, zu einem schicksalhaften Teil gar nichts kann. Von Samuel Beckett gibt es ein Stück, das »Glückliche Tage« (»Happy Days«) heißt. Der Theatermann Peter Brook hat das Stück mit den Worten kommentiert, Beckett zeige darin, »es gibt keinen Ausweg, und das ist natürlich irritierend, weil es tatsächlich keinen Ausweg gibt … Unser fortgesetzter Wunsch nach Optimismus ist unsere schlimmste Ausflucht.«

Ja, das ist das moderne Leben: In den Kunstwerken wird uns die Trauer vor Augen geführt und in der Politik und in der Ökonomie der Optimismus, mit dem man die ständige Verbesserung der Lebensverhältnisse zu betreiben hat. Darin ergänzen die Institutionen einander und sie machen komplementär das eine wie das andere erträglich, sprich: »sozialverträglich.«

Ich will nicht sagen, dass die Trauer etwas bringt, aber der traurige Mann, der an einem heiteren Tag in Helbichs Geschichte auf einer Parkbank sitzt, ist hoch sensibilisiert für »das Summen des Lebens.« Trauer kann auch abstumpfen, aber in diesem Fall ist es nicht so. Man könnte, falls man sich Modewörtern nicht verschließt, es »awareness« nennen, eine gesteigerte Aufmerksamkeit nicht zuletzt für Sinneseindrücke, aber auch fürs eigene vergangene und augenblickliche Leben. Helbich inszeniert in diesem Zusammenhang ein Scheidungsdrama so: »Er saß und sah zu ihr auf. Er sah in ihr zorniges und müdes Gesicht. Immer die Locke vorm linken Ohr. Er sah in ihre Augen. Wie sie jetzt seinen Blick zurückgab, hatten sich ihre Augen am wenigsten verändert. Er sagte: ›Ich habe dich immer so gern gehabt.‹« Verlorene Liebesmüh: »Voll Zorn schrie sie ihn an: ›Davon kann ich mir nichts kaufen.‹« Ich glaube, das ist eine für die Dichterin charakteristische Volte: Sie lässt eine Stimmung aufkommen und erteilt ihr eine Abfuhr. Damit hebelt sie die Selbstzufriedenheit aus und die Bereitschaft zur Ausflucht, die im Einverständnis liegt.

Ich habe die Geschichte »Ein heiterer Tag« auch aus dem erzähltechnischen Grund zitiert, dass hier bis zum Schluss die Motive erhalten bleiben und keine Pointe sie am Ende relativieren kann. Diese Volte der aufkommenden Stimmung, die sofort eine Wende nimmt, bringt mich auf die Idee einer anderen Geschichte, »Epiphanie«. In Helbichs »Epiphanie« ist die Wende total. Die Geschichte kann man auch als Kritik am eingebürgerten »Akademikerhaushalt« lesen, am gehobenen Mittelstand, wie ihn österreichische Volksparteien so gerne vertreten. Da führt die Akademikergattin an der Seite des Gatten ein Leben: »Es war ein ruhiges Leben, ein langsam dem Ende zufließendes, dem nichts abzugehen schien, umso weniger, als zu jedem Monatsanfang ein Brief vom einzigen Sohn aus Chicago kam, in dem er ausführlich von seinem Wohlergehen und von seiner Familie berichtete.«

Kennt man. Die Geschichte eröffnet allmählich den Blick dafür, wie es wirklich ist. Die Unbeschreiblichkeit der Kälte, die ein Mensch ausstrahlt, den der Tod des Anderen, mit dem er sein Leben geteilt hat, kalt lässt, ist hier beschrieben. Außerdem erzählt »Epiphanie« – im Unterton – die Geschichte einer sexuellen Unerfülltheit, die sich im ruhigen, geordneten Leben und bei hochgebildeten Gesprächen, nicht einmal bei solchen über Heidegger, niemals kompensieren, geschweige denn beseitigen lässt. Das auf Lust nicht angelegte Leben steuert auf das Erleiden des Lustmords zu, der bekanntlich auch aus Hass geschehen kann.

»Epiphanie« – das Wort ist theologisch besetzt. Es heißt laut Wikipedia: »Das Erscheinen der Gottheit (besonders Jesus Christus) unter den Menschen.« In halb säkularisierter Form lässt es sich von der griechischen Wortbedeutung her als Erscheinung verstehen, als ein Sich-Zeigen einer Sache oder eines Menschen. In der Kunst wird die Epiphanie zum Ereignis, bei dem plötzlich und unerwartet etwas bisher Verborgenes – hinter allerhand Verstrickungen – durchscheint.

Man kann cum grano salis behaupten, dass alle geglückte Literatur Epiphanien hervorbringt. In der Literatur steht die Epiphanie dafür, dass das Direkte und Plakative nie ihr wichtigstes Anliegen ist. Was sie sagen will, gibt sie nicht direkt zum Besten, auch nicht indirekt, wie Diplomaten es tun. Die literarische Arbeit produziert Gebilde, in deren Rahmen sich überraschend zeigt, worum es geht, ohne dass es bloß gesagt worden wäre.

Das ist im besten Fall, also auch in den Geschichten der Ilse Helbich, kein Verfahren der Vernebelung oder gar der »höheren Wahrheiten.« Helbichs Texte zeigen präzise, wie in dem von Routinen abgeschliffenen Diesseits etwas Anderes, etwas mit ihm Nicht-Identisches zum Vorschein kommt, das erst recht das Diesseits charakterisiert. Erst am ganzen Erscheinungsbild, am poetischen Gebilde, kann man solche Zusammenhänge erkennen.

Es gibt das Diktum, dass jeder schreibende Mensch nur ein einziges Buch schreibt. Danach geht es jedem schreibenden Menschen in allen seinen Büchern auf jeweils andere Weise stets um das Gleiche. Findet man in Helbichs Geschichten auch so ein Gleiches?

Ich glaube, Helbichs Thema ist die Beschreibung des Sachverhalts, dass Menschen zu Aktionen und zu Interaktionen fähig sind, dass sie sogar miteinander leben können (»das Leben miteinander teilen«, so lautet die gefährliche Wendung). Das geteilte Leben hält aber selten, was einem die Konventionen und ihre Propaganda vorgaukeln. Zusammensein ist für Menschen, für diese im Letzten unteilbaren Individuen, nicht zuletzt ein Angebot, einander zu verachten, zu hassen, ja, zu töten – und sei dies nur aus Gründen der Selbstachtung und der Selbstbehauptung. Das Kippen der imaginierten Idyllen in die reale Grausamkeit ist Helbichs ergiebigstes Thema. »Die Hölle, das sind die anderen«, hieß es bei Sartre, und da ein jeder zugleich für die anderen ein anderer ist, ist die Hölle im Diesseits perfekt.

Erstdrucke

»Ein heiterer Tag«, »Im Waldbad«, »Epiphanie«, »Blau«, »In Mexiko«, »Der Venusdurchgang«, »Iststand«: In: *Iststand. Sieben Erzählungen aus dem späten Leben.* Wien: Löcker 2007. (Alle Texte etwa 2005/06 geschrieben, nur »Ein heiterer Tag« ca. 2000.)

»Altengerede«, »Kindersommer«, »Die Scheune«, »Wunderkind«, »Der Kirtag«, »Lichtspiele«, »Ruhe auf der Flucht«, »Die Andere«, »Inselfahrt«, »Am Abend«, »Der verlorene Sohn«, »Der lange Schlaf«, »Der sonderbare Mann«, »Kopfüber kopfunter«, »Anderswo«: In: *Fremde.* Erzählungen. Droschl 2010.

»Die chinesische Muschel«: In: *Das Magazin der 5 plus* 02/2014.

»Das weiße Pferd«, »Das goldene Ei«: In: *Zwei Geschichten vom Glück.* Mit Offsetfarblithographien v. Angelika Kaufmann. Edition Thurnhof 2018.

Alle anderen Erzählungen sind bisher unveröffentlicht und wurden nach den Original-Manuskripten in Ilse Helbichs literarischem Vorlass gedruckt, der 2018 von der Dokumentationsstelle für Literatur in Niederösterreich erworben wurde. *Das Spiel, Schwalben, Anderswohin. Eine Liebesgeschichte* entstanden im Frühling und Sommer des Jahres 2015, alle übrigen stammen aus den 80er und frühen 90er Jahren, eine genauere Datierung ist leider nicht mehr möglich.

Inhalt

© Literaturverlag Droschl Graz – Wien 2020

Gefördert von der Kulturabteilung der Stadt Wien, Literatur

Umschlag: & Co, www.und-co.at
Umschlagfoto: Timotheus Tomicek
Satz: AD
Druck: Theiss

ISBN 978-3-99059-050-8

Literaturverlag Droschl Stenggstraße 33 A-8043 Graz
www.droschl.com